Varcare il confine

Crossing the Line

Un crossover Dirty Angels MC/Blue Avengers MC

Jeanne St. James

Traduzione di
Ernesto Pavan

Traduzione italiana a cura: Ernesto Pavan
Copertina a cura: Golden Czermak at FuriousFotog
Modelli di copertina: Austin Standage (Nash) and Zach Fox (Cross)

www.jeannestjames.com

Iscriviti alla newsletter per avere aggiornamenti sull'autrice e sulle nuove uscite:
www.jeannestjames.com/newslettersignup (in inglese)

Attenzione: Questo libro contiene scene esplicite, alcuni possibili fattori scatenanti e un linguaggio da adulti che potrebbe essere considerato offensivo per alcuni lettori. Questo libro è in vendita SOLO agli adulti, come definito dalle leggi del paese in cui è stato effettuato l'acquisto. Si prega di archiviare i file in modo appropriato, in modo che non possano essere consultati da lettori minorenni.

Questa è un'opera di fantasia. Qualsiasi somiglianza con persone reali, vive o morte, o con eventi reali, è puramente casuale.

Dirty Angels MC, Blue Avengers MC & Blood Fury MC are registered trademarks of Jeanne St James, Double-J Romance, Inc.

Per rimanere aggiornati sulle novità di Jeanne, collegatevi al sito www.jeannestjames.com o iscrivetevi alla sua newsletter: http://www.jeannestjames.com/ newslettersignup (in inglese)

Link d'autore: Instagram * Facebook * Goodreads Author Page * Newsletter * Jeanne's Review & Book Crew * BookBub * TikTok * YouTube

Playlist

Canzoni citate in questo libro:

Sweet Child O' Mine - Guns N' Roses
With Arms Wide Open - Creed
Holding Out for a Hero – Ella Mae Bowen version
Let me be Myself – 3 Doors Down
Secret - Heart

Capitolo Uno

Nash fece un cenno con il mento al barista, che stava finendo di servire un cliente all'altro capo del bancone rumoroso e affollato. Indicò il suo bicchiere di whisky vuoto e il barista, che indossava solo un sospensorio di pelle nera con polsini e collare in pelle coordinati, annuì in segno di assenso.

Il lungo bancone non era l'unica zona rumorosa: tutto il locale lo era. Questo perché un gruppo musicale stava rockeggiando sul palco e, mentre la metà degli avventori del Cockpit stava prestando attenzione, l'altra metà era distratta.

Col cazzo.

Metà della gente era lì per divertirsi, l'altra metà per trovare qualcuno *con cui* divertirsi.

Il Cockpit era un noto locale per rimorchiare. Ma non era per quello che Nash era lì quella sera.

Ciò non significava che avrebbe detto di no se fosse arrivata la persona giusta, soprattutto perché era da un po' di tempo che non ci dava dentro con qualcuno. Il motivo principale per cui si trovava in quel noto locale da rimorchio alla periferia di Pittsburgh era strettamente legato al lavoro.

Il suo gruppo, i Dirty Deeds, aveva bisogno di un nuovo chitarrista e cantante. Di solito era Nash a fare da frontman, cantare e suonare la chitarra per la cover band degli AC/DC che aveva fondato quasi quindici anni prima. Sapeva anche suonare la batteria e il basso, ma non poteva fare tutto da solo. Ed era bello avere qualcun altro nella band che potesse cantare quando la voce di Nash decideva di andare a puttane.

Come dopo una serata di festeggiamenti pesanti, cosa che tendeva a succedere dopo aver suonato qualche set a una delle tante porchettate del Dirty Angels MC. Che fino a poco tempo prima erano lo spettacolo più importante della sua band.

Un genere di spettacolo che però che non pagava, se non in birra, alcol e figa. E mentre Nash apprezzava le prime due cose, insieme a qualunque spinello bello grosso venisse passato intorno al falò, raramente approfittava della terza.

Poteva fingere, ma preferiva evitare.

E anche se di tanto in tanto era abbastanza ubriaco da cadere con la faccia nella fica, non era il suo pasto preferito.

No, preferiva affondare i denti in qualcosa di un po' diverso. Come il tizio seduto tre sgabelli più a sinistra. Il biondo aveva attirato la sua attenzione quando Nash era andato a fare una pisciata mezz'ora prima.

Pur essendo un motociclista, Nash non usciva allo scoperto con gli altri motociclisti, nemmeno con i suoi fratelli di club.

Non era mica un coglione.

Inoltre, preferiva uomini più puliti. L'opposto di lui. E poi, sapeva che quel tipo di uomini non frequentava gli stessi ambienti dei motociclisti che lui conosceva, quindi il suo segreto sarebbe rimasto al sicuro.

Tuttavia, se qualcuno l'avesse visto lì, avrebbe potuto usare la scusa che stava cercando di rubare il chitarrista principale della band. Anche se, in quel caso, non era vero. Aveva perso interesse non molto tempo dopo averlo sentito suonare. Il tizio che suonava la Fender era discreto, ma non eccezionale. Quindi, Nash aveva deciso di lasciar perdere. Avrebbe dovuto continuare a cercare.

Buttò un pezzo da dieci accartocciato sul bancone quando quell'orso di un barista gli mise davanti il suo Jack on the rocks. Nash gesticolò per indicare all'uomo di tenere il resto. Soprattutto perché, a quanto pareva, il barista non poteva permettersi dei vestiti.

Mentre Nash si portava il bicchiere alle labbra, qualcuno gli urtò il gomito e lui riuscì a malapena a raddrizzare il bicchiere prima che si rovesciasse.

"Stai attento, cazzo," mormorò. La sua vita ruotava intorno alla musica ad alto volume e alla folla, ma solo quando era sul palco. Non gli piaceva essere urtato, calpestato e interrotto in qualsiasi altro momento.

"Qualcosa non va?"

Nash posò lentamente il bicchiere sul bancone e guardò l'uomo che ora era appollaiato sullo sgabello accanto a lui, con il ginocchio che premeva contro la sua coscia.

"Sì," borbottò Nash a voce abbastanza alta da farsi sentire sopra la musica.

Il tizio si avvicinò per chiedere: "Cosa?"

Nash lo guardò di traverso. "Tu."

"Non volevo urtarti, amico. Mi hanno spinto da dietro."

"Come dici tu," brontolò Nash.

"Il tipo stronzo e musone va ancora di moda?"

Stava cercando di fare il simpatico? Nash lo ignorò e bevve metà del suo whisky prima di sbattere il bicchiere sul bancone. "E io che ne so?"

"Non mi guardo in giro da un po', quindi non so cosa tiri in questo momento."

"Manco io."

Il tizio si sistemò più solidamente sullo sgabello, ma lasciò il ginocchio a contatto con quello di Nash. E quando si sporse in avanti per attirare l'attenzione del barista, il suo petto sfiorò il braccio di Nash. Una volta ordinata una birra alla spina, si girò quanto bastava da far scivolare il ginocchio sulla coscia di Nash.

Discretissimo, cazzo.

Il problema era che Nash stava cercando di ignorarlo, ma faceva fatica.

L'uomo gli si avvicinò di nuovo per assicurarsi di essere sentito sopra il frastuono del bar. "Mi chiamo Cross."

Cross. Quanto cazzo era gay?

"E tu?" La domanda gli fu urlata nell'orecchio.

Nash abbassò il mento e osservò le dita di quel *Cross* avvolte intorno al suo bicipite. La presa era salda, le dita lunghe e, per un attimo, Nash si chiese come sarebbe stato averle attorno al cazzo.

Ricordò ancora una volta a se stesso che non era lì per quello e che, in realtà, era troppo vicino a casa per rimorchiare. Era rischioso. Anche per una scopata casuale e anonima.

Ma dal momento che il tizio si era presentato – supponendo che quello fosse il suo vero nome – forse non era più tanto anonimo.

"Ce l'hai un nome?" chiese di nuovo il tizio, con le sopracciglia scure che calavano sugli occhi azzurri.

"Tutti hanno un cazzo di nome," rispose Nash. Poi si voltò verso il bar, prese il bicchiere e bevve il resto.

Rimise il bicchiere vuoto sul bancone e lo fece scivolare, passando davanti a diversi altri avventori, verso il barista, facendogli un cenno.

"Dopo devi metterti al volante?"

Ma vaffanculo. Si facesse i cazzi suoi.

"No." Nash si sarebbe messo al manubrio, non al volante. La sua slitta era infilata tra una Mini Cooper azzurra e una Mazda Miata rosa.

"Vieni spesso qui?"

Ma porca troia. Nash sbatté il palmo della mano sul bancone del bar. "Un uomo non può semplicemente prendere un cazzo di drink e godersi un concerto?"

Cross lasciò ricadere la mano dal braccio di Nash e, anche se si ritrasse, lui riuscì comunque a sentire chiaramente: "In un bar gay?"

"Ah sì?" Con la coda dell'occhio, Nash vide l'uomo che studiava il suo profilo, con un mezzo sorriso divertito sul volto.

Cross sbuffò accanto a lui. "Vuoi fare il finto tonto?" Scrollò le spalle. "Allora fai il finto tonto, ma non fare la figura dello stupido. Se non l'hai notato, il nome del bar è The Cockpit. È abbastanza ovvio, cazzo.[1] Inoltre, il nostro barista è un orso grande e grosso che indossa una tutina di pelle e lascia scoperto il suo culo peloso. Non è una cosa che si vede nel tipico bar di quartiere."

"Forse non frequenti i bar giusti."

"*Questo* è il bar giusto," disse a bassa voce Cross, ma Nash lo sentì lo stesso quando la band concluse il primo set e scese dal palco tra gli applausi. Un DJ iniziò a suonare quasi subito, ma non era neanche lontanamente al livello della band.

Quello era il segnale che era ora di andare, soprattutto perché il DJ sceglieva musica techno dance. Non il genere di Nash.

Nash tirò fuori dalla tasca anteriore un'altra banconota da dieci stropicciata e la gettò sul bancone proprio mentre il barista la prendeva e gli faceva scivolare davanti un altro bicchiere prima di lasciare una birra fresca per il vicino rompicoglioni di Nash.

Nash non si era accorto che Cross avesse ordinato. Forse il barista lo conosceva e lui era un cliente abituale.

"Mi sa che *tu* vieni qui spesso," mormorò Nash.

"Non venivo da molto tempo."

"Perché no?" Ora era lui a fare il ficcanaso.

"Sono stato legato a qualcuno per un po'. Il problema era che lui era orgogliosamente dichiarato e non gli piaceva che io non lo fossi. Non che mi vergogni, ma non posso dire a tutti che mi piace il cazzo."

Nash girò la testa verso di lui. Oltre agli occhi azzurri, l'uomo aveva una folta chioma di corti capelli castano scuro, tagliati con cura. La barba era molto più curata rispetto a quella di Nash, più trasandata. L'aveva tagliata di recente perché stava diventando fastidiosa, soprattutto quando mangiava, ma non la curava tutti i giorni. E di sicuro non ricordava l'ultima volta che si era tagliato i capelli. Perlopiù li portava in una coda di cavallo o in uno chignon da uomo, che ad alcune donne piaceva, ad altre no.

Non che a Nash importasse un cazzo di quello che pensavano le donne.

Era un rocker e un fottuto motociclista, e i suoi capelli erano per lui, non per gli altri.

Se una donna voleva inginocchiarsi e succhiargli l'uccello, a lui andava bene, ma nel momento in cui iniziavano a dargli suggerimenti sul look o altro, lui non vedeva l'ora di liberarsene.

E comunque, Nash non aveva intenzione di tenere una donna a lungo termine, perché quello che preferiva era seduto accanto a lui a rompergli le palle.

Ora, se quello fosse stato in ginocchio a strozzarsi col suo cazzo, lui avrebbe anche potuto accettare che gli suggerisse di tagliarsi la barba. Non che lo avrebbe fatto davvero, ma avrebbe preso atto del suggerimento.

"Non sei allo scoperto?"

Cross scosse la testa.

"Perché?"

"Per il mio lavoro."

"Sarebbe?"

"Non è un ambiente molto tollerante."

Nash capiva perfettamente. Un paio di compagni di band sapevano delle sue preferenze, ma nessun altro. E loro non parlavano, non se volevano continuare a far parte dei Dirty Deeds. In quel momento, con un nuovo manager, la loro band stava iniziando a fare concerti in tutta la costa orientale. E i soldi cominciavano finalmente ad arrivare. La maggior parte di loro, tranne il chitarrista, voleva approfittarne.

Tuttavia, il chitarrista solista aveva una palla al piede che consisteva in una moglie e tre figli. Non poteva prendere e andare a fare tournée in più Stati per settimane di seguito.

Nash aveva molta libertà in tal senso. L'unica palla al piede che aveva era il suo MC e anche quella era leggera.

"Allora, ti piacciono le donne e sei seduto in un bar gay; non uno qualsiasi, ma uno noto per essere terra di rimorchio. Perché?"

"Perché cazzo non dovrei? C'è una band che suona e io sono un musicista."

Le sopracciglia di Cross si alzarono. "Cosa suoni?"

"Chitarra, batteria, basso. E canto."

"Sei bravo?"

Nash sollevò una spalla. "Così dicono."

"Hai mai suonato qui prima d'ora?"

"Cazzo, no."

"Perché? Perché è un bar gay?"

No, perché non era un bar di motociclisti, come la

maggior parte dei locali che il suo gruppo frequentava negli ultimi tempi. Volevano allargarsi, ma i bar gay non erano nel loro radar. Uno dei membri della sua band era omofobo e avrebbe dato di matto se lui o il loro manager avessero fatto quella proposta.

Un'altra ragione per cui Nash aveva fatto passare sotto silenzio il suo essere bi.

Inoltre, non erano affari di nessuno, se non suoi e di chiunque prendesse il suo cazzo.

Tuttavia, Lenny era un ottimo batterista e Nash non voleva rischiare di perdere un altro membro della band, omofobo o meno.

"Sì, visto che non sono gay."

Cross scosse la testa verso il palco ormai vuoto. "Pensi che qualcuno di loro sia gay? Finché li pagano, scommetto che se ne fregano di dove provengono i soldi."

Nash era d'accordo, ma non l'avrebbe detto ad alta voce. "È ora di andare." Fece per alzarsi, ma lunghe dita gli afferrarono di nuovo il bicipite, questa volta dandogli una bella palpata.

"Aspetta; non mi hai ancora detto come ti chiami."

Il cuore di Nash cominciò a battere come una grancassa. Avrebbe dovuto andarsene nel momento in cui il tizio aveva attaccato bottone, ma qualcosa lo aveva trattenuto al suo posto.

L'uomo era di bell'aspetto e il suo tipo, ma qualcosa lo disturbava. Qualcosa che Nash non riusciva a cogliere.

Poi capì. Avrebbe dovuto accorgersene subito. Forse la barba lo aveva disorientato.

Le palpebre di Cross si fecero pesanti e i suoi occhi blu si scaldarono quando Nash si avvicinò, inspirando profondamente mentre faceva scorrere il naso lungo la mascella di Cross, senza toccarlo, ma comunque vicino. Il suo uccello si contrasse quando la delicata colonia dell'uomo gli riempì le narici, ma al di sotto lui sentì comunque quel puzzo inconfondibile.

Le dita di Cross si strinsero dolorosamente intorno al braccio di Nash quando questi si avvicinò ancora di più, accostando la bocca all'orecchio dell'uomo e mormorando: "Puzzi di porco."

Cross si immobilizzò, ma non lasciò andare Nash. Anzi, abbassò lo sguardo su se stesso. "Mi sono versato addosso qualcosa? Giuro che ho fatto la doccia. Puzzo?"

"Sì, puzzi," gli ringhiò Nash all'orecchio. "Hai quell'odore caratteristico di distintivi e prigioni."

"Hai dimenticato le manette."

"Non dimentico mai le manette," mormorò Nash; poi si sedette, osservando ancora una volta l'uomo. Da quello che vedeva, la camicia marrone abbottonata a maniche lunghe che indossava tirava sulle spalle, il che significava che c'erano dei muscoli sotto. La pancia era piatta e le cosce avvolte nei jeans piuttosto spesse. Il viso, sebbene attraente, era un po' infantile per Nash. L'uomo non era giovanissimo, ma nemmeno molto vecchio.

A Nash non piaceva avere a che fare con chi aveva bisogno di una guida. Non aveva tempo da perdere in lezioni. Voleva un uomo, o una donna, che sapesse cosa cazzo stava facendo. In questo modo, avrebbero potuto fare le loro cose e Nash avrebbe potuto filarsela subito dopo.

Quindi, no. Nash non aveva bisogno di un mal di testa come quello. Nemmeno solo per una notte.

Porci e motociclisti non andavano d'accordo.

"Devo andare."

Capitolo Due

L'uomo dai lunghi capelli biondo sporco, di cui ancora Cross non conosceva il nome, si allontanò dal bancone e si infilò in mezzo alla folla. Vide alcuni sguardi interessati che lo seguivano. Capiva quell'interesse, perché lo avvertiva anche lui.

L'uomo che stavano osservando aveva gambe lunghe e snelle che potevano attraversare piuttosto in fretta la distanza. I suoi capelli erano un po' arruffati per i gusti di Cross e la barba un po' incolta, ma gli occhi nocciola contenevano una storia che lui voleva ascoltare.

Dubitava che ne avrebbe mai avuto l'occasione, ma voleva comunque provarci.

Come quell'uomo avesse fatto a capire che lui era un poliziotto, Cross non lo sapeva. Non aveva un taglio di capelli severo come gli altri, né si dava delle arie. Quando si trattava del suo lavoro, cercava di essere giusto. Trattava gli altri come avrebbe voluto essere trattato lui se si fosse trovato ad avere a che fare con un tutore della legge.

Ma l'uomo senza nome, di cui lui stava guardando le

spalle mentre si muoveva tra la folla, non sembrava volergli dare una possibilità.

Ignorando la birra, Cross si affrettò ad alzarsi in piedi e decise di seguirlo. Più l'uomo si rifiutava di dirgli il suo nome, più Cross era deciso a scoprirlo.

Non era uno che si arrendeva facilmente.

E poi, non era stato lui a rinunciare alla sua ultima relazione, ma il suo ex. Essendo un poliziotto, non voleva il fastidio di uscire allo scoperto. Agli altri poliziotti di solito non piaceva quando "uno dei loro" non era del tutto "uno dei loro."

E purtroppo, il suo dipartimento era tra quelli che si attenevano al "non chiedere, non dire," quindi Cross teneva tutto per sé.

Ma Jeff non aveva voluto tenere segreta la loro relazione. Non voleva tornare nello sgabuzzino. Voleva che lui e Cross partecipassero agli eventi della stazione, come la festa annuale di Natale, come coppia. O partecipare alle feste e alle raccolte fondi.

E voleva salire sulla Harley di Cross quando i Blue Avengers, il gruppo di poliziotti motociclisti a cui lui apparteneva, facevano le loro corse mensili.

Non sarebbe mai successo, perché le cose per lui e la sua carriera non sarebbero state più le stesse. Cross voleva diventare caporale entro la fine dell'anno e pensava che ciò non sarebbe stato possibile se la sua sessualità fosse diventata di pubblico dominio. Si sarebbero potute trovare delle scuse sul perché non avrebbe ottenuto quella fottuta promozione, anche se era qualificato e aveva abbastanza anzianità di servizio, ma lui avrebbe saputo la verità sul perché continuava a essere scavalcato.

Se doveva decidere tra il cazzo e la carriera, sceglieva quello che probabilmente sarebbe durato più a lungo. Ancora quindici anni di lavoro e avrebbe potuto ritirarsi con una bella pensione e tutti i benefit.

Quindi, perché cazzo stesse seguendo l'uomo che si rifiutava di dirgli il suo nome e che ce l'aveva con i poliziotti, Cross non lo sapeva.

E anche se sapeva che non era una cosa furba, i suoi piedi non cambiarono direzione.

No, invece uscì dalla porta d'ingresso del Cockpit e si addentrò nella notte di fine autunno. Il piazzale asfaltato era ben illuminato, così lui individuò subito il suo obiettivo che si muoveva tra due file di auto.

Cross iniziò a correre. Doveva fermarlo prima che se ne andasse. Gli avrebbe dato fastidio se l'uomo se ne fosse andato prima che lui sapesse il suo nome.

Cross aveva occhio per i dettagli. Era una qualità importante per un poliziotto. Anche se avrebbe potuto facilmente vedere su quale veicolo era salito l'uomo e verificare la targa, farlo sarebbe stato un abuso di potere e, se lo avessero beccato a fare una cosa del genere, lui avrebbe potuto dire addio alla sua promozione.

Raggiunse l'uomo a pochi veicoli dall'ingresso.

"Aspetta, fermati." Cross allungò la mano per afferrargli il braccio e fermarlo. Ma l'uomo ruotò su se stesso, assumendo una posizione difensiva con i piedi ben piantati.

Cross fece un passo indietro, frapponendo spazio fra di loro nel caso il tizio decidesse di aggredirlo.

"Che cazzo vuoi?"

Era una pessima idea. Una cazzo di pessima idea. Sarebbe stato meglio tornare dentro e trovare qualcuno molto più disponibile. Ma per qualche motivo, Cross non riusciva a lasciar perdere. Non aveva avuto una reazione così forte a nessuno da molto tempo, nemmeno a Jeff. Probabilmente era per quello che, quando Jeff aveva rotto, lui se n'era fottuto. Sì, il sesso gli sarebbe mancato, ma nient'altro.

L'unico momento in cui Jeff non lo annoiava era quando erano a letto, il che costituiva un altro grande problema tra loro due. Cross avrebbe dovuto capire fin dall'inizio che erano condannati.

Non che cercasse una relazione significativa con quel tizio. Quello ce l'aveva palesemente con i poliziotti, ed essere poliziotto era una parte importante della sua vita. Ma non dovevano discutere delle loro scelte di carriera o di altra roba personale.

Cross voleva semplicemente un nome.

Cazzo, forse voleva più di un nome. Ma un nome sarebbe stato un inizio.

"Ehi, volevo solo chiederti scusa. Non volevo farti scappare."

"Avevo finito comunque. Il chitarrista non andava bene."

Cross si voltò verso l'ingresso del bar. "Il chitarrista? Eri interessato a lui?"

"Sì."

"Non credo che sia gay."

"Mi interessava per la mia cazzo di band, non per scoparmelo. Ti ho detto che non sono gay."

"Dove suonate la prossima volta? Magari vengo a sentirvi." *Cazzo*, che roba da sfigati. Da quando era diventato così zerbino?

"Ti stai sforzando troppo," borbottò l'uomo, scuotendo la testa e voltandosi.

Cross gli afferrò di nuovo il braccio, lo fece ruotare e disse: "Forse non mi sto sforzando abbastanza." Spinse l'uomo contro il SUV accanto al quale si trovavano e gli prese la bocca.

Magari si sbagliava; forse l'uomo non era davvero gay e

stava solo cercando un altro musicista per la sua band. Perché quello si irrigidì e cominciò a spingere contro il suo petto. Le sue labbra rimasero ben chiuse, qualunque cosa Cross facesse per cercare di aprirle.

Stava molestando uno sconosciuto in un cazzo di parcheggio?

Ritrovò il buonsenso e smise di baciarlo.

Ma l'uomo non lo aveva colpito, non si era lamentato, non aveva fatto nulla per fermarlo. Semplicemente, non aveva partecipato. Anzi, le sue mani gli stringevano la camicia, così forte che lui non riuscì a fare un passo indietro.

I loro sguardi si incrociarono mentre Cross cercava di raccogliere le idee e il respiro.

Sebbene la luce del parcheggio non fosse sufficiente a permettere a Cross di vedere il colore degli occhi dell'uomo, bastò per fargli scorgere una scintilla, oltre che il leggero dilatarsi delle sue narici.

L'uomo non era contrariato.

Per niente, cazzo.

Questo significava che o mentiva quando diceva di non essere gay, o semplicemente non lo ammetteva. Né con se stesso né con gli altri.

Prima che Cross potesse scusarsi, l'uomo lo afferrò per la gola, li fece voltare entrambi e con un grugnito lo spinse contro la fiancata del SUV. Cross perse tutto il fiato e mentre apriva la bocca per prendere ossigeno, l'uomo gli attaccò la sua addosso e gli infilò la lingua dentro.

Cross respirò col naso mentre l'uomo gli rubava l'aria dai polmoni. Lo sconosciuto cercò di dominare il bacio, di prendere il controllo, continuando a tenerlo per la gola e usando il bacino per immobilizzarlo contro il veicolo.

Cross non si oppose. Lasciò che accadesse. Anche se

l'altro insisteva di non essere gay, era difficile non notare la sua erezione, visto che era incastrata contro la sua.

Cross non si oppose nemmeno al gemito che gli uscì dalla gola mentre le dita dell'uomo si flettevano sul suo collo. Lui non temeva di essere strangolato: avrebbe potuto liberarsi facilmente, se ne avesse avuto bisogno.

Ma non voleva.

L'uomo aveva un buon sapore. Whisky e una nota di fumo. Forse anche un sentore di erba.

Non c'era da stupirsi che non gli piacessero i poliziotti, se era un fumatore abituale di erba. Non era un problema per Cross, visto che la legalizzazione era all'orizzonte.

Droghe pesanti? Quelle non andavano bene. Ma poteva lasciar correre per un po' di erba.

Ma l'unica cosa pesante a cui Cross stava prestando attenzione era ciò che tendeva la patta dei pantaloni dell'uomo. Le dita gli prudevano per la voglia di toccarlo, ma non era così stupido da insistere. Per il momento era riuscito a evitare un occhio nero e voleva continuare così.

Le loro lingue si scontrarono e si attorcigliarono, e il loro bacio divenne ancora più intenso. Cross faceva fatica a prendere fiato, soprattutto perché quel tizio sapeva *baciare*. Non c'era dubbio che avesse già baciato degli uomini. Non era affatto titubante, anzi: ci dava dentro alla grande.

E lui era d'accordo.

Alzò la mano e sfiorò con le dita i peli ispidi che coprivano la mascella del tizio, poi gli infilò le dita nei capelli. Di solito non gli piacevano gli uomini con i capelli lunghi, ma a quel tizio stavano bene. La barba, le ciocche arruffate, il fatto che era un rocker, aveva tutto senso.

All'improvviso il bacio finì; il tizio si staccò quanto bastava per permettere a entrambi di riprendere fiato. Tuttavia, tutti e due ansimavano. Il pollice della mano dell'uomo che gli stringeva la gola fece qualche passaggio sulla vena pulsante di Cross.

"È questo che stavi cercando?" La voce dell'uomo era burbera, cruda e fece affluire altro sangue al cazzo di Cross.

Beh, era un inizio.

Non riuscendo ancora a controllare il respiro o il battito cardiaco accelerato, Cross sussurrò: "E così non sei gay, eh?"

L'uomo non evitò il suo sguardo quando rispose: "No."

Cross non resistette più e passò la mano sul rigonfiamento dei jeans dell'uomo. "A me non sembra."

L'uomo sollevò una spalla, ma non si sottrasse al tocco di Cross. Anzi, vi si avvicinò.

Col cazzo che non era gay.

Cross ci riprovò. "Come ti chiami?"

"Ha importanza?"

"Visto che te l'ho fatto venire duro, allora sì, cazzo se ha importanza."

Gli occhi del tizio si posarono sulle labbra di Cross, poi scivolarono lungo il suo petto fino alla vita e al punto in cui erano premuti insieme. "Nash," disse infine.

Nash. Nome? Cognome? Nome d'arte? Nome falso? Cross decise di non insistere. Aveva ottenuto qualcosa da lui. Per ora.

"E tu?"

Cross inarcò un sopracciglio verso di lui. "Te l'ho già detto."

Nash scosse la testa. "Nessuno chiama suo figlio Cross."

"Mi chiamo Aiden Cross."

Le labbra dell'uomo si contrassero. "Almeno non hai detto Christopher."

"Sarei scappato di casa se mi avessero chiamato così. Almeno i tuoi genitori non ti hanno chiamato Graham Nash, che sarebbe stato ironico visto che sei un musicista." Sperava che la presa per il culo gli avrebbe fatto scoprire il resto del nome di Nash. Non fu così; invece, Nash ebbe un sussulto e si allontanò bruscamente.

Si era spento.

Cazzo.

La battuta avrebbe dovuto spingerlo ad aprirsi, non a chiudersi.

Cross proseguì: "Mi piacerebbe vederti suonare una sera. Sul palco... o in altro modo." Perché si stava impegnando così tanto per avere il cazzo di quel tizio? Non aveva mai dovuto fare tanti sforzi.

Anche se a volte gli piaceva la sfida, c'erano troppi altri agganci facili all'interno del Cockpit.

Un drink. Un sorriso. Uno scambio di nomi, veri o meno, e poi qualcuno saltava addosso a qualcun altro. Anche solo nel parcheggio.

Era così facile. Quel Nash non era facile.

Cross doveva andarsene e basta.

Ma poteva fare come Pollicino e lasciare una briciola di pane.

Mollando la prova che Nash mentiva quando diceva che non gli piacevano gli uomini, tirò fuori il portafoglio e ne estrasse un biglietto da visita. Lo infilò nella tasca anteriore dell'uomo, assicurandosi che le sue dita sfiorassero ancora una volta il durello di Nash.

"Se decidi di essere gay, chiamami. Se vuoi incontrarmi su un terreno neutrale, per me va bene. Anzi, lo preferirei."

"Per via del tuo lavoro."

Cross abbassò la testa. "È uno dei motivi."

"Non vado con i porci."

"Se è per questo, hai detto anche che non vai con gli uomini. E comunque, non ho mai detto di essere un poliziotto."

"Non hai mai detto che non lo sei."

Cross inclinò la testa e studiò l'uomo che lo teneva ancora bloccato con i fianchi contro il SUV. Avevano quasi la stessa altezza, quindi erano occhio contro occhio, cazzo contro cazzo.

Cross avrebbe voluto baciarlo di nuovo, ma sapeva che non avrebbe funzionato, così passò il pollice sul labbro inferiore di Nash.

"Un'ammissione per un'altra," suggerì Cross con dolcezza.

Nash scosse la testa e la mano di Cross si abbassò sul fianco.

"Bene così. Devo andare."

Improvvisamente, Cross non era più bloccato contro il veicolo e le lunghe gambe di Nash lo stavano portando rapidamente lontano da lui.

Cross si spostò tra i due veicoli dove si erano baciati e guardò Nash avvicinarsi a una moto.

Sarebbe dovuto tornare al bar e dimenticare l'accaduto.

O magari andarsene a casa e chiudere la serata in bellezza. Aveva una bottiglia di lubrificante e un pugno esperto, oltre a una buona immaginazione, quindi poteva usare il suo ricordo di Nash come stimolante, se necessario.

Sfortunatamente, aveva perso interesse a cercare qualcun altro nel bar. Il suo interesse era ancora rivolto all'uomo che stava frugando in una delle sue bisacce. Ne estrasse quello che sembrava un giubbotto di pelle, poi lo indossò.

Il cuore di Cross cominciò a battergli nelle orecchie.

Da dove si trovava non riusciva a leggere, ma quello era il chiodo di un MC, come quello che Cross portava in quanto membro del Blue Avengers MC. Solo che Cross sapeva che Nash non faceva parte di nessun MC formato da membri delle forze dell'ordine.

Non gli piacevano i "porci," quindi sicuramente non era uno dei loro.

Il rombo dei tubi dritti, illegali nel Commonwealth della Pennsylvania, riempì l'aria della notte.

Porca puttana.

Cross lo seguì con lo sguardo mentre Nash gli passava accanto con la sua Harley, lo sguardo fisso sullo stemma sul retro del giubbotto.

Aveva appena limonato con un cazzo di motociclista. Non un motociclista qualsiasi, ma un membro di un MC.

Non un MC qualsiasi, ma il Dirty Angels MC.

Che Cross conosceva fin troppo bene.

Alcuni membri del BAMC avevano dei contatti all'interno del DAMC.

Di conseguenza, fare cose con Nash non sarebbe stato casuale, ma stupido.

C'erano ottime possibilità che venisse fuori un merdone.

Qualunque tipo di interesse per Nash sarebbe stato un grosso errore: avrebbe potuto pregiudicare non solo la promozione di Cross, ma anche il suo lavoro. Club fuorilegge o meno, Nash faceva parte di un MC con il quale i suoi superiori non avrebbero visto di buon occhio che Cross avesse un qualche tipo di legame.

Non solo essere gay, ma anche frequentare un motociclista come Nash avrebbe potuto rivelarsi un'inculata con la sabbia.

Ricordò ancora una volta a se stesso che la scelta tra il cazzo e la carriera avrebbe dovuto essere facile.

Ora doveva solo convincere il suo cervello e il suo, di cazzo.

Capitolo Tre

Nash si appoggiò al piano della sua cucina completamente arredata nella sua casa completamente arredata.

Una cucina in cui non aveva mai cucinato e nemmeno consumato un cazzo di pasto. Una casa in cui non aveva mai dormito. Nemmeno una volta.

L'unico motivo per cui la casa era arredata di tutto punto era che Mercy e la sua donna, Rissa, si erano rintanati lì tutti quei mesi prima, in un momento di grande pericolo per lei.

Nash aveva fatto un sopralluogo alla casa del complesso DAMC una volta terminata la costruzione. L'aveva fatto di nuovo una volta che Mercy e Rissa si erano trasferiti altrove.

Ed entrambe le volte, subito dopo quelle visite, Nash era uscito, era salito sulla sua slitta ed era tornato alla chiesa, che sembrava più casa sua di quanto non lo fosse quell'altra.

Era solo; cosa se ne faceva di una casa grande come quella? Soprattutto da quando aveva cominciato a viaggiare più spesso. Gli piaceva girare in libertà e senza impegni. Quando era a casa, a Shadow Valley, aveva una stanza gratis sopra la chiesa dove stare. Al piano di sotto c'era una cucina professionale, che faceva parte dell'Iron Horse Roadhouse, dove poteva farsi preparare da mangiare da uno dei cuochi o da Mamma Orsa.

Vivere in casa sua non solo sarebbe stato troppo tranquillo, ma lo avrebbe costretto a farsi da mangiare da solo. Avrebbe potuto prendersi una piccola casalinga, ma non aveva bisogno di una giovane donna che vivesse con lui e si facesse i cazzi suoi. Per niente.

E comunque, lui e il suo pugno non erano pronti per le gioie della vita domestica, dato che non aveva nessuno con cui condividerla. Probabilmente non l'avrebbe mai avuto.

Tutti i suoi fratelli che avevano una vecchia o una famiglia vivevano ora dietro il cancello e le mura di cemento del complesso. Zak, il presidente del DAMC, voleva che tutti, soprattutto le vecchie e i bambini, fossero in un unico posto, e aveva buoni motivi. Desiderava che tutti fossero al sicuro dopo la lotta con gli Shadow Warriors, una minaccia che aveva creato scompiglio per decenni.

Nonostante l'MC rivale fosse ormai estinto, era comunque sensato tenere le famiglie in un unico posto. Ognuno si prendeva cura di tutti gli altri.

L'unione faceva la forza.

Inoltre, non guastava che nel complesso vivessero anche un paio degli Shadows di Diesel.

Tuttavia, Nash non apparteneva a quel posto. Avrebbe fatto meglio a passare la casa a uno dei suoi fratelli. Ma chi non viveva già lì era single. Moose, Coop, Crash, Rig, Rooster e Jester: nessuno di loro voleva l'onere di possedere una casa come quella. Anche loro erano felici di vivere sopra la chiesa.

Nash frugò nella tasca posteriore dei jeans e tirò fuori il portafogli, trovando quello che cercava. Quello a cui la sua mente continuava a tornare.

Non era un'idea geniale, cazzo.

Anzi, poteva essere un disastro.

Si rigirò il biglietto tra le dita, poi lo lasciò cadere sul piano della cucina. Avrebbe dovuto bruciarlo.

E poi bruciare il ricordo di quel bacio.

Il biglietto era finito a faccia in su sul bancone e il nome stampatovi sopra lo fissava dritto in faccia.

Agente Aiden Cross
Dipartimento di polizia regionale di Southern Allegheny

Aiden Cross.

Agente Aiden Cross.

Nash, di solito, sceglieva uomini che non frequentavano i suoi stessi ambienti. Quello era decisamente il caso dell'agente Cross, quindi non c'era alcun pericolo.

Ma un pericolo c'era comunque. Di tipo diverso.

Ora Nash se ne rendeva conto. Se si fosse fatto beccare non solo con un uomo, ma con un porco...

Cazzo. Tanto sarebbe valso togliersi i colori del club dalla schiena con un coltello.

Diesel era ancora contrario al fatto che Bella stava con Axel. Tollerava il poliziotto perché l'uomo aveva sangue DAMC che scorreva denso nelle sue vene, era sposato con la cugina di D, era il fratello di Zak e il cognato di Linc. Oltre che nipote del membro fondatore Bear.

Quindi, nel migliore dei casi, Diesel tollerava Axel. Per il bene di Bella.

Nelle vene di Aiden Cross scorreva solo sangue di porco.

Era intollerabile.

Soprattutto quando l'attività di Diesel consisteva in un gruppo di veterani delle forze speciali che facevano cose discutibili.

Un sacco di cose discutibili.

Cose che dovevano essere fatte e di cui D voleva che il club non si sporcasse le mani. Ma lui non solo era il loro capo degli Shadows, ma anche il sergente del club, quindi c'era un legame.

Di conseguenza, mentre D faceva un'eccezione per Axel, non avrebbe concesso la stessa clemenza a chiunque altro portasse un distintivo.

Il club era la famiglia di Nash. Se non fosse stato per il club, non sarebbe stato in grado di concentrarsi sulla musica. Sarebbe stato come tutti gli altri coglioni che lavorano dalle nove alle cinque.

La sua anima sarebbe appassita e morta se avesse dovuto fare una cosa del genere.

Lui amava la libertà. Amava la musica. Amava la vita.

Amava la sua fratellanza.

Ma era stanco di essere fottutamente solo, anche quando era circondato dai suoi fratelli, dai suoi compagni di band e persino dalla folla degli spettatori dei suoi concerti.

Aveva visto quasi tutti i suoi fratelli trovare una vecchia perfetta per loro. Una donna che non li aveva costretti a cambiare.

Anche quelle donne si erano inserite perfettamente nella vita del club. O perché ci erano nate o perché vi erano state adottate grazie al loro vecchio.

Il vero amore. La vera lealtà. Tutti gli altri avevano trovato quelle cose.

Mentre Nash era ancora da solo nella sua cucina silenziosa.

Negli ultimi anni, la famiglia del DAMC si era allargata. Anzi, era esplosa. Più che raddoppiata, tra nuovi membri, aspiranti, le donne e, ora, un'intera nuova generazione di figli del DAMC.

Non che Nash potesse contribuire alla quarta generazione. Diavolo, non era nemmeno nato nel club; non aveva sangue DAMC quando era diventato aspirante, tanti anni prima.

A vent'anni, era stato avvicinato in un bar per motociclisti vicino a Greensburg da un giovane motociclista di nome Jag Jamison. All'epoca, tutto quello che Nash aveva a suo nome erano una chitarra scassata, una slitta ancora più scassata e grossomodo cinque dollari nella tasca dei suoi jeans logori.

Jag si era seduto sullo sgabello accanto a lui, gli aveva offerto una birra, aveva attaccato bottone e si era offerto di riparare la sua Harley, dato che stava imparando a lavorare il metallo e la vernice. Quell'uomo stava imparando da autodidatta a progettare moto e auto personalizzate. E aveva bisogno di fare pratica sulla roba di qualcuno a cui non sarebbe fregato niente se avesse sbagliato qualcosa.

La moto di Nash non avrebbe potuto fare più schifo di come era ridotta. E dire che faceva schifo era farle un complimento.

All'inizio, Nash aveva pensato che Jag ci stesse provando con lui. Aveva scoperto che non era così. La storia che l'uomo gli aveva raccontato era vera. Ma questo non significava che Nash non ce l'avesse avuto duro per Jag per un paio d'anni. Finché non aveva dovuto guardare Jag che inseguiva Ivy come un cane inseguiva una pallina da tennis.

Anche se Ivy non voleva avere niente a che fare con Jag, l'uomo non si era mai arreso.

Alla fine, Nash non aveva avuto altra scelta che desistere. Tuttavia, era ancora grato a Jag per averlo riportato a Shadow Valley come un cucciolo randagio. Per avergli dato un chiodo da aspirante, un posto dove stare gratis, cibo gratis, alcol gratis e, alla fine, una moto da paura.

Nash doveva molto a Jag.

Doveva molto al DAMC.

E l'ultima cosa che aveva bisogno di fare era dare un calcio nelle palle a tutti loro, non solo dichiarandosi bisessuale, ma anche portandosi a casa un poliziotto da scopare.

Raccolse il biglietto dal bancone, lo accartocciò nel pugno e cercò il cestino. Se Rissa e Mercy ne avevano uno, non c'era più.

Lo avrebbe bruciato di fuori.

Aprì la porta scorrevole che dava sul retro e uscì in veranda, lasciando che il suo sguardo vagasse sugli alberi dietro la "sua" casa, che avevano preso colore e si preparavano a lasciare cadere le loro foglie fruscianti.

Poteva esserci l'idea per una canzone in quella scena.

Sentì le flebili note di una chitarra acustica e guardò alla sua destra, oltre il lotto vuoto, verso la casa successiva. La casa di Jazz e Crow.

Jazz era fuori a fare ciò che amava. Lo stesso che amava fare Nash.

Suonare musica.

La musica calmava l'anima in via di guarigione di Jazz.

La musica *era* l'anima di Nash.

Senza la musica, lui non era nulla.

Imprecando, Nash infilò il biglietto appallottolato nella tasca anteriore e si diresse verso i gradini della veranda e verso la casa di Crow.

Nonostante si stesse avvicinando, Nash non riusciva a riconoscere cosa stesse suonando e cantando dolcemente la donna. Sperava che fosse qualcosa scritto da lei.

Jazz aveva molto talento; aveva solo bisogno di molta più fiducia in se stessa.

Alcune persone erano nate per fare musica. Jazz era una di quelle.

Gli occhi della donna erano puntati su di lui mentre

Nash si avvicinava, ma non smise di suonare. Le sue dita continuarono a pizzicare le corde, ma le parole si interruppero quando gli rivolse un sorriso sincero che gli colmò il petto.

"Ehi, piccola."

"Ehi," rispose la donna.

"Roba tua?"

Lei annuì, facendo ondeggiare la coda di cavallo bionda, e smise di strimpellare.

"Sembrava roba buona." Nash voleva saperne di più.

Jazz sollevò una spalla e la lasciò cadere.

"Come sta il bambino?"

Il sorriso di lei si allargò e il suo viso si illuminò. "Bene."

Il pancione non si vedeva, perché era coperto dalla chitarra, e comunque Nash era sicuro che non fosse ancora grande. Le cose belle richiedevano tempo.

Era un bene che Jazz avesse il figlio di Crow. Per lei e per il suo vecchio.

"Anch'io devo mettermi a scrivere seriamente. Per il prossimo tour, il nostro manager vuole tutti pezzi originali. Anche se probabilmente suoneremo in buchi di merda, vuole testare il materiale. Prenderò qualunque cosa tu voglia darmi, piccola."

L'espressione di Jazz si chiuse di nuovo. "Non sono brava a scrivere canzoni mie."

"Il manager vuole che smettiamo di fare tutte quelle cover."

Lei girò la testa per guardarlo. "Vi chiamate Dirty Deeds per un motivo."

"'Sti cazzi." Anche se avevano cominciato come cover band degli AC/DC, nel corso degli anni si erano allargati a diversi generi, rimanendo comunque perlopiù fedeli al rock e all'heavy metal.

"L'unico motivo per fare degli originali è essere scritturati da una casa discografica. È quello che volete?"

Nash si sistemò sulla poltrona accanto a lei. "Non lo so. Non ci ho pensato più di tanto. Voglio solo fare più soldi. Ho trentasei anni e non ho un cazzo di vaso in cui pisciare."

Con la fronte aggrottata, Jazz posò gli occhi verdi sulla casa di Nash. "Hai una casa."

"Non sono sicuro di volerla."

"Hai una slitta che spacca," gli ricordò la donna.

"Sì." Era vero. Merito di Jag e delle sue capacità.

"Hai delle Gibson Les Paul fantastiche."

"Sì." Ne aveva eccome. E una di esse valeva un bel po' di quattrini.

"E hai noi."

E quello non aveva prezzo.

"Non posso permettermi quella casa se non inizio a guadagnare di più, Jazz. La luce, l'acqua, le tasse, tutta quella merda costa. Devo ancora al club i soldi del lotto e della costruzione. È una grossa cambiale del cazzo che pende sulla mia testa."

"Il club non ha fretta di recuperare quei soldi. Lo sai," disse con dolcezza.

"Avrei dovuto dire di no."

"Avrai avuto un motivo."

Nash si guardò alle spalle, verso una casa che sarebbe stata adatta a qualsiasi tipico quartiere della classe media. Non a lui.

Nemmeno lontanamente.

Cosa cazzo gli era venuto in mente?

"Sì, piccola, ero caduto dal palco mentre ero ubriaco fradicio e mi ero spaccato la testa."

Jazz rise. "Devo essermelo perso."

"È stata più che altro una decisione avventata, dopo una

notte passata ad ascoltare Rooster che faceva un cazzo di casino mentre lo sbatteva dentro a una delle troiette. Quello stronzo di merda fa un baccano infernale quando lo ficca."

Jazz abbassò la testa e la scosse, ma le tremavano le spalle.

Sorrise. "Il bambino non sente nulla di quello che ho appena detto e non se lo ricorderà, vero?"

Lei sollevò la testa, con gli occhi che brillavano. "Spero di no. Perché, se questo bambino sente le cose, ne uscirà già corrotto da ciò che io e Crow..." Le si colorirono le guance. "Però gli canto ogni giorno."

"Cazzo, voglio cantare anch'io per lui."

Jazz lanciò un'occhiata alle sue spalle, verso la casa.

Anche Nash guardò in quella direzione. "Lui è qui?"

Scosse la testa. "È al negozio. Ma se gli salta qualche appuntamento, a volte torna a casa prima."

"Pensi che gli dispiacerebbe?"

Jazz si mordicchiò il labbro inferiore. "Non ne sono sicura."

"Parliamo di cantare, non di scopare."

"Sì," disse Jazz con un filo di voce.

Nash soffocò la delusione che gli risaliva dalle viscere. "Lasciamo perdere, se sei preoccupata."

"No, voglio farlo." Jazz si sfilò la chitarra e gliela porse. "Tu suona e scegli una canzone. Io ti seguo."

La donna si passò una mano sulla pancia, che aveva un bozzo evidente, e si mise comoda sulla sedia, in attesa.

Nash mise la chitarra a tracolla e batté la mano sulla cassa, dando inizio a un ritmo.

Chiuse gli occhi, lasciò che le sue dita trovassero ogni nota e accordo, poi lasciò che le parole di *Sweet Child O' Mine* dei Guns N' Roses gli uscissero dalle labbra. Mantenne un ritmo lento e semplice e Jazz si unì a lui, la voce sensuale che si fondeva perfettamente con la sua.

La donna teneva una mano sulla pancia, il mento abbassato, un piccolo sorriso sulle labbra mentre cantava al bambino che stava crescendo dentro di lei.

Guardando quella scena, vedendo tutte le belle cose che erano toccate a Jazz dopo quelle brutte, Nash era felice per lei, ma c'era qualcos'altro che lo calamitava.

Qualcosa che a lui stesso mancava.

Quando ebbero finito, la donna alzò la testa, incrociò il suo sguardo e gli rivolse un sorriso luminoso. Lui lo ricambiò, ma il suo sorriso non era altrettanto luminoso.

E, cazzo, Jazz se ne accorse.

Nash si preparò, perché aveva visto che Jazz voleva dire qualcosa. Non aveva torto.

E questo spense il sorriso luminoso di Jazz. "Anche tu hai bisogno di questo nella tua vita, Nash. A volte lo vedo. Sembri perso. Solo. Lo vedo perché l'ho vissuto."

"Sì."

"L'unico momento in cui quello sguardo svanisce è quando sei sul palco. So che quello è il tuo vero amore, ma hai bisogno di qualcosa di più. Tutti ne abbiamo bisogno."

"Jazz."

Lei proseguì. "Hai una casa che ti aspetta. Devi solo riempirla."

Se Nash si fosse trasferito, l'unica cosa che avrebbe riempito la casa sarebbe stata la musica. Quella era la sua unica e vera fissa. Il resto era superfluo.

Ma, porca miseria, doveva cambiare argomento. "Ti chiedo di nuovo di pensare a scrivere per noi. So che Crow non ti permetterà di unirti a noi in tour, nemmeno per qualche tappa, e capisco. In più, ora, con il bambino..."

"Io non scrivo rock."

"Devo solo realizzare i testi; penserò io a scrivere la musica per accompagnarli. Li farò diventare rock."

"Non so..."

"Se sei come me, avrai un quaderno pieno di testi scarabocchiati. Alcuni di quei testi potrebbero essere merda, altri potrebbero essere oro. Pensaci."

A Nash non sfuggì lo sguardo che Jazz lanciò nuovamente verso la casa. Quella donna amava il suo vecchio, amava la loro vita, e non voleva che qualcosa smuovesse le acque calme che aveva faticosamente trovato.

"Quando quella sera hai cantato a Crow quella versione di *Holding Out for a Hero*, ci hai messo tutti in ginocchio, piccola. Fino all'ultimo, cazzo. Hai talento. Lui se n'è accorto. Anche lui è un artista. Capirà."

Quando Jazz non disse nulla e rimase seduta a fissare il bosco dietro la casa, Nash avrebbe voluto prendersi a calci per aver insistito.

"Ancora una prima di andare, Jazz. Una per te e per il piccolo. *With Arms Wide Open* dei Creed. Va bene?"

Lei annuì. "Va bene."

Nash cominciò a suonare la musica e lasciò che Jazz iniziasse con il testo; dopo qualche battuta, si unì a lei.

Quando Jazz suonava e cantava, la felicità che aveva trovato si sprigionava da lei. Toccava tutti quelli che le stavano intorno. Nash avrebbe voluto allungare la mano per afferrarla, ma sapeva che, se l'avesse fatto, gli sarebbe sfuggita dalle dita.

Non era destino.

Dopo aver suonato l'ultima nota e cantato l'ultima strofa, Nash si alzò, si chinò, premette le labbra sulla fronte di Jazz e le restituì la chitarra.

Prima che lui potesse allontanarsi, la mano di lei toccò la sua e si soffermò.

Stringendo le sue dita, Jazz sussurrò: "Ho trovato la mia felicità, Nash."

"Sì, piccola."

"Anche tu devi trovare la tua."

Nash trasse un respiro affannoso dal naso, si voltò e, invece di tornare alla sua grande casa vuota, tornò direttamente alla sua slitta, montò in sella e partì.

Capitolo Quattro

Cross controllò il cellulare per la centesima volta in quelli che sembravano altrettanti giorni.

Non era passato tutto quel tempo, ma di sicuro sembrava che lo fosse.

Era ossessionato da un uomo che non poteva e non doveva avere. Nonché un uomo che non lo voleva.

Aveva dato a Nash il suo biglietto da visita. Se quello non voleva usarlo, Cross non poteva farci nulla. Non aveva il numero di telefono dell'altro e non conosceva il suo nome completo. Non era nemmeno sicuro che Nash non fosse solo il nome di strada del motociclista. Non aveva nulla.

In realtà, quello che avrebbe dovuto fare sarebbe stato voltare pagina.

Soprattutto quando lui, stupido coglione qual era, aveva fermato tutte le moto che aveva incontrato, anche per le infrazioni più lievi, nel caso in cui una di loro fosse quella di Nash.

Era anche tornato al Cockpit un paio di volte, così come in tutti gli altri bar gay che era riuscito a trovare nella zona di Pittsburgh e nei pressi di Shadow Valley.

Era persino arrivato a mettere piede in un paio di club underground.

Sebbene avesse trovato molti uomini in quei locali, nessuno di loro era Nash. Il che significava che Cross era tornato a casa da solo ogni sera.

Quel giorno gli era stata assegnata una zona di pattugliamento nella parte più meridionale della giurisdizione del suo dipartimento. In realtà, aveva fatto cambio con un altro agente che voleva lavorare nella zona assegnata a Cross perché era vicino a dove abitava e avrebbe potuto fermarsi a casa a pranzare. Era stata una buona notizia per lui, perché la zona sud confinava con la zona di competenza della polizia di Shadow Valley. Perciò, per tutto il giorno, Cross era rimasto seduto sulla linea di confine cittadino a guardare i veicoli che passavano, scorgevano la sua volante parcheggiata dietro a un cartello stradale e frenavano.

A voler essere pignolo, Cross avrebbe potuto multarli tutti, perché quando rallentavano era sempre troppo tardi. Ma non era esattamente alla ricerca di multe facili. Stava di nuovo cercando una moto. Non una moto qualsiasi, ma una con i tubi dritti e un marchio noto sul serbatoio.

Perché, ancora una volta, era uno stupido coglione. Sospirò.

La sua radiolina fece rumore e lui ascoltò con un mezzo orecchio una chiamata ricevuta da qualcun altro in un'altra zona. Qualcuno si era lamentato per dei cani che abbaiavano. Cross era grato che quella chiamata non lo riguardasse.

Se la sua autovettura non fosse stata dotata di GPS, che consentiva ai suoi supervisori di sapere sempre dove si trovava, avrebbe corso il rischio di fare un giro in città per chiedere informazioni su Nash. Era sicuro che qualcuno sarebbe stato in grado di indicargli la sede del Dirty Angels MC.

Forse lo avrebbe fatto nel suo prossimo giorno libero.

Cristo.

Doveva dimenticare quel tizio. Era stato solo un fottuto bacio.

Okay, due, tecnicamente.

Ma ogni sera, quando Cross chiudeva gli occhi, immaginava di liberare i lunghi capelli di Nash dalla coda di cavallo e di avvolgerseli attorno al pugno mentre Nash era in ginocchio a succhiargli il cazzo.

La notte prima, la sua immaginazione si era spinta ancora più in là, costringendolo a guardare un porno sul suo tablet per alleviare un po' di quel bisogno represso.

Anche adesso il suo uccello si stava gonfiando al ricordo.

Aveva bisogno di distrarsi da un motociclista non disponibile che avrebbe anche potuto essere un criminale. Cross non aveva idea se l'uomo avesse la fedina penale sporca. E, nel caso, quanti precedenti avesse.

Gay. Motociclista. Forse criminale.

La tripletta perfetta per mandare a puttane la carriera di Cross.

Un frastuono attirò la sua attenzione e un vecchio pick-up Ford bianco e rosso malconcio, con la targa mancante, il tubo di scappamento che penzolava e il parabrezza incrinato gli si avvicinò. L'autista lo guardò negli occhi e Cross fece lo stesso mentre il furgone passava sferragliando.

Un altro cittadino rispettoso della legge. Probabilmente non aveva nemmeno un centesimo di assicurazione, un libretto di circolazione valido o una cazzo di patente di guida.

Cross sospirò di nuovo, mise in moto e accese i lampeggianti.

Mentre il pick-up rallentava, ma non si fermava, Cross fornì la descrizione del veicolo e avvisò la centrale che avrebbe effettuato un fermo stradale. Notò inoltre che sul lunotto posteriore c'erano adesivi dell'NRA[1], "Non pestatemi i piedi," "I miei santi protettori sono Smith & Wesson" e "These Colors Don't Run.[2]"

Ottimo.

Cross era quasi certo che l'autista fosse uno di quelli secondo cui essere gay era una malattia mentale.

Non che fosse una scelta che Cross avrebbe fatto di sua spontanea volontà.

Se avesse potuto scegliere, Cross non sarebbe stato gay. Nessuno voleva vivere volontariamente una vita piena di discriminazioni, oltre alla paura di essere scoperto al lavoro.

Nonostante ciò che alcuni credevano, essere gay non gli aveva impedito di essere un buon poliziotto, un buon amico, un buon vicino e un buon figlio.

E forse, un giorno, un buon padre.

E marito.

Ma nulla di tutto ciò sarebbe accaduto a breve.

"Cazzo," mormorò Cross, accostandosi al furgone che finalmente si era fermato a bordo strada quasi un chilometro dopo che lui aveva accesso i lampeggianti.

In quel momento, doveva fare un bel discorsetto con il conducente del veicolo che aveva fermato.

Rimase nell'auto di servizio ancora per qualche istante, per assicurarsi che il conducente non tentasse la fuga. Quando ciò non accadde, Cross uscì dall'auto, usando la portiera come copertura.

Pensò di urlare ordini all'autista invece di avvicinarsi. Ma fino a quel momento, l'uomo aveva collaborato e, a parte il fatto di avere un furgone malandato, non aveva fatto nulla che giustificasse l'arresto.

Ma ciò non significava che Cross non sarebbe stato molto cauto nel suo approccio.

Chiuse la portiera, sistemò il cinturone e aggiornò il suo

operatore con la radiolina. Poi, mentre si avvicinava al retro del furgone, premette il pollice sul portellone posteriore, in modo che, se fosse successo qualcosa, le forze dell'ordine avrebbero potuto dimostrare che quelli erano il pick-up e l'uomo che avevano fatto qualcosa per ferirlo o ucciderlo.

Ma Cross sperava che nulla di tutto ciò accadesse, perché sarebbe stata una bella sfiga.

Si tenne vicino alla fiancata del pick-up e si avvicinò al finestrino, che non era ancora stato abbassato.

Cross scosse la testa e disse: "Abbassi il finestrino."

Il suo sguardo controllò l'interno dell'abitacolo alla ricerca di armi o sostanze illegali, ma era così pieno di spazzatura che l'uomo avrebbe potuto nascondere qualsiasi cosa.

"Abbassi il finestrino," ripeté in tono più forte e più deciso.

Cross si tese quando l'uomo obbedì, per poi sporgersi dal finestrino e sputare succo di tabacco sul suo stivale.

Che fermo divertente sarebbe stato.

"Favorisca patente, libretto e contrassegno dell'assicurazione, per favore."

Nessuna risposta.

Stronzo io.

"Parla inglese o ha bisogno di un interprete?"

L'uomo, probabilmente sulla cinquantina, con una lunga barba sale e pepe abbondante di sale, il cui viso mostrava i segni di una vita vissuta, girò la testa e disse: "Parlo americano."

Che gioia.

"Va bene, allora mi lasci ripetere la mia richiesta in *americano*. Avrei bisogno di vedere la patente, il libretto e l'assicurazione, *per favore.*"

"Non ho niente di quella roba. In quanto cittadino di questa grande nazione, gli Stati Uniti d'America, patria della libertà, terra dei coraggiosi, sono libero di fare tutto quello che mi pare."

Cross prese fiato. La situazione si faceva sempre più divertente. "Non funziona proprio così. Ci sono delle leggi—"

"'Fanculo alle vostre leggi."

Cross strinse le labbra e studiò l'uomo. Aveva bisogno di un piano. Uno buono. L'uomo poteva anche essere un po' più vecchio di lui, ma a occhio e croce era fottutamente grosso. E robusto. Come un dannato boscaiolo.

Il tipo d'uomo che poteva trangugiare una birra in un sorso e poi schiacciarsi la lattina sulla fronte.

"Vuole dirmi nome e cognome?" chiese Cross, anche se conosceva già la risposta.

Un nuovo grumo di succo di tabacco si spiaccicò sull'altro stivale di Cross. "No."

"Va bene. Che ne dice di scendere dal suo veicolo e venire a sedersi sul retro del mio mentre risolviamo la questione." Cross non ne fece una richiesta, perché non lo era.

Indietreggiò dalla portiera del guidatore e piantò gli stivali sporchi di saliva in modo da garantirsi l'equilibrio, tenne le ginocchia aperte, una mano sul taser e l'altra sul calcio della Glock, che era angolata lontano dal guidatore.

"Scenda dal veicolo e—"

La portiera si aprì lentamente e l'uomo uscì. Cross aveva ragione. Quel coglione era più alto di lui di qualche centimetro ed era anche più grosso.

Sebbene lui fosse bravo a tenere testa alle persone, conosceva anche i suoi limiti.

Sarebbe stata dura.

A quell'uomo non fregava un cazzo della legge, il che significava che non gli importava nulla che Cross fosse un agente di polizia. Viveva nel suo mondo, seguiva le sue regole e se ne fotteva di tutto il resto.

Cross premette il pulsante della radiolina. "Centrale, soggetto fuori dal veicolo. Lo porto al mio per interrogarlo."

"Ricevuto."

Cross premette di nuovo il pulsante e aggiunse: "Inviate un'altra unità."

Prima di ricevere una risposta dalla centrale, sentì: "Perché hai bisogno di un'altra unità? Trattenendomi, stai calpestando le mie libertà."

"Signore," esordì Cross, cercando di mantenere un tono pacato e calmo. "Ho tutto il diritto di fermarla per violazione del codice della strada e di trattenerla perché non ha con sé un documento di identità."

"Stronzate."

"Devo assicurarmi che non sia ricercato. E se non ha l'assicurazione e il libretto di circolazione in regola, dovrò far rimuovere il veicolo." Cross doveva chiamare un carro attrezzi e far portare via baracca e burattini. Non aveva intenzione di rimettere in strada quel pick-up nelle condizioni in cui si trovava, a nessun costo.

"Non prenderai il mio furgone. Ho pagato per quel cazzo di furgone. È mio."

"Lo riavrà una volta che–"

"Ho pagato per quel cazzo di furgone," ripeté l'uomo a voce più alta, con il volto che diventava rosso. "Non lo prenderai!"

"È solo fino a quando–"

Cross vide arrivare il pugno, si preparò a riceverlo, ma quello che lo colpì non era un cazzotto, era una specie di mazza. Anche se riuscì ad alzare un braccio per bloccare limitatamente il colpo, esso lo raggiunse comunque in parte al volto e gli fece scattare la testa all'indietro.

Avrebbe potuto giurare di aver sentito ogni osso del collo rompersi per il colpo di frusta.

Alzò un altro braccio appena in tempo per bloccare un altro colpo diretto al volto. Mise di nuovo mano al taser, ma che potesse estrarlo si sentì spazzare le gambe e cadde di schiena sull'asfalto.

Scavò a fondo per riesumare il suo addestramento, cercando di mantenere la calma e di pensare con lucidità. Non voleva usare forza letale, ma l'avrebbe fatto se fosse stato necessario. Aveva potuto farlo già subito, ma afferrò il taser e lo puntò contro l'uomo che lo sovrastava. Non esitò a premere il grilletto e guardò le punte affondare nel petto dell'uomo e dargli la scossa.

Purtroppo per Cross, l'uomo non batté ciglio. Probabilmente perché quella specie di boscaiolo indossava una spessa camicia di flanella, che sembrava foderata. Le punte non avevano fatto buona presa. Probabilmente, la corrente era solo un fastidioso solletico per lui.

Cazzo.

Cross espulse la cartuccia esausta e, prima che potesse fare qualsiasi altra cosa, un grosso stivale entrò in contatto con la sua testa.

L'impatto lo costrinse a lottare per riempire i polmoni e tenere a bada l'oscurità.

Il suo unico pensiero era che non voleva morire sul ciglio di una cazzo di strada.

Lottando contro l'oscurità che restringeva il suo campo visivo, cercò la radiolina che gli si era staccata dalla spalla. Non appena le sue dita la trovarono, premette il pulsante di emergenza e cercò di concentrarsi su ciò che l'uomo stava per fare.

Cioè raggiungere la pistola di Cross.

Lui scavò di nuovo in profondità, tirò indietro il ginocchio e colpì l'uomo in mezzo al petto con lo stivale.

A parte un forte grugnito e un mezzo passo indietro, la cosa non fece né caldo né freddo al boscaiolo.

Gesù.

L'uomo lo afferrò per la camicia dell'uniforme e cominciò a sollevarlo. Poi, all'improvviso, Cross cadde sul marciapiede come un sacco di patate, mentre l'uomo indietreggiò incespicando.

Cross non aveva idea di cosa stesse succedendo; sapeva solo che era libero. Si rimise in piedi, riprendendo fiato e lottando contro le vertigini, solo per vedere un altro uomo alle prese con il taglialegna. Non riuscì a vedere chi fosse il nuovo arrivato, però. L'automobilista era troppo grosso.

Si guardò attorno e non vide altre volanti oltre alla sua.

Che cazzo stava succedendo?

Chiunque stesse lottando con il bestione non era in vantaggio, ma Cross vide comunque che il taglialegna stava incassando. E rispondendo a tono.

Poi, all'improvviso, l'omone cadde in ginocchio, si acca-sciò a terra e atterrò di faccia sul marciapiede come un albero abbattuto.

Cross vide tutto come al rallentatore, si assicurò che lo stronzo non si stesse rialzando, poi sollevò lo sguardo sull'uomo che era piegato in due, apparentemente senza fiato, con i lunghi capelli biondo scuro che gli ricadevano sul viso e un giubbotto di pelle nera.

Anche l'oggetto che costui aveva in mano era di cuoio nero.

Cross non ne aveva mai usato uno, non ne aveva nemmeno mai visto uno nella vita reale, ma sapeva che cosa aveva in mano Nash.

Un blackjack.

Completamente illegale. Un arnese che un tempo

usavano i poliziotti e che poteva fare danni seri. Lo dimostrava l'omone steso sul bordo della carreggiata.

Nash sollevò gli occhi e i loro sguardi si incrociarono.

"Sbarazzati di quello," fu tutto ciò che Cross riuscì a dire.

Nash si guardò la mano e l'arma insanguinata, poi si voltò e la scagliò lontano nel campo accanto alla strada.

Una volta che il blackjack fu atterrato tra le lunghe erbacce, lo sguardo di Cross tornò a Nash, il cui petto era gonfio e i cui occhi, leggermente sbarrati, erano puntati su di lui.

Strofinandosi la bocca, Cross si accorse che stava sanguinando. "Cazzo," mormorò, spostandosi verso l'uomo a terra e prendendo le manette. Si inginocchiò e immobilizzò l'uomo svenuto. Avrebbe avuto bisogno di due paia di manette, ma ne aveva solo uno, quindi cazzi del tipo se erano troppo strette.

Una volta ammanettato il taglialegna e assicuratosi che respirasse ancora, Cross si alzò in piedi e si voltò verso Nash.

Cercò di scrollarsi di dosso il senso di vertigine, che però persisteva. Nonostante ciò, si avvicinò rapidamente a Nash, che rimase a guardarlo mentre lo raggiungeva.

Ora gli occhi nocciola dell'uomo erano incollati alle sue labbra, che Cross era sicuro stessero sanguinando e che sentiva cominciavano a gonfiarsi.

Si avvicinò a Nash e lasciò che il suo sguardo si posasse sul suo corpo, assicurandosi che l'uomo non avesse bisogno di cure mediche.

Non ne aveva. A parte un piccolo taglio sullo zigomo che stava già cominciando a formare un livido e un labbro gonfio che sicuramente era uguale a quello di Cross, sembrava che stesse bene.

Meno male, cazzo.

"Cristo, mi hai salvato la vita," sussurrò Cross.

Nash lo fissò senza dire nulla. I peli sulla nuca gli si drizzarono alla vista dello sguardo di Nash. Era quasi animalesco.

Cross allungò la mano e, usando il pollice, pulì una macchia di sangue dal labbro inferiore di Nash. "Ehi–"

Senza preavviso, si ritrovò di nuovo a terra, con il fiato corto, tutto il peso di Nash che lo schiacciava, mentre le loro bocche si fondevano, le loro lingue si accarezzavano e si assaggiavano.

Un sapore metallico, ma dolce. Entrambi sanguinavano, le loro labbra erano spaccate, ma ignorarono il dolore, il sangue, e approfondirono il bacio.

Era una follia. Un tizio tramortito, che lo aveva quasi ucciso, giaceva a pochi metri da Cross mentre lui e Nash limonavano tra le erbacce sul ciglio della strada.

Ma Cross non riusciva a liberarsi. Anche se Nash non l'avesse immobilizzato, non avrebbe voluto rompere il bacio che aveva sognato nelle ultime due settimane.

Fu altrettanto bello, se non migliore, di quella sera nel parcheggio del Cockpit. Anche se un po' doloroso.

Le dita di Cross afferrarono la camicia di Nash, tenendolo stretto, e incoraggiando l'uomo a baciarlo più forte.

Cross inclinò il bacino e fece aderire l'uccello a quello di Nash. Anche con l'ingombrante cinturone di servizio, Cross gemette al contatto.

Faticava a ragionare, a ricordare dove si trovavano, chi erano e, cosa più importante, che erano all'aperto dove chiunque poteva vederli.

Ma per quante volte si dicesse che dovevano smettere, che doveva staccarsi, non lo fece.

Non voleva che finisse.

Beh, in realtà lo voleva, ma se fosse finita come voleva lui, avrebbero potuto essere arrestati entrambi per atti osceni in luogo pubblico.

E Cross non voleva che la sua prima scopata con Nash fosse sul ciglio della strada, in mezzo alla polvere.

Alla fine, Nash sollevò la testa abbastanza da rompere il loro bacio. Fissò Cross negli occhi, con i capelli che gli ricadevano intorno come una tenda e il respiro affannoso. Cross tenne le mani sul chiodo di Nash, perché sapeva che se avesse mollato la presa avrebbe potuto non rivederlo mai più.

Mentre apriva la bocca per dire a Nash che doveva andarsene prima che arrivassero i rinforzi, sentì dei passi fragorosi e delle grida.

Cazzo.

Troppo tardi.

Il chiodo di Nash gli fu strappato dalla presa quando delle mani tirarono via l'altro uomo. Prima che Cross potesse gridare loro di fermarsi, vide gli agenti suoi colleghi; uno di loro tirò in piedi Nash prendendolo per i capelli, mentre un altro gli stringeva il colletto del chiodo. Poi Nash fu spinto in ginocchio e colpito con il taser.

Cross aprì la bocca per gridare "No!" ma non ne uscì nulla.

Assolutamente nulla, mentre fissava gli occhi preoccupati del suo sergente. Poi fu circondato dai suoi colleghi e non seppe più cosa ne era stato del motociclista che aveva accostato per salvargli la vita.

OGNI MUSCOLO si irrigidì e si contorse mentre il taser gli veniva premuto a bruciapelo contro il petto. Nash cercò di riprendere fiato, ma era paralizzato e non poteva farci un cazzo.

Dovette prendersi quei cinquantamila volt per cinque interi secondi del cazzo e, prima di potersi riprendere, prenderseli ancora una volta.

Questo gli avrebbe insegnato a salvare la vita di un porco.

Avrebbe dovuto tirare dritto e ignorare la rissa sul ciglio della strada. Ma, stronzo lui, non appena aveva visto chi era quello che stava per essere preso a calci nel culo, aveva puntato la slitta in quella direzione.

Ci aveva visto rosso mentre estraeva il blackjack dalla bisaccia e si precipitava ad aiutare Cross. Poi aveva agito.

C'era voluto più tempo del dovuto per abbattere l'omone, ma Nash ce l'aveva fatta. Una volta che questi era finito a terra, Cross lo aveva ammanettato subito.

Ma ora era lui quello tirato in piedi, ammanettato e spinto sul sedile posteriore di una volante.

Lui, il buon samaritano del cazzo. Il coglione che aveva aiutato uno dei suoi fratelli in blu.

Aveva sempre odiato i porci. Ora li odiava ancora di più.

Un colpo alla tempia gli fece sdoppiare la vista mentre veniva sollevato dalle ginocchia e trascinato sul ciglio della strada, gettato a pancia in giù sul retro di una volante e la portiera si chiudeva sbattendo, evitando per un soffio i suoi piedi.

'Fanculo a quegli stronzi di merda.

Nash ansimava. Sentiva la tensione nella mascella che si gonfiava, e il naso e la bocca perdevano sangue a ritmo sostenuto. L'orecchio sinistro fischiava a causa della botta in testa.

Sdraiato sul sedile posteriore, non riusciva a scorgere la porta del conducente aprirsi e chiudersi, ma ne sentiva il rumore.

Con un gemito, Nash appoggiò lo stivale sul pianale e si spinse seduto, scostando i capelli sciolti dal viso. Quando l'autopattuglia si allontanò, diede un'occhiata dal finestrino posteriore, ma non riuscì a vedere Cross, perché era circondato da altri poliziotti.

Quasi un esercito del cazzo.

Un esercito blu.

"Non ho fatto un cazzo," brontolò Nash, scuotendo le manette che gli stringevano i polsi e sputando sangue sul pavimento.

"Guarda che quella merda la pulisco coi tuoi capelli, lurido stronzo."

Nash incontrò gli occhi stretti del porco nello specchietto retrovisore. "Non ho fatto un cazzo," borbottò di nuovo.

"Aggressione, stronzo. Hai aggredito a un poliziotto."

Pensavano che avesse aggredito Cross.

E lo aveva fatto. Ma non nel modo in cui loro pensavano.

Aveva perso la testa quando aveva visto Cross che veniva pestato. Aveva perso di nuovo la testa quando aveva visto che Cross stava bene.

Ma i colleghi del poliziotto gli avevano consegnato un importante promemoria che lui non avrebbe dimenticato presto. Nash non avrebbe perso più la testa.

Capitolo Cinque

Cross percorse a grandi passi il corridoio vuoto, con una borsa del ghiaccio premuta sull'occhio destro. Era appena tornato in stazione dal pronto soccorso, dove il suo sergente aveva insistito che andasse a farsi visitare.

Il suo naso era pesto, ma non rotto. Aveva un livido e un bernoccolo sulla tempia e un occhio nero.

A dire il vero, era stato fortunato. Era ancora in piedi e respirava.

E qualsiasi cosa gli altri agenti avessero visto succedere tra lui e Nash, non era quello che pensavano.

Purtroppo per lui, era diretto all'ufficio del suo sergente per spiegare tutto quello che era successo, in modo che la polizia sapesse quali accuse presentare contro il boscaiolo stronzo.

E anche contro Nash.

Avevano ripreso la maggior parte di tutto quello che era successo dall'MVR di Nash, che ha iniziato a registrare non appena lui aveva acceso i lampeggianti, ma per fortuna, una volta che Nash era arrivato sulla scena, tutto ciò che lo riguardava, dal blackjack al bacio, era avvenuto lontano dall'obiettivo. *Meno male, cazzo.*

Tuttavia, Cross doveva trovare una scusa per spiegare come Nash era finito sopra di lui.

Baciarsi e strusciarsi i cazzi perché entrambi avevano perso la testa in un momento di adrenalina non era una spiegazione accettabile.

Ma quando gli altri agenti erano arrivati sul posto, l'autista era già stato reso incapace di nuocere, non rappresentava più una minaccia, e l'unica azione a cui i colleghi di Cross avevano assistito era quella tra lui e Nash.

Lui non aveva la minima idea di cosa dire al suo sergente e agli altri agenti, ma doveva inventarsi qualcosa e in fretta. Al pronto soccorso gli erano passati per la testa diversi scenari, ma gli sembravano tutti banali e poco plausibili.

Entrando nell'ufficio del sergente, prese fiato per farsi forza e chiuse la porta dietro di sé.

Era ora di recitare la sua parte.

***

Mezz'ora dopo, i suoi lunghi passi lo portarono nella direzione opposta a quella in cui il suo sergente gli aveva ordinato di andare.

"Vai a casa, riposati, prenditi un paio di giorni. Faremo interrogare il motociclista da qualcun altro, gli faremo rilasciare una dichiarazione e poi, a patto che collabori, lo lasceremo andare."

Giusto.

Cross doveva assicurarsi che Nash collaborasse. Prima lo avrebbe fatto, prima sarebbe stato libero.

Inoltre, doveva assicurarsi che le loro versioni dei fatti coincidessero.

L'ultima cosa che aveva bisogno che Nash dicesse, anche solo per scherzo, era che si erano baciati nel bel mezzo di una brutta situazione. Anche se era vero, non sarebbe stato furbo da parte di Nash ammetterlo.

Anche se era incazzato.

E Cross era sicuro che lo fosse.

L'uomo era stato trattenuto per ore e non era stato nemmeno visitato per le ferite riportate, che si sperava fossero lievi.

Oltre che per concordare una versione, Cross aveva bisogno di vedere Nash con i suoi occhi per assicurarsi che stesse bene.

Doveva anche ringraziarlo. E scusarsi per il modo in cui era stato trattato.

E *poi* chiedergli se potessero rivedersi. Magari in circostanze migliori.

Aveva la sensazione che a Nash non sarebbe fregato un cazzo di tutto ciò. Ma come minimo, Cross poteva consigliargli cosa fare per essere rilasciato il prima possibile. E, con un po' di fortuna, con molto meno clamore di quello che era successo sulla scena del fermo stradale.

Cazzo.

Si passò le dita tra i capelli mentre riviveva Nash che veniva colpito due volte con il taser e lui non faceva nulla per impedirlo. Il suo passo esitò, la scena che si ripeteva ancora una volta nella sua testa. Sbatté la schiena contro il muro del corridoio e abbassò la testa.

Cazzo.

Avrebbe dovuto impedirlo.

Non si aspettava che l'agente che aveva colpito Nash con il taser si comportasse in quel modo e, prima che Cross potesse reagire e tirare fuori le parole dalle labbra, era tutto finito e Nash era stato trascinato verso una delle volanti.

Quando Cross si era precipitato in quella direzione, era stato trattenuto dal suo sergente e circondato da altri agenti, preoccupati per la sua incolumità. Poi era stato spinto contro la sua volontà sul retro di un'altra volante e trasportato all'ospedale più vicino.

Era un maledetto vigliacco del cazzo.

Avrebbe dovuto urlare, farli ascoltare mentre diceva a tutti la verità e insistere perché rilasciassero Nash.

Ora poteva solo sperare che quello che aveva detto al suo sergente bastasse a far sì che Nash non subisse ulteriori fastidi prima di essere rilasciato.

Il motociclista non meritava la torta di merda che gli era stata servita.

Era responsabilità di Cross ripulire il casino. Per non parlare della speranza che Nash lo perdonasse per essere stato un maledetto codardo del cazzo.

Strinse gli occhi, poi sbatté la testa contro il muro una, due volte, quindi si allontanò e andò a cercare il luogo in cui era tenuto Nash.

Entrò nella stanza di detenzione, sollevato di trovare l'uomo da solo. Non aveva idea se quello stronzo di un boscaiolo ipertrofico fosse finito in ospedale o se fosse già stato registrato e spedito in gattabuia.

Non lo aveva chiesto e non gliene importava nulla.

Gli importava solo dell'uomo seduto nella stanza stretta, con le spalle al muro e le mani ancora ammanettate e immobilizzate contro la panca di metallo. La testa di Nash era appoggiata alla parete, i capelli ricadevano lontano dal viso e Cross vide che gli occhi erano chiusi e che uno di essi era gonfio come il suo.

Nemmeno la barba dell'uomo poteva nascondere il livido violaceo e gonfio che correva lungo la mascella.

Il sangue secco aveva impastato la barba ispida e i capelli

lunghi, aveva macchiato la maglietta a maniche lunghe strappata di Sturgis e aveva sporcato il chiodo del DAMC.

Le lunghe gambe di Nash non erano immobilizzate, quindi l'uomo le aveva distese e allargate, con i bordi dei tacchi degli stivali piantati sul pavimento di cemento. Il sangue era schizzato anche sui suoi stivali da motociclista, scalfiti e consumati.

I jeans sporchi e logori avevano macchie d'erba sulle ginocchia e Cross poteva solo immaginare che quelle macchie non ci fossero prima che loro due si rotolassero tra le erbacce in attesa che il resto degli agenti arrivasse sul posto.

"Cazzo," mormorò Cross sottovoce.

Ma abbastanza forte da far aprire l'occhio buono di Nash e da fargli girare la testa appoggiata al muro per guardarlo.

O almeno guardarlo con l'unico occhio sano.

"Ti rilasceranno. Ho raccontato quello che è successo al mio sergente. Ora sanno che mi hai soccorso e non ostacolato. Che stavi aiutando me e non quel pazzoide del cazzo."

Nash voltò la testa e fissò la stanza, ignorando Cross.

Lui strinse le labbra e si addentrò nell'area ristretta per posizionarsi tra gli stivali di Nash.

"Potrei fare danni, nella posizione in cui sei."

Sì, avrebbe potuto. "Non lo farai."

"Non puoi saperlo." La voce di Nash era arrugginita, come se fosse stata sforzata dalle urla.

"Lo so."

"Dai molta fiducia a un prigioniero."

"Sì, ma non resterai in custodia a lungo."

"Sono qui da abbastanza tempo."

"Mi dispiace. Mi hanno costretto ad andare in pronto soccorso e questa era la prima occasione per tornare qui e scagionarti."

Nash sbuffò e alzò lo sguardo per incontrare quello di

Cross. "Pulisci il mio cazzo di nome." Scosse la testa e i capelli lunghi, ora sporchi e impastati, gli sfiorarono le spalle. "Pulisci il mio cazzo di nome."

Cross fece una smorfia. "Uno degli altri agenti verrà a prenderti, ti trasferirà in una stanza per gli interrogatori e prenderà la tua dichiarazione. Devi collaborare. Non appena lo farai, ti rilasceranno."

Un muscolo si inturgidì sulla guancia di Nash, mentre il suo unico occhio buono si stringeva su Cross. "*Devo* collaborare, cazzo?"

Nash stava cominciando a incazzarsi e ad alzare la voce, così Cross diede un'occhiata veloce alla porta aperta per assicurarsi che nessuno stesse ascoltando. "Nash, amico mio, devi solo mantenere la calma, rispondere alle loro domande e ti lasceranno andare."

"Non c'era nessun cazzo di motivo per trattenermi. Nessun cazzo di motivo al mondo."

"Lo so."

"Hai detto loro che quello che hanno visto eri tu che strusciavi il cazzo contro il mio?"

Di nuovo, gli occhi di Cross scivolarono verso la porta dell'area di detenzione. "No."

"Gli hai detto che se non fossimo stati sul ciglio di quella cazzo di strada, tu ti saresti piegato a novanta e avresti preso il mio cazzo nel culo?"

Cross tossì e inspirò allo stesso tempo. "No."

"Cosa gli hai detto?"

"Ho detto che mi stavi aiutando da buon samaritano. Che ero svenuto dopo la colluttazione con l'autista, così tu hai ammanettato il prigioniero e poi sei venuto a controllarmi. Che mi ero appena ripreso quando sono arrivati gli altri."

"Bugiardo di merda."

Cross esalò il fiato. "Sì, ho mentito."

"Ma non hai mosso un cazzo di dito per impedirgli di fare quello che mi hanno fatto."

"Non avevo alcun controllo su–"

"Stronzate."

Un dolore attraversò il petto di Cross per l'emozione che si celava dietro l'imprecazione di Nash. L'uomo cercava di nasconderla, ma era lì. L'aria ne era densa e non solo Cross ne sentiva il sapore, ma gli rendeva difficile respirare. "Devi attenerti a quella versione."

"Non sanno che il loro ragazzo è gay."

Il cuore di Cross ebbe un sussulto, poi cominciò a battere forte. "No."

"Non sanno che avresti implorato il mio cazzo nel culo."

"Nash..."

"Perché? Perché hai paura che ti trattino come hanno trattato me? Come un pezzo di merda del cazzo?"

"I-"

"Sono intervenuto per darti una mano e questo è il fottuto ringraziamento che ho ricevuto. Ecco perché odio i porci. Meno male che i tuoi cazzo di amichetti me l'hanno ricordato." Nash inclinò la testa e fissò Cross. "Sono stato colpito con il taser – due volte, porca puttana – picchiato in testa mentre avevo le mani ammanettate, buttato sul sedile posteriore con la faccia in avanti, preso *accidentalmente* a calci e pugni quando mi hanno tirato fuori dall'auto, poi trascinato nel parcheggio fino al vostro porcile. E non dimentichiamo che mi hanno perquisito, mi hanno preso le impronte digitali e mi hanno schedato come un fottuto criminale. Ci mancava solo che mi cercassero nelle cavità. Ma forse quello l'hanno lasciato a te, visto che probabilmente ti piace infilare le dita nel culo agli uomini." Nash sbuffò e scosse la testa. "Scommetto che quel fottuto stronzo che ti aveva messo a terra è stato trattato meglio di me."

Cross avrebbe voluto vomitare, cazzo. Un semplice "mi dispiace" non sarebbe bastato.

Ed era giusto così.

Doveva dimostrare a Nash quanto apprezzava il fatto che si era fermato ad aiutarlo, anche se così facendo aveva corso un rischio. Affrontando non solo il conducente del furgone, ma anche quelle persone che avevano giurato di difendere la legge. I fratelli di Cross si erano comportati male.

Avevano giudicato Nash per il suo aspetto, per quello era, senza nemmeno sapere cosa ci faceva lì.

Cross si vergognava di loro.

E si vergognava di se stesso per non averli fermati.

Doveva fare meglio. Tutti loro dovevano farlo.

Ma non era quello il luogo per continuare la conversazione. Aveva fornito la sua versione, che sperava Nash avrebbe confermato a chiunque lo avesse interrogato, e ora doveva andarsene prima di essere beccato con Nash quando era stato ufficialmente mandato a casa da un superiore. "Hai ancora il mio biglietto da visita?"

Lo sferragliare delle manette di Nash contro la panca di metallo quando le strattonò riempì la piccola stanza. "Col cazzo."

Cross fece un passo in avanti fino a trovarsi tra le gambe distese di Nash, con i pantaloni dell'uniforme che sfioravano i jeans dell'uomo. Non proprio un contatto, ma comunque un legame. "Voglio ringraziarti per avermi salvato il culo e anche scusarmi per come sei stato trattato. Non ci sono giustificazioni per questo."

Nash non rispose subito. Invece, tirò indietro le gambe e allargò le ginocchia piegate, in modo che le loro gambe non si toccassero, con lo sguardo guercio che fissava Cross. "Non voglio niente da te o dai tuoi *fratelli*, tranne la mia libertà. Puoi levarti dai coglioni tipo subito?"

"Voglio farmi perdonare."

"Ho solo bisogno che tu mi lasci in pace, cazzo."

"*Devo* farmi perdonare."

"Figlio di puttana testardo, tu non mi ascolti, cazzo."

"So cosa ho provato in quel parcheggio fuori dal Cockpit. So cosa ho provato sul ciglio di quella strada. E lo sai anche tu."

"Non ho provato un cazzo."

"Negalo quanto vuoi. Ma io lo so. Tu lo sai. Capisco che tu sia arrabbiato in questo momento; lo sarei anch'io. Ma quando avrai avuto il tempo di pensarci–"

Le voci flebili che provenivano dal corridoio fecero sì che Cross si avvicinasse e sussurrasse: "Pensaci."

Poi si allontanò e uscì dalla stanza. Sentì dire "Non c'è niente a cui pensare," mentre ripercorreva il corridoio e usciva dalla porta sul retro che dava sul parcheggio.

Nash era testardo.

Ma in fondo, lo era anche lui.

<hr>

Cross aprì gli occhi e posò lo sguardo sulla sveglia accanto al letto. Segnava le 11:45.

Sentì di nuovo lo squillo mentre il suo telefono illuminava il comodino.

Con un gemito, prese il cellulare. Anche se il fermo stradale era avvenuto due giorni prima, era ancora tutto indolenzito. Le docce calde e le aspirine non servivano a molto.

Prese il telefono e guardò lo schermo. Era un numero con prefisso locale, ma che lui non conosceva. Di solito non avrebbe risposto a un numero sconosciuto e avrebbe lasciato partire la segreteria telefonica. Ma a quell'ora, poteva trattarsi di un'emergenza.

Come no.

Il battito che accelerava, fece scorrere il dito sullo schermo e accostava il telefono all'orecchio. "Pronto?"

Mentre si schiariva la voce assonnata, quasi gli sfuggì la risposta profonda, ma roca: "Ehi."

Porca puttana.

Qualcuno non si era sbarazzato del suo biglietto da visita. Anche se non l'aveva fatto prima dell'incidente di un paio di giorni fa, lui si era aspettato che Nash facesse a pezzi il biglietto e gli desse fuoco dopo quello che era successo.

Cross rimise la testa sul cuscino e si rannicchiò sotto le coperte, la mano tremante che scivolava sul petto nudo e sulla mascella. "Ehi," sussurrò.

Poi niente.

Silenzio.

Un silenzio assoluto. Gli si rimescolò lo stomaco e lui vi premette il palmo della mano, facendo del suo meglio per aspettare che Nash parlasse, anche se era difficile.

Finalmente, la voce di Nash giunse dal telefono, un po' esitante: "Volevo solo sapere se stavi bene."

Doveva essere un sogno. Cross stava ancora dormendo, vero? Non era possibile che Nash lo avesse chiamato per chiedergli come stava.

Non era possibile, cazzo.

Ma nel caso in cui lo fosse, nel caso quello non fosse un sogno, Cross rispose: "Sì. Tu?"

Di nuovo, un'altra straziante e lunga esitazione, che gli fece venire voglia di raggiungere Nash attraverso il telefono per cavargli fuori le parole di bocca.

"Quel tizio ti ha fatto il culo."

Ottimo. Magari non quelle parole.

"I miei fratelli hanno preso a calci il tuo." Un angolo della bocca di Cross si sollevò. La rabbia di quel giorno era ormai passata e lui immaginava che fossero arrivati al punto di scherzarci sopra, anche se nulla di quello che era successo era stato divertente.

Per nulla.

"Ero ingiustamente svantaggiato."

Le labbra di Cross si appiattirono al tono amaro di Nash, perché quella non era una battuta. "Lo ero anch'io. Hai visto quanto era grosso quello stronzo."

"Sì, non gliene fregava un cazzo che tu avessi un distintivo. Avresti dovuto sparargli nel culo."

Cross fece una smorfia, rovesciò la testa all'indietro fino a fissare il soffitto attraverso il buio mentre il suo pollice scivolava avanti e indietro sulla custodia protettiva del telefono, rimpiangendo che non fosse la pelle di Nash. "Non è un buon modo per farmi promuovere."

"Non verrai mai promosso se non respiri."

"È vero. Ma respiro, grazie a te."

"No, grazie ai tuoi amici porci."

Le dita di Cross smisero di scorrere e si strinsero sul telefono. "Di nuovo, mi dispiace per quello."

"Probabilmente è meglio che pensino che ti abbia aggredito piuttosto che ti stessi scopando a secco sul ciglio della strada, cazzo."

"Sì," concordò Cross, per poi stringere le labbra. Non sapeva se ridere o esprimere rammarico per l'interruzione. Ma era meglio che i suoi colleghi non lo vedessero per quello che era in realtà. "Ho spiegato loro che si è trattato di un malinteso, che tu mi stavi davvero aiutando. Spero che sia quello che hai detto anche tu."

"Sì, ho sentito le istruzioni che mi hai dato mentre ero incatenato alla panchina come un cane del cazzo."

Cross chiuse gli occhi e quel momento gli tornò alla mente. "Hanno ritirato le accuse."

"Sì, lo so, Cross. Ero lì, cazzo. Gli ho detto quello che volevi."

Giusto.

Cross inspirò dal naso. A quasi a mezzanotte, mentre giaceva nudo nel letto, con la voce profonda e soave dell'uomo che voleva scopare nell'orecchio, non era il momento di rivedere il casino che era successo quel giorno.

Il palmo della sua mano sfiorò i capezzoli villosi e scese lungo l'addome fino al nido di peli alla base dell'uccello.

Sebbene esso fosse molle a causa dell'attuale argomento di conversazione, non ci sarebbe voluto molto per cambiare le cose.

Nash aveva chiamato per un motivo e non perché fosse preoccupato per le ferite di Cross. Soprattutto perché lui stesso era messo molto peggio.

"Nash?"

"Sì?" La domanda fu pronunciata a bassa voce come quella di Cross.

"Dove sei?" L'uccello di Cross si contrasse fra le sue dita e lui lo circondò, iniziando a svegliarlo con le sue carezze.

"A letto."

Cross immaginò l'uomo nudo, sdraiato fra lenzuola bianche e stropicciate, con un braccio infilato dietro la testa e l'altro che si accarezzava l'uccello.

Porca troia. Ora era duro come la roccia e le sue palle erano contratte mentre ricordava quanto ero stato bello strusciarsi contro Nash quel giorno, nonostante il casino che li circondava.

Avrebbe voluto che fossero la bocca, il pugno o il culo di Nash a circondare il suo uccello in quel momento, non le sue stesse dita.

"Dove?" La voce di Cross era profonda, ruvida, alla prospettiva di ottenere quella roba.

"In un posto dove tu non puoi stare," rispose Nash con tono altrettanto profondo.

"Anch'io sono a letto... in un posto dove tu *puoi* stare." Il cuore di Cross cominciò a battere più forte e il suo respiro divenne affannoso al pensiero che Nash si presentasse alla sua porta.

Che varcasse quella soglia.

Che raggiungesse Cross nel suo letto.

Per molto tempo, non sentì nulla. Solo un respiro silenzioso dall'altro capo del telefono. Poi esso accelerò ed ebbe un singulto.

Anche Nash si stava toccando?

"Nash," gemette dolcemente Cross. "Adesso ho il tuo numero. Ti mando un messaggio con l'indirizzo."

Il respiro si fermò.

Nash aveva riattaccato?

Cross allontanò il telefono dall'orecchio. No, era ancora lì.

"Lascia perdere."

Cross non si arrendeva così facilmente. "Vieni qui senza colori. Ho una villetta in un complesso pieno di vicini ficcanaso. Se ti vedono rappresentare qualcosa di diverso da quello che rappresento io, potrebbero esserci dei problemi."

Ancora nessuna risposta.

Il pollice di Cross scivolò sulla punta del suo uccello e i suoi fianchi si contrassero mentre spazzava via la goccia di sperma che si era accumulata.

Era disposto a rischiare per ottenere ciò che voleva, ma doveva ridurre il rischio. "Niente colori, Nash. Solo tu."

Cross stava per urlare dalla frustrazione per non aver ottenuto risposta, quando la voce decisa di Nash lo colpì all'orecchio. "Avevi ragione. Il mio culo è già stato preso a calci una volta; non ho bisogno di essere preso a calci di nuovo, questa volta dai miei stessi cazzo di fratelli."

Sia la mano che il cuore di Cross si fermarono. Lottò per trarre un respiro. Poi un altro. Infine: "Ti mando un messaggio con il mio indirizzo."

Doveva insistere. Perché non si sarebbe arreso così facilmente.

Perché era uno stupido stronzo che voleva un uomo che avrebbe dovuto dimenticare.

"Perdi tempo."

Cross allontanò di nuovo il telefono e vide che lo schermo si era spento.

Si illuminò ancora una volta quando lui aprì l'ultima chiamata ricevuta, salvò il numero tra i contatti e inviò un messaggio con il suo indirizzo.

Poi aspettò.

Capitolo Sei

CROSS SI ALZÒ di scatto nel letto, con il cuore che batteva all'impazzata e la mano che automaticamente prendeva la .38 che teneva nel cassetto del comodino. L'orologio digitale segnava le 2:45.

Le cazzo di due e quarantacinque e qualcuno stava suonando il campanello.

Chiunque fosse, Cross lo avrebbe ammazzato.

Era passata una settimana da quando aveva scritto a Nash il suo indirizzo, quindi molto probabilmente non era lui. Probabilmente era uno stronzo ubriaco che era finito davanti alla casa sbagliata, visto che si assomigliavano tutte, e si chiedeva perché la sua chiave non funzionasse.

Cross scostò le coperte e rotolò fuori dal letto, infilandosi i pantaloncini grigi della tuta trasformati in pigiama che teneva a portata di mano, dato che dormiva nudo.

Mentre li tirava su, girò la testa verso la porta della camera da letto quando il suono cessò.

Grazie al cazzo.

Poi il suono riprese ininterrottamente.

Le persone normali suonavano una volta e aspettavano. Lasciavano passare un tempo ragionevole, poi suonavano di nuovo, nel caso in cui l'occupante dell'abitazione non avesse sentito la prima volta.

Le persone normali. Non gli stronzi ubriachi.

Lasciata la pistola nascosta nel cassetto, Cross si avvicinò alla porta d'ingresso della sua villetta al secondo piano e si sporse, appoggiando l'occhio destro allo spioncino.

Poi chiuse gli occhi e si raddrizzò. "Cazzo."

Lo scampanellio si interruppe.

Cross aspettò.

Il campanello riprese a suonare.

Cross girò i doppi catenacci e aprì la porta con uno strattone. "Ma che cazzo?"

"Ma che cazzo!" fu la risposta che ricevette. "Sto aspettando qui fuori da una cazzo di vita."

"Saranno due minuti, cazzo."

"Due minuti di troppo, cazzo."

"Che cazzo ci fai qui?"

"Mi hai invitato tu, stronzo."

"Una cazzo di settimana fa!"

"Non sapevo che l'invito avesse una scadenza."

Cross chiuse di nuovo gli occhi, inspirò lentamente e scosse la testa, cercando di placare l'irritazione.

Questo prima che due palmi lo colpissero al petto, facendogli perdere l'aria che aveva appena aspirato e inciampare all'indietro di qualche passo mentre cercava di recuperare l'equilibrio.

Prima che potesse riprendersi e impedire a Nash di entrare, l'uomo entrò, sbatté la porta e girò i due catenacci.

"Ho dei vicini."

"E? Non ho messo i colori, come mi avevi detto."

"Parlavo del rumore."

Nash alzò le spalle. "Trasferisciti in un posto dove non ci sono vicini."

Cross sollevò le sopracciglia. "Così, di botto."

"Certo. Fai le valigie e te ne vai."

"Così, di botto," ripeté Cross.

"Quello stronzo ti ha provocato danni al cervello o roba del genere quando ti ha preso a calci in culo?"

Cross fissò l'uomo che aveva sperato si facesse vivo, ma che non lo aveva fatto, e in quel preciso istante rimpianse che lo avesse fatto.

Perché cazzo era lì? Adesso? A quell'ora della notte, a fare lo stronzo? "Sei ubriaco?"

"Ti sembro ubriaco?" Nash avanzò verso di lui e continuò a farlo finché i loro piedi non si toccarono. Poi sfiorò la barba di Cross, facendogli battere forte il cuore. "Puzzo come se fossi ubriaco?"

Le narici di Cross si dilatarono. Nash aveva l'odore di un uomo che voleva scopare e... "Puzzi di erba."

Nash si mise faccia a faccia con lui e i loro sguardi si incrociarono. "So di ubriaco?" Prese la bocca di Cross, vi infilò la lingua dentro, la percorse una volta, poi si allontanò, lasciandolo voglioso di qualcosa di più.

No, Cross aveva sentito solo un leggero sapore di birra. Non era forte. Ma l'erba era leggermente più forte.

"Quindi, invece, sei fatto." Non era una domanda, perché Cross non aveva dubbi che Nash lo fosse. O che lo fosse stato.

"Mi piace prendere un po' di roba naturale ai concerti."

"Prima, durante o dopo?"

"Sì."

Cross sgranò gli occhi. "Ma quanto cazzo sei fatto?"

"Non tanto. Sono solo sereno. Tutto qui."

"Non sembravi sereno quando sei entrato a casa mia con la forza."

"Cominciavo a essere impaziente."

"Il karma è uno stronzo."

Nash scosse la testa. "Cosa vuol dire?"

"Vuol dire che ti ho mandato un messaggio una settimana fa. Mi aspettavo che ti presentassi quella sera."

"Di nuovo, non sapevo che ci fosse un limite di tempo."

"Di solito gli inviti non sono validi all'infinito, a meno che non sia scritto chiaramente nelle clausole."

Le labbra di Nash si contrassero. "Allora me ne vado."

Quando l'uomo fece un passo indietro, la mano di Cross si allungò e gli afferrò il polso, tenendolo fermo. "Tu sei già qui, io sono già sveglio; tanto vale che tu rimanga. Inoltre, non dovresti guidare fatto."

"Sto in moto, non in auto, e l'erba mi aiuta a rilassarmi."

"Da cosa hai bisogno di rilassarti?"

Nash ignorò la domanda, abbassando lo sguardo sul punto in cui Cross gli teneva ancora il polso. "Bella presa, Cross."

Perché non voglio che tu te ne vada.

Nash sorrise come se gli avesse letto nel pensiero. "Devi solo chiedermi di restare."

"Resta."

Il sorriso si appiattì. "Non sembrava una domanda. Sembrava una richiesta."

"Considerala una richiesta formulata con decisione."

"Voi porci avete il vizio di essere prepotenti."

"Puoi smettere di darmi del porco quando ti pare, eh. Non siamo a *Deliverance* e non ho intenzione di strillare come uno di loro mentre scopiamo."

"Ah no?" chiese Nash con un sopracciglio inarcato.

La bocca di Cross si aprì e lui esalò lentamente il fiato.

Nash sollevò la mano libera, passò il pollice sul labbro inferiore di Cross e sussurrò: "Hai una bella bocca, porcellino."

Ma. Che. Cazzo.

Doveva trattarsi di un sogno bizzarro. Perché quella conversazione non poteva essere reale.

Cross afferrò l'altro polso di Nash, in modo da avere una presa su entrambi. "Allora, che ci fai qui?"

"Ti ho appena detto che sono stato invitato."

"Non pensavo che saresti venuto."

Un lato delle labbra di Nash si arricciò per il doppio senso accidentale. "È per questo che l'ho fatto." Il suo sguardo cadde sui pantaloncini di Cross. "Sembra che anche tu ne sia contento."

Cross non dovette guardare per sapere che i suoi pantaloncini di spugna grigi non nascondevano l'evidenza della sua reazione non solo al fatto che stringeva i polsi di Nash, ma anche a quello che stava per accadere. "Non sono il primo, vero?"

"Il primo di che?"

Cross ignorò la domanda. "Non sei qui per sperimentare? L'hai già fatto? Non è solo una cosa nella tua lista di cose da fare? Qualcosa che sei qui solo per spuntare?"

"Sarebbe un'interessante lista di cose da fare."

Cross sorrise. "Sì, lo sarebbe. Voglio solo che tu sia consapevole di quello in cui ti stai cacciando."

Gli occhi di Nash si fecero seri. "So in cosa mi sto cacciando. È per questo che sono qui. Spero che sia lo stesso per te."

"Sono stato solo con uomini," ammise Cross. Allentò la

presa sui polsi di Nash e subito l'altro si liberò. "Non sono mai stato con una donna. Non ho mai voluto."

"Beh, di sicuro io non sono una cazzo di donna."

Cross lasciò scorrere lo sguardo su Nash. Dallo chignon disordinato con alcuni capelli biondo scuro che sfuggivano, agli occhi nocciola, alla barba trasandata e più in basso ancora. Indossava una maglia termica a maniche lunghe che promuoveva la band Rush, ma era logora, come se l'avesse da molto tempo e amasse indossarla.

Un lato della termica era rimboccato all'altezza del fianco, l'altro era allentato; anche i jeans erano consumati al punto da avere uno strappo all'altezza del ginocchio sinistro. Nash aveva una cintura di pelle nera che gli cingeva la vita magra sopra i fianchi stretti. La fibbia in ottone era grande e grossa e formava le lettere DAMC. Quindi, anche se non indossava il chiodo, Nash rappresentava comunque la sua confraternita. Una catena era agganciata a un passante della cintura e spariva dietro le spalle dell'uomo. Cross poteva solo immaginare che avesse uno di quei grossi portafogli di pelle infilati nella tasca posteriore.

Infine, le sue gambe erano lunghe e terminavano con pesanti stivali neri da motociclista.

Di solito Cross non amava quel genere di uomo. Ma quando lo aveva visto al Cockpit, qualcosa lo aveva attirato. Era come se quell'uomo non avesse una cazzo di preoccupazione al mondo. Come se vivesse semplicemente la sua vita, fregandosene di tutto.

Vivere liberi, rombare liberi. Cross riusciva a vedere Nash che viveva secondo quel motto.

E la cosa lo attirava.

Cross non viveva libero, ma in una cazzo di gabbia da cui non poteva uscire.

Aveva scelto una carriera che soffocava la sua identità.

Aveva vissuto una vita nascosta, temendo costantemente di essere scoperto.

E non erano state solo le sue preferenze sessuali a far scattare la serratura di quella gabbia. Un poliziotto doveva seguire certe regole. Ci si aspettava che vivesse e si comportasse in un certo modo. Non tutti i poliziotti lo facevano, ma Cross amava il suo lavoro. Voleva fare il poliziotto da quando aveva memoria. Fin da piccolo, ricordava suo padre che tornava a casa in uniforme; l'uomo era sempre stanco, ma ciononostante si prendeva il tempo per raccontare la sua giornata a Cross. E Cross ascoltava rapito. Il lavoro sembrava entusiasmante anche nei giorni in cui non lo era. Cross non desiderava altro che diventare come suo padre, da grande.

E voleva che suo padre fosse orgoglioso di lui. Pensava che questo sarebbe accaduto una volta che lui avesse seguito le orme paterne, frequentando l'accademia di polizia.

All'inizio, suo padre *era* orgoglioso del figlio.

Finché non aveva smesso di esserlo. Fino al giorno in cui suo padre aveva scoperto la verità su quel figlio. Una verità che il padre di Cross non poteva accettare.

"Ehi," mormorò Nash. "Dove sei andato?"

Cross si scosse mentalmente. "Da nessuna parte."

"Bene. Non sono venuto qui per fare conversazione. Preferisco usare la bocca per qualcosa di diverso dal parlare o cantare. L'ho già fatto abbastanza, stasera."

Cross allontanò gli ultimi ricordi. "Avrei qualche suggerimento."

"Qualcuno di questi suggerimenti ha a che fare con il campeggio? Perché stai piantando una cazzo di tenda."

Cross fece un passo indietro e abbassò i pantaloncini sui fianchi finché non gli caddero intorno alle caviglie. "Andiamo in campeggio."

"Ho sempre voluto fare il boy scout."

"Ne dubito."

"Sì, probabilmente non ti danno uno di quei distintivi per succhiare il cazzo."

"Ho cercato di guadagnarmene uno l'ultimo anno da Eagle Scout," ammise Cross.

"Perché stiamo ancora parlando?"

"Bella doman–" Cross fu gettato a terra e perse il fiato quando il peso di Nash atterrò su di lui, bloccandolo.

Cristo. Quell'uomo non sapeva come fare le cose con calma.

Cross gemette quando Nash gli catturò la bocca e cominciò a far scorrere la sua erezione rivestita di denim contro quella nuda di Cross.

Non potevano andare avanti così a lungo. Se il denim gli avesse bruciato l'uccello, c'era il rischio che l'entusiasmo si smorzasse.

Ma dopo pochi secondi di aggrovigliamento di lingue, Nash si mosse lungo il corpo di Cross, tracciando con la lingua un percorso che partiva dall'incavo del collo, girava attorno a ogni capezzolo inturgidito, scendeva lungo lo sterno, intorno all'ombelico, fino a raggiungere la linea scura di peli che portava all'uccello di Cross.

Cross trattenne il respiro, sperando che Nash continuasse. Sperando che l'uomo non se ne andasse. Non desiderava altro che avere la bocca di Nash addosso.

Non solo lì. Dappertutto.

Ma sarebbe stato felice se Nash fosse partito da lì.

Molto felice.

La bocca di Nash si posò su quella scia di peli. Senza toccare, senza leccare. Il suo respiro caldo solleticò i peli scuri e corti, facendo flettere l'uccello di Cross e facendogli contrarre le palle.

Cross ingoiò le parole che minacciavano di esplodere. Voleva implorare e supplicare Nash di continuare.

Ne aveva bisogno.

Aveva bisogno di Nash.

E sperava con tutto il cuore che il motociclista non gli stesse facendo uno scherzo crudele.

Perché, se così fosse stato, sarebbe stato un gioco pericoloso.

Non gli sembrò un gioco quando Nash si spostò ancora più in basso e la sua lingua tracciò quel sentiero scuro, sfiorando con la punta della lingua la punta del cazzo, scendendo lungo la sua lunghezza, prendendo in bocca le palle di Cross e succhiando.

Cross spiccò quasi un balzo quando la lingua calda e umida di Nash si mise a roteare intorno alla sua sacca delicata.

"Cazzo," gemette. Cross non ottenne risposta, se non due dita che strinsero la radice della sua erezione così forte da interrompere il flusso sanguigno. Cross abbassò la testa fino a vedere il suo uccello che diventava viola e la testa di Nash tra le sue cosce, anche se i capelli dell'uomo erano ormai parzialmente sciolti e coprivano il viso dell'uomo.

Poi non riuscì più a vedere il suo uccello quando Nash sollevò la testa e glielo prese in bocca.

Cross piantò i piedi sul pavimento, tirò indietro la pancia e spinse il bacino verso l'alto, mentre il calore umido e l'aspirazione gli facevano perdere la testa.

Nash si mosse con lui per evitare che la sua gola venisse impalata. Quando Cross lasciò ricadere il bacino sul pavimento, Nash tenne in bocca solo la punta e vi fece roteare la lingua intorno.

Le labbra di Cross si aprirono, mentre lui faticava a respirare non solo per aver visto Nash fare quello che stava facendo, ma anche per averlo sentito fino alla punta dei piedi.

Non c'era dubbio che Nash avesse esperienza. Era a suo agio e, *porca troia*, sapeva cosa stava facendo.

Lo sapeva *davvero*.

Le dita dell'uomo si chiusero attorno alle palle di Cross, tirando e stringendo delicatamente, mentre Nash si faceva lentamente strada lungo l'asta dura di Cross, per poi succhiare la pelle alla base, dove la sacca incontrava la radice.

I fianchi di Cross si contrassero; in risposta, lui seppellì le dita nei capelli di Nash e tirò. La sua voce si incrinò quando disse: "Succhiami."

Nash alzò la testa e i loro sguardi si incrociarono. "È una richiesta formulata con decisione?"

Prima che Cross potesse rispondere, Nash glielo prese tutto in bocca.

Cazzo, quanto era profondo.

Non che Cross avesse un uccello mostruoso, ma era orgoglioso di quello che aveva, perché era un po' sopra la media. E nessuno – almeno, nessuno degli uomini con cui era stato – lo aveva preso così profondamente senza faticare.

Cross ebbe un attimo di conflitto al riguardo. Era impressionato dall'entusiasmo e dalle capacità di Nash, ma questo significava anche...

Nash era più vecchio di lui. Di sicuro aveva avuto più uomini, no?

Porca troia, Cross doveva concentrarsi su ciò che l'uomo stava facendo al momento, non su ciò che aveva fatto in passato.

Tutti avevano un passato.

Anche lui.

Non era il momento di preoccuparsi di quante tacche avessero le rispettive cinture. O le gambe del letto.

No, perché ora Nash si stava lavorando l'uccello di Cross come un affamato che aveva appena ricevuto un corndog alla Fiera di Stato. Lo stava ingoiando tutto.

Un suono gutturale risalì la gola di Cross e gli sfuggì prima che lui potesse trattenerlo.

Ciò incoraggiò Nash a lavorare ancora più duramente per far sì che Cross lottasse contro la stretta delle palle e la pressione familiare che significava che stava per perdere il controllo nel profondo della bocca di Nash.

Cercò di formulare un avvertimento di cortesia nel suo cervello rammollito. Le sue dita si fletterono e si rilassarono in profondità tra i lunghi capelli di Nash, ora completamente sciolti.

Capelli che erano come seta e che gli sfioravano la pelle accaldata.

L'avvertimento si rivelò solo un *"Ah, cazzo,"* misto a un lungo gemito mentre i fianchi di Cross si sollevavano e la bocca di Nash scendeva.

Ma proprio nell'istante in cui Cross sentì il suo uccello pulsare, il suo sperma salire, pronto a schizzare nella gola di Nash, l'uomo si liberò, avvolse le sue lunghe dita intorno all'uccello di Cross e gli pompò lo sperma sul ventre.

Getti caldi gli rigarono la pelle mentre buttava la testa all'indietro e cercava non solo di riprendere fiato, ma anche di recuperare la propria sanità mentale.

Il suo ventre si alzava e si abbassava a ogni respiro profondo, ma si bloccò quando quella lingua fottutamente esperta toccò di nuovo la sua pelle.

Nash la stava passando attraverso il macello che Cross aveva fatto. Quanto cazzo era eccitante!

Cross piegò di nuovo la testa per guardare.

Gli occhi di Nash erano incollati ai suoi mentre con una

mano si teneva indietro i capelli e leccava fino all'ultima goccia di sperma.

Perché Nash non avesse semplicemente ingoiato, Cross non lo sapeva. Né gliene fregava qualcosa.

Sputare. Ingoiare. Sputare sul ventre. Gli andava bene tutto e tutti.

Quello che non gli andava bene era che non sarebbe riuscito a scopare con Nash quanto aveva sperato.

Tuttavia, poteva trovare molti modi per occupare il loro tempo mentre si riprendeva. Ed essere venuto ora significava che, quando avrebbe scopato con Nash più tardi, sarebbe durato un po' di più, avendo smaltito la tensione. Un po' come l'erba di Nash.

A quel pensiero, Cross sorrise al soffitto, finché Nash non iniziò a strisciare sul suo corpo, con la pesante fibbia quadrata della cintura che gli graffiava la pelle.

Ma prima che Cross potesse dire a Nash che doveva liberarsi dei vestiti, l'altro uomo aveva piantato le mani sul pavimento ai lati della sua testa e aveva calato la bocca sulla sua.

Il sapore salato del suo stesso sperma sulle labbra e sulla lingua di Nash gli assalì i sensi. Non che non avesse mai assaggiato se stesso prima. E non aveva intenzione di pensare a tutte le volte che l'aveva fatto e perché, ma non gli dispiaceva condividere quel sapore con Nash.

Anzi, era una figata pazzesca.

A quanto pareva, anche Nash la pensava così, perché era a cavallo di una coscia di Cross e si strusciava contro il suo fianco.

Quella situazione doveva finire.

Non perché Cross non volesse scopare con Nash, perché sì, diavolo, lo voleva. Ma perché non solo erano sul pavimento nell'ingresso in ombra della sua casa di città e Nash era ancora vestito, ma quella fibbia della sua cintura sovradimensionata lo avrebbe mutilato.

Girò la testa di lato, interrompendo il bacio. "Nash, ti voglio nudo e nel mio letto."

Nash lo fissò. "Non sai chiedere un cazzo, vero? È una cosa normale per te? Essendo un porco e tutto il resto?"

"Fa parte del pacchetto," ammise Cross.

"Non sono sicuro che mi piaccia."

"Ti ci abituerai."

"Non sono sicuro che rimarrò così a lungo perché succeda."

"Rimarrai abbastanza a lungo da permetterci di finire quello che abbiamo cominciato," gli disse Cross.

"Ci risiamo."

"Puoi toglierti di dosso, per favore, così possiamo andare in camera mia a scopare?"

"Il 'per favore' era un tocco di classe, ma non era necessario."

Toccò a Cross colpire Nash al petto con i palmi, facendogli perdere non solo l'equilibrio, ma anche il controllo. Cross si rialzò, si sfilò i pantaloncini e si mise in piedi nello stesso momento in cui Nash faceva lo stesso.

"Puoi seguirmi o puoi andartene. La porta è proprio lì. Non me ne frega un cazzo di quello che fai." Cross girò sui tacchi e attraversò la casa buia, passando per la cucina aperta e il soggiorno, oltre la camera degli ospiti e il bagno degli ospiti, verso la camera da letto principale sul retro.

"Io credo di sì," sentì dire alle sue spalle.

Nash aveva ragione. Ma 'fanculo, Cross non aveva intenzione di ammetterlo.

Sentì degli stivali pesanti che lo seguivano velocemente, poi una mano sulla spalla. Fu fatto voltare e spinto contro il muro proprio accanto alla porta della sua camera da letto.

Nash lo bloccò con il proprio corpo. "Tu hai avuto il tuo," ringhiò, "ora io voglio il mio."

"Stai chiedendo o pretendendo?" sussurrò Cross, perché i loro volti erano così vicini che i loro nasi quasi si toccavano.

"Prendo ciò che è mio."

Beh, quel commento in effetti fece scoccare nel suo uccello una piccola scintilla di vita, ma non abbastanza per fare quello che Cross moriva dalla voglia di fare. Ma anche in quel caso, potevano inventarsi un sacco di cose da fare prima di allora.

"Tu sei vestito. Io no. E la mia camera da letto è proprio lì. Possiamo finire questa conversazione da nudi?"

Nash lo fissò per un paio di battiti del cuore, poi indietreggiò. Cross proseguì verso la sua camera da letto, con il cuore che gli batteva forte mentre fissava il letto e sentiva che Nash lo seguiva.

Non aveva acceso nessuna luce quando era andato ad aprire la porta e si chiedeva se fosse il caso di farlo ora.

Sì, cazzo, doveva vedere tutto di Nash. Tenne spenta la luce del ventilatore a soffitto, ma accese una piccola lampada sul comodino. La luce era sufficiente per dare alla stanza un'illuminazione ambientale.

Non che ci fosse bisogno di un'atmosfera romantica. L'esperienza sarebbe stata tutt'altro che romantica.

Interessante? Sì.

Emozionante? Sì.

Soddisfacente? Finora, per lui, sì.

Ma anche solo lontanamente romantica? Cross si voltò a guardare l'uomo che ora si trovava al centro della sua camera da letto e si guardava attorno. No.

E suggerire che quello fosse l'inizio di qualcosa di diverso da ciò che era non era nemmeno realistico o romantico.

Era pura attrazione sessuale. Almeno, lo era da parte sua,

e lui non riusciva a immaginare perché Nash si fosse presentato nel cuore della notte se lo stesso non valeva per lui.

"Allora?" chiese Cross.

Nash sollevò un sopracciglio.

"Sei *ancora* vestito."

Gli angoli delle labbra di Nash si arricciarono e le pieghe attorno degli occhi si accentuarono mentre scuoteva la testa e si spostava verso il comò di Cross. Poi cominciò a sfilare lentamente e metodicamente ciascuno dei numerosi anelli che aveva intorno alle sue lunghe dita e li ammucchiò sopra il comò.

"Ti togli gli anelli quando scopi?"

Nash esitò e si guardò alle spalle. "Sì: sono ingombranti e possono lasciare lividi."

Lo sguardo di Cross scivolò di lato mentre rifletteva su quell'affermazione, poi tornò di nuovo su Nash, che proseguì liberandosi degli ampi bracciali di pelle nera che aveva intorno a ciascun polso. Mentre una parte di lui voleva fare un'altra domanda sugli anelli, l'altra parte di lui non voleva sapere.

In ogni caso, il pensiero che Nash gli facesse qualcosa che poteva lasciargli dei lividi lo eccitava e preoccupava al tempo stesso.

Forse si stava addentrando in un territorio inesplorato con quell'uomo.

Aveva temuto che Nash non avesse esperienza con altri uomini. Forse, solo forse, era Cross che aveva bisogno di espandere i suoi orizzonti.

Pensava di averle provate tutte, ma forse si sbagliava.

Aveva iniziato a sperimentare il sesso con altri ragazzi da adolescente e aveva capito che preferiva i maschi. Non aveva nemmeno provato a frequentare o baciare una donna. L'idea lo aveva sempre lasciato indifferente.

Ma nel corso degli anni aveva cercato varie esperienze sessuali e aveva capito cosa gli piaceva e cosa no, cosa era accettabile per lui e cosa no.

Cosa gli faceva perdere la testa e cosa lo spegneva.

Tuttavia, l'attrazione e l'interesse per Nash lo avevano colto di sorpresa. Cross aveva visto l'uomo dall'altra parte del Cockpit e lo aveva osservato per circa mezz'ora prima di avvicinarsi.

Non che avesse avuto bisogno di trovare il coraggio di avvicinarsi, ma non era sicuro se si fidava di ciò che il suo cervello e il suo corpo cercavano di dirgli. Che l'uomo dai capelli lunghi e con i tatuaggi seduto al bar, che non cercava attivamente compagnia sessuale per la notte, motivo per cui la maggior parte degli altri uomini era lì, era quello giusto per lui.

Gli piaceva il fatto che Nash era seduto da solo e rilassato al bar, a godersi la sua birra e la band, senza fare il morto di cazzo.

Ora quello stesso uomo si stava sfilando da sopra la testa la Rush a maniche lunghe, scoprendo non solo i muscoli magri, ma anche un enorme tatuaggio sulla schiena.

A dire il vero, Cross sbatté le palpebre per la quantità di spazio occupato da quel tatuaggio. Anche nella scarsa illuminazione della camera da letto, non ebbe difficoltà a leggere le scritte e a capire cosa rappresentasse tutto quell'inchiostro.

Il che fu come un bicchiere d'acqua fredda versato in faccia, perché gli ricordò che quella probabilmente non era una buona idea.

Ma, di nuovo, quella avrebbe potuto essere una cosa senza essere una *cosa*. E Nash stava già slacciando la pesante fibbia della cintura e si stava togliendo i Levi's consumati.

Se Cross aveva dei ripensamenti, doveva esprimerli ora. Tuttavia, che stronzo sarebbe stato se avesse lasciato che

Nash glielo succhiasse e poi, almeno, non gli avesse restituito il favore?

I jeans larghi di Nash erano calati un po' più in basso sui fianchi mentre si chinava a slacciare gli stivali, ancora una volta con una lentezza straziante, quasi come se volesse torturare Cross. Alla fine se li tolse, si sfilò i calzini logori e si girò verso Cross, ancora con i jeans.

Tuttavia, ora i suoi jeans erano aperti e Cross poteva vedere quanto Nash fosse davvero magro. Tra gli altri tatuaggi, una lunga collana di cuoio nero o di corda reggeva una specie di ciondolo di metallo che pendeva tra i suoi pettorali.

Nash non era affatto grosso come Cross aveva immaginato e non sembrava che facesse esercizio fisico o, se lo faceva, era minimo. Sembrava naturalmente magro. Come se fosse il genere di persona che poteva mangiare piattoni di cibo senza ingrassare di un grammo.

A differenza di Cross, che si allenava duramente un paio di volte alla settimana per mantenersi in forma, non solo per il suo lavoro, ma anche per attrarre gli uomini.

Nash aveva tatuaggi a mezze maniche che coprivano entrambe le braccia e un grosso tatuaggio sul petto con la scritta "Vivi e impara." E, se Cross aveva letto bene, "Fratelli" sulle costole, oltre alle parole "Non mollare mai." Si chiese cosa significasse tutto ciò per Nash. "Fratelli" era comprensibile, perché Nash, in quanto membro del Dirty Angels MC, faceva parte di una confraternita. Il resto, però...

Vivi e impara.

Quello poteva significare qualsiasi cosa.

Ma non era il momento di chiedere spiegazioni, anche se Nash fosse stato disposto a dargliele. Era il momento di apprezzare la "V" di muscoli che scompariva nei jeans spalancati e i peli scuri che facevano capolino dalla cerniera aperta.

Era l'unica peluria che Nash aveva sul torso. A parte quella, la sua pelle era liscia.

E Cross non vedeva l'ora di toccarla. Quindi non lo fece. Si spostò verso il punto in cui Nash si trovava di fronte alla cassettiera, con gli occhi che lo seguivano mentre si avvicinava, le mani che stringevano la cintura dei jeans aperti, apparentemente pronte a scrollarseli di dosso.

Quando Cross fu lì, sollevò il ciondolo appeso allo sterno di Nash. Si trattava di un plettro da chitarra fatto di quello che sembrava rame con inciso "Quando le parole non servono, la musica parla."

Cross cominciava a chiedersi se Nash fosse più complesso e avesse molti più strati di quanto lui aveva pensato all'inizio. Forse quell'uomo non viveva in modo libero e semplice; forse portava anche delle catene.

Era sicuro che essere gay non fosse facile in una confraternita come quella a cui apparteneva Nash. Non riusciva a immaginare che un tipico MC accettasse l'orientamento sessuale di Nash, anche se lui era bisessuale e oscillava apertamente in entrambe le direzioni.

Cross rimise il ciondolo al suo posto, premendo il dorso delle dita contro la pelle calda. Liscia, proprio come gli era sembrato.

Cross alzò lo sguardo e incontrò quello di Nash. "Toglili."

Senza esitare, Nash si calò i jeans e Cross scoprì che non portava le mutande.

Tenendo lo sguardo fisso in quello di Nash, Cross lasciò cadere la mano dal ciondolo, fece scivolare lentamente le dita dalle palle di Nash su per la sua lunghezza; trovò un filo di sperma sulla punta con il pollice, lo raccolse e se lo portò alle labbra.

Senza interrompere il contatto visivo, Cross leccò lentamente lo sperma dal polpastrello del pollice. Prima che potesse abbassare di nuovo la mano, Nash accostò la bocca alla sua e leccò la lingua di Cross. Poi approfondì il bacio, spingendo Cross all'indietro passo dopo passo, finché la parte posteriore delle sue gambe non toccò il bordo del materasso. Un altro spintone e Cross cadde sul letto, seguito rapidamente da Nash.

Cross grugnì quando il peso di Nash si abbatté sul suo petto, le sue dita afferrarono i corti capelli di Cross e lui gli prese di nuovo la bocca con forza.

Contorcendo il collo, Cross si liberò dalla lingua di Nash che lo saccheggiava e cercò di riprendere fiato. Era ormai semi-duro, ma non era ancora pronto a procedere con ciò che aveva pianificato. Con quello che sperava avesse pianificato Nash.

Invece, afferrò il braccio destro di Nash, tirandolo via di peso, e poi si liberò.

"Ehi–"

"No," disse Cross, tirando con forza il braccio di Nash e trascinandolo al centro del letto. Anche se Nash non si oppose, Cross capì che ci stava pensando.

Prima che Nash potesse pensarci troppo, Cross lo ribaltò sulla pancia e si mise a cavallo delle cosce di Nash.

Cazzo, il suo culo era perfetto. Magro, ma muscoloso come il resto di lui. Ricordava a Cross una pesca perfetta. E lui *adorava* le pesche. Sia nei dolci che su un uomo. E il fatto che aveva due fossette proprio sopra quella pesca lo rendeva ancora più eccitante.

Cross strinse entrambe le natiche, poi si chinò a leccare la linea della spina dorsale di Nash, dalla cima della piega fino alla nuca. Afferrò una manciata di capelli sciolti e disordinati e li scostò di lato, in modo da succhiare la pelle dove il collo di

Nash incontrava la spina dorsale. Ogni muscolo della schiena di Nash si increspò quando lo fece. Cross succhiò di nuovo, questa volta più forte, ottenendo la stessa reazione e i fianchi di Nash si strinsero sul materasso.

Lo fece ancora una volta, non solo succhiando, ma affondando delicatamente i denti nella pelle umida.

"Cazzo," gemette Nash.

Cross sorrise contro il collo di Nash, poi lo liberò. Non fu un morso forte, ma abbastanza da lasciare un segno rosso. Vedendolo, l'uccello di Cross prese un po' più di vita.

Presto. Presto sarebbe stato di nuovo pronto.

Le cose belle non andavano affrettate e, dato che quel giorno Cross non doveva lavorare fino al secondo turno, aveva tutto il tempo per dedicarsi a Nash. Presumeva inoltre che Nash non avesse impegni la mattina dopo, altrimenti non si sarebbe presentato a quell'ora assurda.

Con i polpastrelli di entrambe le mani, Cross tracciò l'inchiostro dell'uomo, che definiva chi era. Almeno, per la maggior parte. Forse, più che altro, la sua appartenenza.

Purtroppo, essa non era a letto con un poliziotto. Cross lo sapeva bene.

I suoi polpastrelli seguirono le linee della scritta superiore che recitava "DIRTY ANGELS," il grande stemma centrale che rappresentava il club, poi la scritta inferiore che diceva "PENNSYLVANIA."

Cross aveva qualcosa di simile inciso sulla pelle ed era sorpreso che Nash non ne avesse parlato.

Capiva fin troppo bene la fratellanza e la lealtà. Avere Nash nel suo letto sfidava le sue; essere nel letto di Cross sfidava quelle di Nash.

Ma nessuno doveva saperlo, tranne loro due.

Non temeva che Nash lo tradisse, perché lui stesso probabilmente non avrebbe voluto essere tradito. Quindi, sarebbero stati al sicuro se fossero stati attenti.

Anche se avessero avuto solo quella notte.

Cross premette le labbra su una fossetta, poi sull'altra, prima di scendere ad affondare i denti in una metà della pesca. I muscoli di Nash si contrassero mentre lui mordeva ancora più forte.

Poi, usando i pollici, Cross divise la pesca in due e passò la lingua dall'alto della piega verso il basso.

Un suono uscì dalla gola di Nash mentre la lingua di Cross girava attorno, sfogliava e stuzzicava, immergendosi di tanto in tanto al centro, ma solo leggermente.

I fianchi di Nash si sollevarono, unico indicatore che voleva di più da Cross. E lui glielo diede.

Senza interrompere il contatto, si infilò tra le gambe di Nash e gli toccò il fianco. L'uomo si alzò in ginocchio, ma tenne il viso nascosto nel cuscino.

In quel modo Cross aveva un accesso molto migliore, non solo per quello che stava facendo, ma anche per potersi allungare e prendere in mano il cazzo di Nash.

L'uso di un po' di lubrificante avrebbe migliorato di molto la sensazione.

Cross lasciò andare Nash e sentì un respiro affannoso.

"Non muoverti," ordinò Cross.

"Di nuovo, una cazzo di richiesta."

Sì, lo era.

Ma l'uomo non si mosse mentre Cross apriva il cassetto del comodino, afferrava il flacone del lubrificante, se ne spruzzava un goccio sul palmo della mano e prendeva il flacone con sé. Lasciò il cassetto aperto, perché presto avrebbe avuto bisogno di tutto il resto.

Tuttavia, in quel momento si trattava di prendersi cura di Nash dopo che l'uomo aveva fatto lo stesso per lui.

Si mise di nuovo alle spalle di Nash, allungando le mani intorno a lui, questa volta per stringergli l'uccello e spalmare il gel umido su tutto il corpo, dalla radice alla punta.

I fianchi di Nash si spinsero in avanti quando Cross tirò, ma tornarono subito al loro posto. E Cross sapeva perché.

Continuò ad accarezzare Nash a un ritmo lento e pigro, stringendo e rilasciando le dita mentre lo faceva. Poi si rimise al lavoro, baciando ancora una volta quelle fossette sexy prima di usare la mano libera per separare di nuovo le natiche di Nash e seppellirvi il viso.

Capitolo Sette

Cazzo.

Porca troia.

Porca di quella puttana vacca.

Onestamente, Nash non aveva nutrito alcuna speranza che Cross sapesse cosa cazzo stava facendo. Non riusciva a smettere di pensare a lui da quella sera al Cockpit, ma dopo l'invito di una settimana prima, Nash non aveva altro per la testa che Cross.

In effetti, non si ricordava nemmeno del concerto di quella sera. Era tutto confuso e non per colpa dell'erba.

Per colpa di Cross.

Dopo aver suonato il suo ultimo set al Dirty Dick's, un bar per motociclisti ora gestito dal Dark Knights MC, Nash aveva recuperato il messaggio di Cross – che avrebbe dovuto cancellare – aveva chiesto a uno dei suoi compagni di band di sistemare la sua attrezzatura, poi era saltato sulla sua slitta ed era venuto lì. Alla villetta del poliziotto.

E ora si trovava nel letto di quell'uomo a farsi fare un pompino mai visto prima.

Non lo avevo programmato. In realtà, l'unico motivo per cui si era presentato a casa del poliziotto era una sveltina. La sua intenzione sarebbe stata farsi una scopata e poi andarsene.

Non si aspettava tutti quei preliminari. Non era per quello che era lì. No, voleva solo scopare con Cross, venire e poi andarsene.

Ma quello che Cross gli stava facendo gli faceva venire voglia di restare. Almeno un po' più a lungo di quanto aveva previsto all'inizio.

Ma la prepotenza. Quella roba gli stava fottendo il cervello. Di solito era lui a dare ordini durante gli incontri come quello.

Sapeva cosa voleva, se lo prendeva e non perdeva tempo. Se la persona con cui era in quel momento non gli piaceva, allora 'fanculo, tanto Nash non doveva mica rivederla.

Wham. Bam. Grazie... chiunque tu sia.

Non chiamarmi, ti chiamo io... ma anche no.

Era così che Nash si comportava quando si trattava di scopare con chiunque. Uomini, donne, non faceva differenza.

Tuttavia, le donne tendevano a essere più appiccicose. Un'altra ragione per cui lui preferiva gli uomini. Era molto più facile sbarazzarsene a fine serata.

Persino alcune delle troiette, le puttane del club, potevano essere difficili da cacciare dal suo letto. Di solito tiravano fuori gli artigli, cercando di affondarli in qualunque fratello fosse libero al momento. Il che di solito finiva per essere un grosso, grasso fallimento per loro, dato che nessun fratello sano di mente avrebbe legato il suo uccello a una donna che si sarebbe scopata qualsiasi cosa indossasse i colori del club.

Ma non era una donna a leccare, succhiare e scopare con la lingua il culo di Nash in quel momento.

Cazzo se non lo era.

Era un uomo che sembrava avere una certa esperienza in materia. Inoltre, stava facendo impazzire Nash meglio che fumare una dose abbondante di Blackberry Kush di prima qualità.

Non gli era mai capitato che una donna gli mangiasse il culo in quel modo. Anzi, quando lui glielo proponeva, loro storcevano il naso.

Ma, *cazzo*, se Cross non si era tuffato subito, oltre ad accarezzare l'uccello di Nash come un campione di seghe da medaglia d'oro.

L'unico problema era che Nash stava per esplodere sulle lenzuola dell'uomo. E avrebbe preferito esplodere con il cazzo sepolto in profondità dentro Cross. Ciò significava che doveva raccogliere i pochi neuroni che gli erano rimasti e dire a Cross di fermarsi.

Ma, cazzo, faceva fatica a formulare quelle parole.

Perché lui voleva venire proprio così, cazzo. Con la bocca di Cross sul culo e l'uccello nella mano dell'uomo.

Poteva sempre contravvenire alla sua stessa regola e rimanere, stavolta, visto che non intendeva lasciare quella cazzo di casa finché non avesse ottenuto ciò per cui era venuto. Cioè il culo di Cross.

Ma sembrava che non avesse altra scelta che aspettare, perché il poliziotto stava facendo qualcosa con le dita contro il suo perineo. E, *porca puttana*, quello che stava facendo era accarezzare e premere la prostata dall'esterno invece che dall'interno.

E...

I pensieri di Nash si frantumarono quando il suo bacino scattò in avanti e la pressione accumulata liberò tutto ciò che Nash aveva nella mano di Cross. Poteva darsi che Nash avesse persino mugolato.

Meglio di no. Ma non gliene fregava un cazzo se lo aveva fatto, visto che quella era la migliore combinazione di pompino e mangiata di culo che avesse mai ricevuto.

Sì, Cross era da medaglia d'oro nel segare un altro uomo.

"Non muoverti," ordinò Cross con voce roca.

Ecco che tornava a dare ordini a Nash. E lui perché cazzo gli dava retta?

Quando il materasso si mosse, Nash tolse il viso dal cuscino e guardò il culo di Cross dirigersi verso quello che supponeva fosse il bagno padronale, cosa di cui ebbe conferma quando sentì scorrere l'acqua di un lavandino.

Neanche trenta secondi dopo, l'uomo stava tornando verso il letto, con il cazzo duro e pesante tra le cosce robuste.

Cross sembrava pronto per un secondo round di bocchini, che Nash gli avrebbe fatto volentieri dopo l'orgasmo sconvolgente che aveva appena avuto.

Quando iniziò ad abbassare il bacino sul materasso, Cross sbraitò di nuovo: "Non muoverti."

Nash si era già sentito rivolgere parole come quelle dai porci e non gli era mai piaciuto. Non era sicuro che gli piacesse nemmeno adesso. Ma era curioso di sapere cosa avesse in mente l'uomo.

Almeno fino a quando il letto non si mosse di nuovo e Nash sentì lo strappo di un involucro di carta stagnola.

Un momento, cazzo.

"È passato un po' di tempo? Hai bisogno di prepararti?" chiese Cross mentre si infilava un goldone.

Un momento, cazzo!

Nash si lasciò cadere subito sullo stomaco, rotolò sulla schiena e si mise a sedere, fissando il flacone di lubrificante che Cross aveva in mano, con il cuore che gli martellava nel petto. "Non hai capito un cazzo. Io lo do, non lo prendo."

Le sopracciglia scure di Cross si alzarono. "Pensavo–"

"Col cazzo," lo interruppe Nash.

"Non sei–"

"Non so come ti sia venuta questa cazzo di idea."

"Stavi prendendo ordini."

"Sì, perché sei uno stronzo prepotente. Non vuol dire che lo prendo nel culo."

"Mai?"

Nash chiuse la bocca. Lo aveva preso in passato, ma era passato un po' di tempo dall'ultima volta. Abituato com'era a una botta e via, quando andava con qualcuno cercava solo lo svuotamento. E godeva molto più in fretta quando faceva l'attivo.

Avrebbe dovuto sapere che, essendo Cross quello che era, il ruolo che ricopriva, avrebbe voluto fare lui l'attivo.

Stronzo lui. Era stato un coglione. Aveva sbavato così tanto sull'uomo che al momento indossava un goldone ed era pronto a lubrificargli il buco del culo che non aveva nemmeno considerato quel potenziale problema.

Le sopracciglia di Cross si abbassarono. "Sei sempre attivo?"

Le sopracciglia di Nash si abbassarono altrettanto. "Sì."

"Allora sembra che siamo a un punto morto."

"Tutto qui? Un cazzo di *punto morto*? Come la fine che sta facendo il mio cazzo?"

"Beh, ho già fatto il passivo in passato, ma non l'ho più fatto da..." Cross si interruppe. "Non lo faccio un po' di tempo. Non è quello che preferisco."

"Forse non l'hai preso dall'uomo giusto. Forse ti piacerebbe se lo facessi."

Le labbra di Cross si contorsero. "L'uomo giusto sei tu?"

"Puoi farmelo sapere dopo."

Cross sbuffò. "O viceversa."

Nash si scostò i capelli dal viso e guardò Cross dritto

negli occhi. L'uomo non batté ciglio. Sì, erano a un punto morto.

"Siamo venuti tutti e due. Posso anche andarmene." Sarebbe stata una soluzione facile, ma non entusiasmante. Nash voleva di più da Cross, ma non quello che l'uomo era disposto a dargli. Ovvero il cazzo nel culo.

Abbassò lo sguardo sul proprio uccello. Aveva appena sparato una cartuccia e gli ci sarebbe voluto un po' di tempo per riprendersi, soprattutto ora che andava per i trentasette anni. Era passato molto tempo da quando poteva inanellarne una dietro l'altra come quando aveva diciotto anni. *Diavolo*, allora non c'era bisogno di aspettare. Ce l'aveva duro come una roccia 24 ore su 24. Per gli uomini, per le donne. Una volta si era persino fatto una ragazza col cazzo. Okay, più di una volta. A vent'anni infilava il cazzo in qualsiasi buco disponibile, che fosse la bocca, il culo o la fica.

Ora era più selettivo, dato che i suoi ormoni non erano più scatenati come prima. *E meno male, cazzo,* perché aveva fatto delle cazzate che avrebbe voluto dimenticare. E alcune di esse non avevano nulla a che fare con gli ormoni... ma quella era un'altra storia.

"Che ne dici di un compromesso?"

A Nash non piaceva il suono di quelle parole. Ma questa volta si trattava di una domanda e non di una richiesta, il che era già qualcosa. Tuttavia, ciò non cambiava il fatto che non era lui quello che lo avrebbe preso.

Ma dallo sguardo di Cross si capiva che sarebbe stato Nash a prenderlo.

Chiuse gli occhi e cercò di ricordare l'ultima volta che era successo.

Troppo tempo prima, cazzo. E l'aveva fatto solo per necessità, non perché lo volesse.

"Possiamo alternarci," continuò Cross, la cui mano ora era sulla coscia nuda di Nash e la stringeva.

Il cuore di Nash cominciò a battere ancora più forte nel petto. Non era venuto lì per quello, altrimenti non sarebbe venuto proprio. Ma non era affatto pronto a lasciare il letto di quell'uomo. Col cazzo. Quindi, per avere una chance con Cross, doveva prima cedere.

Stava davvero prendendo in considerazione l'idea?

"Immagino che avrai bisogno di prepararti," ribadì Cross, a voce bassa.

Il prepotente figlio di puttana pensava che Nash si sarebbe piegato e si sarebbe arreso.

"'Sto cazzo," mormorò Nash.

Cross sorrise e abbassò il mento, indicando la sua erezione. "Il piano è quello."

"Non intendevo in quel senso."

"Lo so, ma è così che la interpreto. Farò con calma e ne varrà la pena."

Certo che sì, cazzo. "Allora io farò lo stesso con te."

Il sorriso di Cross si affievolì. "Con me non dovrai andarci così piano."

"Credevo che ti piacesse solo essere attivo."

"Normalmente sì, ma... di recente mi sono alternato con un'altra persona."

"Quanto di recente?"

Le labbra di Cross divennero una linea sottile. "Torna in ginocchio."

Le sopracciglia di Nash spiccarono un balzo sulla fronte. Qualcuno stava evitando la domanda. *'Sti cazzi.* Se ne fotteva chi Cross si era scopato o da chi era stato scopato e quanto di recente.

Nash non doveva mica mettersi un anello al dito. Al massimo all'uccello.

Digrignando i denti, tornò a inginocchiarsi, cercando di mantenere i muscoli rilassati e la mente aperta.

Quella non era decisamente la cosa che preferiva.

Prese bruscamente fiato quando il lubrificante fresco gli toccò il buco; a esso seguì un dito, che girò attorno e si infilò dentro appena appena.

"Ti stai stringendo."

E grazie al cazzo.

Nash affondò i denti nel labbro inferiore e ricacciò il viso nel cuscino, coprendosi la testa con le braccia.

Avrebbe potuto farcela. Poteva farcela.

Poi sarebbe stato il suo turno.

Era su quello che doveva concentrarsi. Su come sarebbe stato affondare nel culo stretto e muscoloso di Cross.

Dietro le palpebre chiuse, gli occhi di Nash si rovesciarono all'indietro quando Cross infilò lentamente l'indice, fino alla prima articolazione, alla seconda, poi fino in fondo.

Nash sibilò mentre il dito scivolava dentro e fuori da lui, spalmando in profondità una generosa quantità di lubrificante.

Preparandolo.

Il suo respiro si affievolì quando il calore di Cross gli toccò la pelle del culo e l'interno delle cosce. Cross afferrò uno dei fianchi di Nash per tenerlo fermo mentre continuava a lavorare dentro e fuori col dito, strappandogli un gemito ogni volta che gli sfiorava la prostata.

Ecco cosa voleva di più. *Quello.*

Forse di solito non prendeva il cazzo lì dietro, ma c'erano state molte volte in cui aveva usato uno stimolatore prostatico mentre si faceva una sega. Gli orgasmi erano lunghi e intensi, e dopo era sempre rilassato.

Ma non lo faceva molto spesso, perché non poteva lasciare quel giocattolo nella sua stanza in chiesa. L'ultima cosa di cui aveva bisogno era che una delle troiette o degli aspiranti lo trovasse nelle rare occasioni in cui pulivano la sua stanza. Invece, Nash lo teneva nascosto in una delle custodie della chitarra e lo tirava fuori solo in viaggio, quando alloggiava in motel ed era solo.

Ma, *cazzo*, quando lo faceva...

I suoi pensieri furono rapidamente riportati al presente quando Cross fece scivolare un secondo dito lubrificato oltre il suo sfintere e non solo mosse entrambe le dita avanti e indietro, ma le divaricò, allargandolo.

"Rilassati, cazzo," ringhiò Cross, chinandosi su Nash e mordicchiandogli una chiappa.

Nash sussultò per il dolore acuto e, dopo un secondo, si concentrò per allentare lo stretto anello di muscoli.

"Così," mormorò Cross. Piegando le dita, stuzzicò Nash ancora un paio di volte e poi avvertì: "Ancora un dito, poi proviamo."

La voce di Cross stava diventando roca e suonava senza fiato, e il suo uccello avvolto nel preservativo premeva contro l'interno della coscia di Nash, che sentiva ogni pulsazione. Probabilmente l'uomo era vicino al limite e pronto a prendersi ciò che voleva.

Tuttavia, Nash apprezzava che Cross si fosse preso del tempo per assicurarsi che lui fosse pronto. Ma quando Cross aggiunse un terzo dito, Nash sentì il bruciore. Il disagio.

"È l'ultima volta che lo dico: rilassati, cazzo, Nash. Ce l'ho più grosso di così."

"Ma vaffanculo, prepotente del cazzo!" urlò Nash contro il cuscino, anche se il suono finì per essere attutito.

Poi le dita di Cross sparirono.

Si era arreso? Era finita?

Prima che Nash potesse muoversi, la mano di Cross si

strinse più forte sul suo fianco, le dita che scavavano dolorosamente, strette alla punta del suo uccello.

"Spingi indietro."

"Vaffanculo. So cosa fare, cazzo. Cazzo!" gridò di nuovo Nash contro il cuscino, stringendolo così forte che cominciarono a venirgli i crampi alle mani.

Cross cadde sulla schiena di Nash e gli ringhiò nell'orecchio: "Se non vuoi farlo, dillo e basta, cazzo. Ma sappi che non avrai il mio se io non avrò il tuo. È una tua scelta. Dimmi *stop* o dimmi *vai*. Ma scegli, porca troia."

Nash chiuse gli occhi e fece un respiro profondo, sentendo la pressione della punta di Cross contro il suo ano. Una bella spinta e sarebbe stato dentro di lui.

Lo voleva?

Voleva così tanto Cross?

E che cazzo... "Vai."

Cross esalò il fiato talmente forte contro l'orecchio di Nash che doveva averlo trattenuto. Aveva temuto che Nash dicesse di no.

Nash era un pazzo. Non avrebbe mai pensato di trovarsi di nuovo in quella posizione e invece eccolo lì.

Tutto per un fottuto poliziotto.

Un poliziotto con cui non aveva motivo di stare.

Un poliziotto che stava per...

Gli sfuggì un sibilo mentre il suo respiro accelerava.

"Sei ancora teso. Ti fa male?"

Era quel dolorino, quel pizzicore, che lo disturbava, che lo riportava indietro...

Papà, fa male! Basta!

Mio figlio vuole essere un frocio di merda?

Nash strinse più forte gli occhi e si sforzò di prendere fiato.

"Nash..."

Nessun figlio mio sarà un frocio!

"Nash!"

"Vai," gemette lui, cercando di spingere fuori quel ricordo, aspettando che Cross si spingesse dentro.

Ecco come ci si sente quando un frocio te lo mette nel culo! Ti piace? È questo che vuoi?

"Vai." Perle di sudore spuntarono sulla fronte di Nash.

È questo che vuoi?

Cross si mosse. Quando fece breccia nello stretto anello di muscoli, il bruciore fu quasi insopportabile. Il ricordo era ancora peggiore.

"Dimmi di fermarmi se hai bisogno che mi fermi," giunse dolce, ma teso all'orecchio di Nash.

Ciò che doveva fermarsi era quel ricordo di vent'anni prima. Un ricordo che lui pensava fosse svanito.

Ma non era svanito. Era rimasto in agguato proprio sotto la superficie, in attesa.

Quello era allora. Questo è il presente.

Quello era allora. Questo è il presente.

Non è la stessa cosa. È diverso.

Molto diverso.

Cross non si muoveva. Stava lasciando che Nash si abituasse all'allargamento, alla pienezza.

"Dimmi quando posso muovermi."

Nash cacciò quei ricordi dalla sua testa e li sbatté fuori dalla porta. Poi la chiuse mentalmente a chiave.

Doveva rimanere nel presente. Doveva concentrarsi su Cross. Quell'uomo poteva essere un po' autoritario, ma fino a quel momento era parso un partner premuroso.

Nash annuì contro il cuscino. "Va bene."

"Sicuro?"

"Sì."

Quando Cross si raddrizzò, afferrò i polsi di Nash e gli

strappò i pugni dalla presa mortale sul cuscino. Poi Cross gli passò entrambe le braccia dietro la schiena, in modo che i polsi di Nash vi fossero bloccati contro, proprio come se fosse stato in arresto.

Una mossa molto dominante. Una mossa che Nash non era sicuro di apprezzare.

Quella posizione premeva il torace di Nash più in profondità nel letto, gli metteva a dura prova le spalle e lo immobilizzava. Non sarebbe stato in grado di sollevarsi sulle mani né di muoversi da quella posizione. L'unica cosa che Nash avrebbe potuto fare per fuggire era abbassare il bacino.

Cross continuò a tenergli a entrambi i polsi e cominciò a spingersi dentro. Fece piano. Con calma. Con prudenza. "Parlami."

"Non è il momento di parlare, cazzo."

"Dimmi cosa vuoi, di cosa hai bisogno. È passato un po' di tempo per te..."

Quello era certo, cazzo. Ma il promemoria fece sì che quel ricordo chiuso a chiave cercasse di liberarsi ancora una volta.

"Stai zitto."

"Ma-"

"Stai zitto e scopami."

Cross si fermò con la punta appena dentro di lui.

"Non dire un'altra cazzo di parola," lo avvertì Nash.

Cross ricominciò a muoversi, questa volta più in fretta, ma sempre con premura, accentuando la presa sui polsi di Nash.

Sorprendentemente, Nash cominciò a rilassarsi. Cross non era un principiante. I suoi movimenti erano fluidi. Sapeva come muovere il bacino, non solo stantuffare con l'uccello dentro e fuori da Nash.

Lui non ricordava di essere mai stato così bene. Neanche una volta.

In passato, esperienze come quella erano sempre state imbarazzanti. Sgradevoli. Quella era tutt'altro.

Cross gli lasciò i polsi e tenne delicatamente una mano sopra quella di Nash, indicandogli di rimanere in quella posizione, ma lasciando che fosse lui a decidere. Nash era libero; poteva muovere le braccia, ma non voleva più farlo.

Voleva aspettare, vedere cosa gli avrebbe dato Cross.

La mano libera dell'altro uomo si strusciava sulla sua chiappa mentre continuava a scoparlo. Il palmo passò sull'altra natica, sul fianco e sotto di lui, che era ancora semifloscio. Cross lo accarezzò delicatamente, dandogli una leggera strizzata, poi tornò al punto in cui si trovava prima. Il suo pollice spinse contro quel punto magico che si trovava nella piega tra l'uccello e l'ano di Nash.

Anche se molle, l'uccello di Nash ebbe un guizzo a quella piacevole pressione.

No, fare il passivo non era mai stato così bello.

Neanche una volta.

E, 'fanculo, gli dava fastidio che stesse succedendo con quel poliziotto di merda.

Il ritmo di Cross aumentò e il culo di Nash si increspò a ogni colpo d'anca dell'uomo. Con la pressione del pollice di Cross all'esterno e la pressione all'interno, Nash fu sorpreso di ritrovarsi di nuovo duro, con l'uccello che oscillava selvaggiamente a ogni spinta contro il suo culo. Un lungo filo di liquido seminale pendeva dalla punta mentre Cross cominciava a scoparlo ancora più forte, con la pelle che sbatteva e Nash che grugniva a ogni spinta.

Non gli era mai piaciuta quella roba prima d'ora.

Mai.

Come era possibile che gli piacesse ora?

Voleva che Cross continuasse. Che lo scopasse più forte. Più a fondo.

"Cazzo," gemette contro il cuscino, inclinando il bacino a un'angolazione migliore, dando a Cross più del suo culo. Incoraggiandolo senza parole.

Una goccia di sudore colò sul culo di Nash. Poi un'altra, mentre il respiro di Cross si faceva forte come una locomotiva a vapore.

Poi la mano di Cross sparì dalla sua, lasciandolo completamente libero. Ma solo per un secondo, perché quella stessa mano si aggrovigliò ai suoi capelli, li strinse dolorosamente, e Cross gli sollevò la testa, costringendolo ad assecondarlo.

Nash si sollevò sulle ginocchia e Cross si sedette sui talloni, senza più premere sulla prostata.

No, invece l'uomo gli avvolse il braccio attorno al petto, bloccandogli la schiena contro il proprio, la bocca sull'orecchio di Nash, i suoi grugniti profondi che gli riempivano la testa.

Cross avvolse l'altro braccio intorno al fianco di Nash, afferrandogli l'uccello e pompandolo furiosamente.

"No," riuscì a dire Nash. Era vicinissimo a venire e voleva scopare Cross. "No," si costrinse a ripetere con un gemito.

Cross lo lasciò andare, afferrandogli invece di nuovo i capelli e ribaltandogli la testa all'indietro fino ad appoggiarsela sulla spalla.

Un pollice sfiorò il capezzolo teso di Nash, poi le dita lo afferrarono, lo stuzzicarono e lo torsero, spingendo Nash a urlare per quanto era assurdamente bello tutto ciò.

L'uccello di Nash era duro, dolorante, fili di liquido seminale che uscivano a ogni pompata dei fianchi di Cross.

Poi Nash percepì il rimbombo nel petto di Cross prima di sentirlo. Un gemito basso e forte che si trasformò in un grugnito, accompagnato da un'ultima, potente spinta verso l'alto, con Cross che lo teneva stretto contro di sé, con il viso sepolto tra i suoi capelli, il respiro affannoso mentre veniva profondamente dentro di lui. La radice dell'uccello di Cross pulsò contro lo sfintere pulsante di Nash.

Lui era tenuto prigioniero contro Cross a causa della presa dell'uomo sui suoi capelli. Cross non lo avrebbe lasciato andare finché non fosse stato pronto.

Ma Nash non si oppose.

Aveva bisogno di raccogliere i pensieri, perché se avesse scopato Cross in quel momento, sarebbe venuto all'istante. E sarebbe stato uno schifo, perché voleva sfruttare al massimo il poco tempo che avevano insieme.

Perché era quello che sarebbe stato. Poco tempo.

Capitolo Otto

CROSS TENNE fermi entrambi senza dire una parola. Il suo respiro diceva tutto. Lui sperava che esprimesse quanto era grato a Nash per esserglisi concesso.

Fece scorrere la lingua sul lato del collo umido di Nash, assaporando il gusto salato della pelle dell'uomo, annusando i suoi capelli, succhiandogli il lobo dell'orecchio. "Grazie," sussurrò, sperando ancora una volta che Nash si rendesse conto di quanto era sincero.

Nash non si era concesso con leggerezza.

E Cross non aveva preso alla leggera quel dono.

C'era voluto più tempo del previsto perché l'uomo si rilassasse, si arrendesse, ma quando finalmente lo aveva fatto...

Cazzo, Cross non era pronto a uscire. Voleva rimanere dov'era, con Nash premuto contro di lui e loro due intimamente connessi.

Era stato inquietante e giusto allo stesso tempo. Inquietante perché Nash era l'uomo sbagliato, ma anche perché era l'uomo giusto.

Il cuore di Cross batteva ancora forte e quel pensiero non lo aiutava a calmarsi.

Fece scivolare la mano dal petto di Nash, che si alzava e si abbassava rapidamente, fino alla gola. Le sue dita vi si avvolsero leggermente intorno e il pollice trovò il battito cardiaco dell'uomo.

Gli accarezzò il ventre con l'altra mano, tra i peli folti ed elastici, poi avvolse le dita intorno all'erezione di Nash.

"No," sbottò l'uomo, il respiro affannoso.

"Probabilmente sei pronto." Doveva essere sul punto di venire di nuovo.

"Non sono pronto. Lasciami andare."

Cross lo lasciò andare, tirandosi leggermente indietro e lasciando ricadere la mano dalla gola di Nash.

"Per–" Cross inghiottì le parole quando Nash si slanciò in avanti, interrompendo il loro legame. Nash lo fece girare, afferrò Cross per la gola e lo spinse sul letto. L'aria gli sfuggì dai polmoni quando atterrò, non aspettandosi l'improvviso cambiamento nel predominio.

"Aspetta," urlò Cross, cercando di togliere il preservativo usato. Ma Nash glielo tolse e lo lanciò via prima che lui potesse protestare.

Nash gli mise una mano sul petto, tenendolo fermo mentre si menava l'uccello due volte.

"Ehi–"

"Sta' zitto." Nash si chinò, schiacciando le loro bocche insieme, soffocando ogni protesta di Cross. Il bacio non fu delicato, nemmeno lontanamente. Era il tipo di bacio che "rivendicava" l'altra persona. Dominante. Aggressivo.

E se Cross non fosse appena venuto, quel bacio glielo avrebbe fatto diventare duro come la roccia, anche se di solito era lui a comandare.

Nash catturò il suo gemito e glielo restituì. Quando si liberò, ansimava.

Non era l'unico.

Il battito del cuore di Cross era schizzato a mille quando aveva scopato Nash. Anche adesso non aveva rallentato minimamente, soprattutto con l'improvviso cambio di potere.

Nash tenne la mano ben piantata sul petto di Cross, inchiodandolo al letto, mentre si chinava e afferrava il lubrificante e un altro preservativo, gettandoglieli poi sul petto .

"Preparati, perché non ho intenzione di aspettare."

Senza una parola, Cross obbedì. Mise il preservativo a Nash, gli lubrificò l'uccello e poi, con due dita, si lubrificò il buco dentro e fuori. Tremava per l'attesa e un po' di trepidazione.

Come Nash, non preferiva fare il passivo. Ma avevano fatto un patto e ora Cross doveva mantenere la sua parte.

"Ginocchia al petto."

A Cross non piaceva essere controllato. Era già stato con qualcuno che aveva cercato di essere autoritario. Non aveva funzionato. Anzi, era finita malissimo. E se anche Nash era così, quella poteva essere l'unica notte in cui sarebbero stati insieme.

E forse sarebbe stato meglio.

Avrebbe potuto una cosa senza essere una *cosa*.

Tuttavia, Nash che lo comandava a bacchetta come Cross aveva fatto con lui...

Era un po'...

Eccitante.

Inaspettatamente eccitante.

Perché Cross volesse quello da un uomo che conosceva a malapena rispetto a un uomo con cui aveva vissuto e di cui si era creduto innamorato, era un mistero.

Ma non era un problema da risolvere in serata. Per cui,

Cross tenne le ginocchia larghe, se le attirò al petto e intimò ai suoi muscoli di sciogliersi.

Se si fosse irrigidito, gli avrebbe fatto male.

In caso contrario...

Ne sarebbe valsa la pena.

Cazzo, ci sperava davvero.

Cross chiuse gli occhi ed espirò, in attesa del pizzicore, della pressione, del disagio sempre più lieve dell'allargamento.

Erano passati mesi per lui.

Dall'ultima volta.

Prima dell'ultimo litigio, dell'ultima goccia.

Del momento in cui entrambi avevano capito che non avrebbe mai funzionato.

Nessuno dei due era stato disposto a cedere.

Ed ecco che Cross si trovava di nuovo, potenzialmente, nella stessa situazione. Con un uomo che forse non avrebbe mai ceduto il potere.

Poteva essere una cosa senza essere una *cosa*.

Qualcosa di semplice. Leggero.

Solo tra loro due.

Poi Nash distolse Cross dai suoi pensieri quando spinse, premette, esigette di entrare.

Cross lo lasciò entrare. Accettandolo, incoraggiandolo con l'inclinazione dei fianchi a prenderlo completamente. Nash lo fece, poi esitò, i palmi piantati nel materasso, gli occhi scuri e illeggibili che incontravano quelli di Cross.

All'inizio rimase immobile, proprio come Cross aveva fatto con lui. Lasciò che il suo corpo si adattasse a lui, preparandosi a ciò che sarebbe accaduto.

Poi, con una smorfia e un ringhio, Nash iniziò a scoparlo. Con forza. Velocemente. Picchiando in profondità. Il corpo di Cross si muoveva a ogni spinta.

Lui era stato delicato.

Nash non lo fu.

Ogni spinta era alimentata dalla rabbia. Cross non era sicuro se essa fosse rivolta a lui o a Nash stesso. Nash si stava rimproverando per avergli lasciato il predominio?

L'uomo gli strinse le dita attorno ai polsi, bloccandoli sul letto, uno per ogni lato della testa, premendovi con tutto il suo peso per tenerlo fermo.

Era scomodo, ma anche esaltante.

E ora Cross era contento che Nash si fosse tolto gli anelli. Avrebbero lasciato dei segni, forse anche dei lividi.

Ma non si lamentò; non disse a Nash di smettere. Lasciò che l'uomo esorcizzasse qualunque demone di cui stava cercando di liberarsi.

Il martellamento si fece ancora più intenso. Le palle di Nash sbattevano forte contro il culo di Cross come il ritmo di un tamburo. Se lui doveva farsi sottomettere, non gli dispiaceva farlo in modo rude. Ma quello era più che rude, era quasi emotivamente distaccato. Senza pensieri. Freddo.

E poi... non lo fu più.

Nash si lasciò ricadere su di lui, prendendo uno dei capezzoli di Cross nella bocca, sfiorandone la punta con la lingua.

Il suo ritmo divenne lento, pigro.

Il bacino potente di Nash si fletteva a ogni spinta verso l'alto e verso di lui. Cross buttò la testa all'indietro, la sua bocca si aprì e vi uscirono suoni ogni volta che Nash toccava il fondo. Spingendo in profondità, strusciando ancora più a fondo.

Ora non più così disperatamente.

Controllato. Preciso.

Nash passò all'altro capezzolo e lo scalfì con i denti; poi lo leccò, piantandovi un bacio prima che le sue labbra tracciassero un sentiero fino al centro del petto di Cross, per poi risalire. Fino alla gola esposta, alla parte inferiore della mascella, per arrivare all'angolo della bocca di Cross.

Nell'istante in cui Nash gli catturò la bocca ma gli liberò i polsi, Cross gli aggrovigliò le dita nei capelli, tenendolo stretto, approfondendo il bacio. Finché non inalarono l'uno il respiro dell'altro.

Dentro. Fuori.

Dentro.

Fuori.

I loro respiri erano poco più veloci delle spinte di Nash.

Quando smisero di baciarsi, le loro bocche rimasero fuse. I loro respiri continuarono a mescolarsi.

La mano di Cross scivolò dai capelli di Nash lungo la schiena, sentendo i muscoli muoversi sotto i suoi polpastrelli, fino ad arrivare al culo di Nash, dove si aggrappò, sentendo ogni pompata, dentro e fuori. Attirandolo in profondità.

Cross disobbedì all'ordine di Nash di tenere le ginocchia al petto perché aveva bisogno di un appiglio migliore; per cui, avvolse le gambe attorno ai fianchi di Nash, stringendolo a sé con forza.

Sentì che il tremore cominciava a prendere il sopravvento sul corpo di Nash. Le spinte ora erano più decise. L'obiettivo era vicino. La vetta a portata di mano.

Nash staccò la bocca da quella di Cross, le loro barbe si sfiorarono e i peli ispidi si aggrovigliarono. Ma, *cazzo*, la barba ruvida di Nash era piacevole sulla guancia di Cross, sulle labbra, sul collo.

Cross affondò con più forza le dita nei muscoli del culo dell'altro, sussurrando: "Così. Dammi tutto quello che hai."

Il respiro di Nash ebbe un singulto e l'uomo spinse il viso contro il collo di Cross, emettendo un lungo gemito mentre si rannicchiava su di lui un'ultima volta, spingendo l'uccello fino in fondo.

E poi si fermò, pompandogli sperma in profondità.

Cross immaginò come sarebbe stato farlo senza guanto, essere riempito fino all'ultima goccia di seme.

Poi accadde qualcosa di nuovo. Cross ebbe un orgasmo senza erezione. La venuta si irradiò dal suo uccello morbido e attraverso di lui, stupendolo completamente.

Non sapeva nemmeno che fosse possibile.

Nash si sollevò sulle braccia e guardò in basso, tra i loro corpi. "Accidenti," sussurrò. "L'ho sentito anche da dentro di te."

"Sì," mormorò Cross. Ogni cellula del suo corpo era profondamente soddisfatta, ogni osso era di gomma e ora pronto per un pisolino.

No, non per un pisolino, per dormire come un morto.

Non aveva più un briciolo di energia e sapeva che dovevano ancora pulire.

In quel momento, era sicuro che Nash sarebbe uscito presto dalla porta e si sarebbe messo in viaggio.

"Doccia?" suggerì Cross, sperando che l'altro si fermasse un po' di più.

Nash alzò la testa e i suoi occhi nocciola incontrarono i suoi. "Sì."

Cross sussurrò la domanda successiva. "Vuoi risparmiare acqua?"

"Cazzo, sì," sussurrò Nash in risposta.

Lui trattenne il sorriso.

Palesemente, l'altro fece lo stesso.

Avrebbe dovuto andarsene, ma non l'aveva fatto. Era rimasto.

Che cosa fottutamente stupida. Pericolosa. Fuori dalla sua norma.

Una regola infranta.

Ma quello che avevano fatto nella doccia non gli aveva fatto venire il prurito di andarsene.

Gli aveva fatto venire voglia di restare.

Si erano presi il loro tempo, insaponandosi l'un l'altro, lavandosi i capelli a vicenda. Toccandosi, giocando, indugiando qua e là.

Apprezzando ciascuno ogni linea e curva del corpo dell'altro. Esplorandole, anche, con la bocca e con le dita. Finché l'acqua non era diventata fredda e loro erano stati costretti a chiudere la doccia e asciugarsi.

Era stato divertente e aveva permesso loro di dimenticare chi erano per un po'.

Dopo aver cambiato le lenzuola sporche, erano crollati nel letto di Cross, esausti e soddisfatti. Ma mantennero una certa distanza tra di loro, sdraiati sulla schiena. Entrambi infilarono le braccia sotto la testa, fissando il soffitto. In silenzio.

Nessuno dei due voleva parlare di quello che era successo quella notte.

A letto. Nella doccia.

Dentro di loro.

Ma c'era qualcosa che Nash aveva notato nella doccia e che lo infastidiva.

Qualcosa che prima gli era sfuggito e che non avrebbe dovuto.

Qualcosa che rimpiangeva di non aver visto prima di succhiare il cazzo di Cross.

E ora lui era sdraiato lì, al buio, a fissare quella "cosa", dato che Cross si era addormentato a pancia in giù, il respiro regolare, russando dolcemente e con il viso rivolto verso di lui.

Sul braccio destro dell'uomo c'era un tatuaggio. L'unico che Nash aveva trovato durante l'esplorazione.

Ma che avrebbe preferito non trovare.

Aveva riconosciuto il logo. Ne conosceva il cazzo di significato.

Altro che sei gradi di separazione.

Non ce n'era nessuno. Zero.

Quella cosa era troppo vicina al suo mondo.

Il presidente del Blue Avengers MC era Mitch Jamison. Che era anche il fottuto padre di Zak.

Il vicepresidente dei Blue Avengers era Axel Jamison. Che era anche il fottuto fratello di Zak.

Zak Jamison era il presidente dei Dirty Angels. Z era il fottuto presidente di Nash.

Il padre e il fratello di Z erano entrambi poliziotti e portavano i colori del BAMC. Due uomini che Nash conosceva fin troppo bene.

Cross era un poliziotto e portava i colori del BAMC.

Cross non gli aveva detto *niente*.

Niente di niente, cazzo.

Forse non frequentavano gli stessi ambienti, ma quei confini erano sfumati, quelle cerchie ora si sovrapponevano.

Il piano originale di Nash era di scopare di nuovo con Cross più tardi, in mattinata, dopo aver dormito qualche ora. Ma non aveva senso restare: ora non sarebbe più riuscito a dormire.

E scopare di nuovo con Cross sarebbe stata una pessima idea.

Nash si alzò furtivamente, facendo attenzione a non svegliare Cross e, ignorando il mucchio di vestiti, si diresse verso un'anta parzialmente aperta.

La aprì ulteriormente e non fu sorpreso nel vedere ciò che già sapeva... Una fila di uniformi ben stirate su un lato dell'armadio. Ma appeso in fondo a quelle uniformi, un giubbotto di pelle.

Il chiodo di Cross.

Nash lo prese e lo tirò fuori, fissando il retro. Fece scorrere le dita sulle scritte, sullo stemma centrale, sulla toppa quadrata a destra con la scritta "MC" e sulla toppa quadrata a sinistra con la sigla "LE."

Law enforcement, "forze dell'ordine."

La scritta superiore recitava "BLUE AVENGERS," quella inferiore "PENNSYLVANIA."

La toppa centrale consisteva in un teschio e tibie con mani scheletriche che impugnavano due pistole, una con la scritta "Lealtà" e l'altra "Onore." Includeva anche lo scudo con la "sottile linea blu."

Una toppa rettangolare sul davanti recitava "CROSS" e al di sotto un'altra recitava "W. REGIONAL."

Porca miseria, quel club era così grande da doversi dividere lo Stato. Nash sapeva che era perché quell'MC includeva membri di forze dell'ordine di tutte le aree, non solo locali.

Cross era un guerriero della domenica, appartenente a un club di fottuti porci che aspiravano a diventare motociclisti cazzuti.

Ma a prescindere da ciò che pensavano, non lo erano. Non lo sarebbero mai stati. Anche se guidavano Harley e scimmiottavano i veri motociclisti, restavano dei porci cagasotto fino al midollo.

Non amavano i veri motociclisti.

E Nash e il resto dei suoi fratelli non amavano i poliziotti.

Nash rimise il chiodo dove l'aveva trovato, poi si voltò a fissare l'uomo addormentato.

Non avrebbe dovuto essere lì.

Il suo posto non era lì.

Doveva andarsene.

Si costrinse a darsi una mossa, a raccogliere la sua roba, a salire sulla slitta e a levarsi di torno.

Capitolo Nove

Cross si infilò con la sua Harley in una fila di altre moto. Ce n'erano molte. Ma c'era da aspettarselo, visto che l'Iron Horse Roadhouse era un bar per motociclisti.

Un *vero* bar per motociclisti. Uno in cui i colori degli MC venivano indossati con orgoglio. Purché non appartenessero a un club rivale.

La maggior parte dei motociclisti sapeva come stavano le cose. Non si beveva in territorio nemico.

In quanto poliziotto, per Cross l'Iron Horse era al cento per cento territorio nemico.

Ma era anche uno stupido stronzo che ce l'aveva duro per qualcuno per cui non avrebbe dovuto.

Qualcuno che poteva bere una birra in un bar come quello e integrarsi perfettamente. A dire il vero, Nash era più adatto a un posto come quello che al Cockpit.

Almeno per gli altri.

Le palle di Cross avrebbero dovuto raggrinzirsi al pensiero di fare quello che stava per fare, ma lo avrebbe fatto comunque, cazzo.

Dopo essersi svegliato da solo, due settimane prima, aveva cercato il biglietto che era sicuro gli fosse stato lasciato.

Non ce n'era nessuno.

Quando, quella mattina, aveva inviato un messaggio, non aveva ricevuto risposta. Aveva provato a chiamare ma era partita la segreteria telefonica. Nelle ultime due settimane aveva fatto altri tentativi. I suoi messaggi e le sue chiamate erano stati ignorati.

Quindi, eccolo lì a fare il coglione. Quello che stava per fare poteva essere pericoloso.

Scese dalla moto e si voltò a studiare l'edificio. Riempì i polmoni, trattenne l'aria per qualche secondo e la espulse. Si passò una mano sui capelli e sulla barba. Inspirò di nuovo, abbassò la testa e la scosse fissandosi gli stivali.

Poi si augurò di uscire da quel Roadhouse nello stesso modo in cui era entrato.

In un unico pezzo.

Se avesse indossato la cintura di servizio, a quel punto se la sarebbe aggiustata per farsi coraggio, ma non l'aveva. Invece, indossava i Levi's più vecchi che possedeva, una Harley Henley che aveva da anni e che aveva trovato in fondo al cassetto e una pesante giacca di pelle nera, ben rodata, che indossava quando andava in moto nei periodi più freddi.

Entrò dalla porta, lasciò che il suo sguardo attraversasse la stanza per fare una rapida valutazione, oltre a verificare la presenza di eventuali minacce immediate, poi andò direttamente al bancone e prese uno sgabello vuoto.

Il locale era affollato per essere domenica sera; probabilmente perché, a occhio e croce, stava suonando un gruppo dal vivo, anche se Cross non aveva idea di dove.

Se era una registrazione, suonava dannatamente bene.

Ogni biliardo era pieno, ogni tavolo era occupato. E Cross aveva preso l'ultimo posto libero al bancone.

Si guardò alle spalle e fece nuovamente il punto della situazione.

Niente droghe. Niente minorenni che bevevano alcolici. Niente prostituzione. Niente risse.

Niente.

Solo un bar pieno di motociclisti, le loro donne e un gruppo di quelli che sembravano militari in un angolo in fondo. Quando si girò di nuovo verso il bancone, Cross capì perché. Sopra la cassa c'era un cartello che diceva che i militari, in servizio o in congedo, bevevano a metà prezzo.

Dopo le superiori, Cross era entrato direttamente in Marina e aveva svolto un periodo di servizio attivo di due anni prima di iscriversi all'accademia di polizia. Durante l'addestramento e il periodo come recluta, era rimasto nelle Riserve fino a quando non aveva terminato il suo periodo di ferma obbligatoria.

Ora serviva la sua comunità.

Un giovane motociclista con i colori del DAMC si fermò davanti a lui da dietro il bancone, interrompendo i suoi pensieri. "Birra?"

"Che cosa avete in spina?"

Il motociclista ventenne, palesemente ancora novellino, rispose: "Birra."

Cross sbatté le palpebre per evitare di levare gli occhi al cielo. "Va bene."

L'uomo, la cui toppa diceva si chiamasse Jester, annuì e si spostò lungo il bancone.

Cross sperava solo che la birra alla spina non fosse la Iron City. Anche se si trattava di una birra locale, lui preferiva qualcosa di più corposo.

Buttò un pezzo da cinque sul bancone pochi secondi

prima che Jester tornasse, sbattendo il bicchiere da pinta davanti a lui in modo che la schiuma traboccasse dal bordo. Cross fece una smorfia alla vista del colore della birra, sapendo benissimo che qualsiasi cosa gli fosse stata servita non era corposa, ma più simile a una brodaglia. Jester prese il suo cinque e sparì di nuovo.

Cross bevve un sorso. Come previsto: piscio di scimmia. Avrebbe dovuto ordinare una birra in bottiglia. Troppo tardi.

Bevve un altro sorso, poi succhiò la schiuma dai baffi prima di voltarsi a ispezionare di nuovo la stanza.

Le uniche persone nel locale che indossavano chiodi del DAMC erano i due motociclisti che lavoravano dietro il bancone. Tutti gli altri indossavano colori diversi o non ne indossavano affatto.

Ma tutti sembravano apprezzare la musica. Cantavano, ballavano, si muovevano a ritmo e così via.

"La musica è dal vivo?" chiese Cross al suo vicino, che stava divorando un piatto di alette di pollo così piccanti che lui sentiva i peli del naso bruciare da quella distanza.

Il gentiluomo più anziano e tarchiato, con un tatuaggio a forma di ragnatela che occupa tutto il lato del collo, emise un rutto sonante e venefico, poi disse: "Sì."

Fantastico. "Da dove viene?"

"Cortile," disse l'altro prima di ficcarsi un'intera aletta di pollo nella fogna.

"Fa parte del bar? È tipo una veranda?"

Il suo vicino non gli rispose, perché era troppo impegnato a succhiare la pelle e la carne del pollo fritto e salsato dalle ossa.

Invece, Cross sentì la voce di Jester alle sue spalle. "Il cortile è riservato ai membri del DAMC e ai loro ospiti."

Cross girò la testa e incrociò lo sguardo di Jester. Il giovane aveva le braccia pesantemente tatuate incrociate sul petto. Cross ignorò il linguaggio del corpo e chiese comunque: "Come ci si arriva?"

Jester strinse gli occhi. "Tu non ci arrivi. Mi hai capito?"

Cross annuì e si voltò verso la stanza, mormorando: "Capito."

"Bene."

Con la coda dell'occhio, Cross vide Jester allontanarsi di nuovo lungo il bancone.

Guardò il suo vicino di sgabello e la montagna di ossa nude sul piatto. Sembrava un massacro. "Le alette sono buone?"

"Fantastiche, cazzo."

"Vieni spesso qui?"

Le guance dell'uomo tremolarono e questi lasciò cadere sul piatto un'ala mezza rosicchiata. "Ci stai provando?"

Cosa? Cross si affrettò a sollevare le mani aperte. "No! Cazzo, no. Non volevo dire questo."

"Meglio per te."

"Ero solo curioso di sapere quanto spesso suona la band e ho pensato che, se sei un cliente abituale, dovresti saperlo."

"Lo so."

Cross aspettò. L'uomo tornò ad aspirare le sue alette e Cross sospirò.

"Ehi, mi guardi la birra, per favore?" disse infine Cross; poi scese dallo sgabello e si diresse verso l'uscita, senza aspettare il grugnito di risposta.

Raggiunse il parcheggio, passò davanti alla sua moto e girò attorno all'edificio.

Porca miseria. Visto da davanti, l'edificio traeva in inganno. Percorrendo il lato, Cross si rese conto che era molto più lungo di quanto sembrava. Arrivò a una recinzione fatta di solidi pannelli di metallo. Anche se il cancello era chiuso, il lucchetto della catena era aperto.

Tuttavia, il cartello davanti a quel cancello non era affatto accogliente. Cross lo ignorò, così come aveva ignorato Jester, il suo vicino mangiatore di pollo e il suo stesso buonsenso presentandosi al bar.

Dopo aver aperto il cancello quanto bastava per passare, Cross proseguì, rimanendo nell'ombra vicino all'edificio.

Sul retro dell'edificio si trovava un altro parcheggio, più grande di quello frontale, se possibile. Anch'esso era pieno di moto, camion e SUV.

Cross strizzò gli occhi per guardare qualcosa in fondo al parcheggio.

Sì, proprio come pensava. Una donna aveva la gonna alzata fino alla vita mentre era piegata su una moto, con i palmi delle mani appoggiati sul sedile. L'uomo che la scopava si era calato i jeans fino alle ginocchia e la stava trapanando come se stesse cercando il petrolio. Naturalmente, tutto ciò stava accadendo all'aperto, dove chiunque poteva guardare.

Quindi, osservò per qualche istante e si rese conto che quella merda non gli faceva alcun effetto. Ora, se avesse avuto Nash piegato sulla sua Harley...

Cross si sistemò l'uccello e continuò a muoversi. Rimase tra i veicoli e si tenne lontano dalla porta posteriore, da cui chiunque sarebbe potuto uscire in qualsiasi momento.

Seguì una linea di alti cespugli mezzi morti che sembravano formare una sorta di "recinzione" naturale; al di sopra di essi, scorse la linea del tetto di un padiglione. Si chiese se fosse lì che suonava la band. Più si avvicinava, più la musica aumentava di volume, quindi Cross ebbe conferma di essere sulla strada giusta.

Si infilò in un varco tra i cespugli e si ritrovò nell'angolo posteriore del padiglione. La sua attenzione fu attirata da un tipo seduto su uno dei tavoli da picnic, con le cosce aperte, gli stivali piantati sul sedile e la testa di una donna infilata fra le gambe.

Nessuno di quegli uomini sembra sapere cosa fosse la vergogna. Ci davano dentro ovunque fosse possibile.

Tenendosi nell'angolo buio vicino ai cespugli, Cross valutò la zona. Mentre il parcheggio era pieno, il cortile non lo era. Alcune persone se ne stavano sotto il grande padiglione; un gruppo di sedie, occupate da altre persone, era disposto intorno al falò che ardeva al centro del cortile.

Alcuni fusti erano allineati lungo la recinzione che separava il cortile dal parcheggio pubblico frontale. Un affumicatore di carne, che si trovava vicino alla birra, era aperto, con un maiale mezzo spolpato che stava ancora girando.

Tuttavia, Cross non era lì per una birra o un panino con la porchetta. Il suo sguardo si posò sul palco che si trovava dall'altra parte del falò acceso, sul lato del cortile più lontano dall'edificio. Un palco serio, con luci, un impianto audio professionale e tutto il resto.

Su quel palco imponente, Nash era il frontman, che cantava con un microfono agganciato a un supporto mentre suonava una chitarra elettrica.

E, *porca puttana*, quanto cazzo suonava bene. E aveva un aspetto ancora migliore.

I suoi lunghi capelli biondo scuro con colpi di sole svolazzavano liberi, a parte alcune ciocche sudate che gli si erano appiccicate attorno al viso. Stava dando tutto se stesso nella canzone che lui e la sua band stavano suonando, *Let Me be Myself* dei 3 Doors Down.

Quanto cazzo era appropriato? Chissà se i "fratelli" di Nash o i suoi compagni di band capivano l'ironia di Nash che cantava quella canzone in mezzo a loro.

Probabilmente no.

Cross era quasi sicuro che nessuno, tranne lui, capisse

che il testo della canzone aveva per Nash un significato più profondo di quanto si potesse immaginare. Ed era meglio così.

Cross si spostò leggermente in avanti, morendo dalla voglia di avvicinarsi per sperimentare l'energia che Nash emanava lassù sul palco.

E, *porca miseria*, voleva leccargli il sudore dalla fronte.

Non sarebbe stata una buona idea.

Si era preoccupato di lasciare l'Iron Horse tutto intero e ora si era inoltrato ancora più in territorio nemico. Leccare un motociclista davanti a un gruppo di altri motociclisti sarebbe stato stupido.

Quando una mano si posò sulla sua spalla, per poco Cross non si cagò addosso.

Si girò, con il cuore che batteva più veloce della batteria sul palco, per ritrovarsi di fronte nientemeno che Axel Jamison, il vicepresidente del Blue Avengers MC e caporale della polizia di Shadow Valley, nella cui giurisdizione Cross si trovava al momento.

Grazie al cielo era lui e non uno dei fratelli di club di Nash.

"Che diavolo ci fai qui, Cross? Stai facendo un appostamento o qualcosa del genere?"

Ah, merda. Avrebbe dovuto inventarsi una storia di copertura. Doveva improvvisare. "Ho sentito che qui c'era non so che attività illegale. È per questo che anche tu sei qui?" *Cazzo*, Cross odiava mentire. Soprattutto a un amico.

Anche al buio, Cross vide le sopracciglia di Jamison abbassarsi mentre lo osservava. "Lavori sotto copertura?"

"Mi hanno da poco assegnato a una task force speciale." *Cazzo.* Un'altra bugia!

"Quale task force? Non ho mai sentito parlare di task force che si occupino di MC."

"È una nuova task force contro le gang. Una cosa della contea." Cross trattenne un gemito. Altre fottute bugie!

"La maggior parte degli MC non sono nemmeno gang, sono club. Confraternite come la nostra. Si potrebbero definire gang alcuni MC fuorilegge, ma anche questo è esagerato. Se proprio uno vuole andare per quella strada, quei gruppi dovrebbero essere considerati criminalità organizzata, non gang."

Perché Jamison lo stava istruendo? Cosa cazzo gliene fregava ad Axel se un MC veniva chiamato "gang?" Ma Cross non aveva intenzione di fargli domande sull'argomento, dato che doveva scegliere quali battaglie combattere. E Jamison non aveva ancora finito.

"Ma comunque, questa è la giurisdizione della polizia di Las Vegas. E se ci fosse una nuova task force della contea, lo saprei. E soprattutto, mio fratello è il presidente di questo MC. Il marito di mia sorella è un membro. Il club è pulito."

Cross gli lanciò un'occhiata dubbiosa, cercando di recitare la parte del membro di una task force inventata. "Non fanno uso di droga? Niente?" Perché sapeva per certo che Nash era venuto a casa sua puzzando e sapendo di erba. Ma non aveva intenzione di condividere nemmeno quell'informazione con Axel.

Inoltre, guardando il cortile, vide molte persone che fumavano. Non era sicuro di cosa stessero fumando, perché era troppo buio per vederlo, ma era sicuro che non si trattava solo di tabacco.

Ma la cosa non aveva importanza; l'erba non era nel suo radar. Lo era l'uomo che stava ancora cantando sul palco.

"Senti, qui è pulito per quanto può esserlo. Mi ci è voluto un po' per mettermi il cuore in pace. Sarò anche un poliziotto, ma questo club ce l'ho nel sangue. Ed è la famiglia di mia moglie. Sia mio nonno che sua nonna sono stati tra i fondatori di questo MC. Anzi, mio nonno è morto per il club. Quindi, quando dico che il club è pulito, accettalo. Se inizi a scavare, avremo un problema."

Cross non aveva idea che Axel o suo padre, Mitch, avessero legami così profondi con i Dirty Angels. Ciò significava che entrambi conoscevano bene Nash, il che rendeva la situazione tra di loro ancora più complicata.

La situazione.

Come se ci fosse una situazione tra loro due.

L'unica vera situazione era che Cross era un idiota a starsene nel territorio del DAMC perché voleva qualcosa che non avrebbe dovuto volere da un uomo che probabilmente non voleva lo stesso da lui.

Perché, se Nash l'avesse voluto, non sarebbe sparito l'altra mattina e non avrebbe ignorato tutti gli sms e i messaggi che Cross gli aveva mandato come uno coglione zerbino. A riprova del fatto che un po' di buon cazzo poteva far perdere la testa a un gay.

Si disse che doveva aver perso la testa quando si immaginò un mostro che si muoveva nella loro direzione.

Porca puttana.

Tanto valeva fare ciao ciao alle sue chiappe. Altro che lasciare quel posto tutto intero: c'era il rischio che non lo lasciasse proprio.

"Merda," mormorò sottovoce Jamison accanto a lui. Non era rassicurante.

Cross si rese conto di aver potuto sentire quel borbottio perché la musica era cessata. Il suo sguardo si spostò sul palco. Vuoto.

I suoi occhi tornarono a guardare l'Incredibile Bulk[1], appellativo che calzava a pennello all'uomo che ora era faccia a faccia con il più piccolo Axel Jamison, il quale non era affatto un uomo piccolo. Tuttavia, quegli occhi bestiali erano incollati a Cross e, anche al buio, lui vedeva benissimo che non erano felici di vederlo.

"Sento odore di bacon, Axhole.[2] Adoro il cazzo di bacon, ma non quello a due zampe. Ne avevamo già parlato. Pensavo che avessi capito. Forse non hai capito. Forse hai bisogno di un cazzo di ripasso."

"Cosa ti fa pensare che sia un poliziotto?"

Cross era colpito dal fatto che Axel aveva il coraggio di fare il finto tonto con quel tizio.

L'omone annusò rumorosamente l'aria. "Perché tutti voi stronzi puzzate." Si avvicinò a Cross e annusò di nuovo. "Lui puzza di porco. E poi, sta parlando con te."

Jamison lanciò a Cross una rapida occhiata e disse: "Siamo insieme in una task force. Doveva passarmi di persona delle informazioni importanti che non potevano aspettare. L'ha fatto e ora se ne va."

"Non me ne frega un cazzo dei tuoi affari con i porci. Questa è una proprietà del DAMC e non un porcile. Non serve che la tua razza bazzichi qui, Axhole. È già abbastanza grave che tu viva nella nostra proprietà." Diesel si avvicinò. "Se non fosse per Bella..."

A Cross non sfuggì che anche Jamison gonfiò il petto e si fece avanti. *Coraggioso, lo stronzo.* "Hai ragione, cazzo, D. Non importa che Jayde e Z siano miei fratelli, giusto? Mi tolleri solo per Bella."

"*Pensi* che ti tolleri?" ringhiò Diesel. "Ti avrei strozzato molto tempo fa se non fosse stato per lei. Il giorno che Z è uscito–"

Jamison lo interruppe. "Vogliamo discutere di nuovo di queste cose?"

La testa di D si alzò di scatto. "No. Col cazzo. Non ne vale la pena." Passò lo sguardo su Cross e poi di nuovo su Axel. "Portalo via da qui, cazzo. Il suo posto non è qui. E nemmeno il tuo. Non farmi rimpiangere le libertà che ti ho dato." Poi la sua testa si girò a scrutare il cortile. "Donna!" sbraitò, quindi si allontanò con passo pesante.

"Ma che cazzo?" borbottò Cross. "Dopo quella roba, non so se riuscirò a rilassare il buco del culo."

Jamison guardò l'omone allontanarsi. "Sì, meglio non stargli antipatici."

"Tu gli stai antipatico?"

"Ti sembra che gli stia simpatico?"

"No." Cross si passò una mano sulla fronte. Doveva controllare le palle per assicurarsi che fossero tornate al loro posto. "Cazzo."

"Purtroppo, mi tocca avere a che fare con quel musone. La sua vecchia è mia cugina. Mia moglie è sua cugina. Il suo presidente è mio fratello." Axel esalò il fiato. "Il cazzo di albero genealogico è così fottutamente contorto che non riesco nemmeno a descriverlo. Sa che non può uccidermi; per questo è così frustrato. Sa anche che mi prendo cura di Bella, così non deve più farlo lui."

"Bella? L'ho conosciuta durante alcune delle nostre corse, giusto?" Cross ricordava la bella donna dai capelli scuri che viaggiava sul retro della bicicletta di Jamison durante alcune delle loro corse del club. Ma portava un chiodo che recitava "proprietà di Axel." Non era una cosa che le donne, mogli o fidanzate che fossero, indossavano normalmente. Mentre tutti i membri delle forze dell'ordine portavano i colori del club durante le corse, le donne indossavano quello che volevano.

"Sì."

"Non avevo idea che avessi legami con questo club."

"Mitch lo sa, naturalmente. E ora lo sai anche tu. A proposito, ti sarei grato se lo tenessi per te."

Quindi, Cross non era l'unico ad avere un segreto da

mantenere. Jamison non aveva solo legami di sangue, ma anche legami attraverso la moglie. "Non è un problema."

"Ora, vuoi spiegarmi perché sei davvero qui? La scusa della task force è una grandissima stronzata. Allora, chi stai cercando di fottere?"

Sapessi... "Nessuno."

"Non sei tornato qui solo per curiosità. Tutte le donne qui sono la vecchia di qualcuno, una troietta o una spogliarellista del locale."

L'MC possedeva uno strip club? E in che senso "troiette?"

"Quindi, se sbavi dietro a una di loro, direi che è meglio che guardi altrove."

"Grazie per il consiglio." Cross trasse un respiro profondo, poi dichiarò: "Ma è superfluo, visto che non ho gusti di quel genere." Esitò, poi si lanciò. "Sono gay."

La bocca di Jamison si spalancò prima di chiudersi di scatto. "Oh... non lo sapevo."

"Nessuno lo sa. Almeno, nessuno al mio dipartimento o nel nostro MC."

Le sopracciglia di Jamison si inarcarono. "Cosa c'entra con questo club?"

Cazzo, Cross rischiava di finire nella merda, ma Axel Jamison poteva essere un alleato. "Sono venuto a vedere la band."

Jamison scosse la testa. "Ah sì? Ti vedi con qualcuno della band?" Jamison si voltò a scrutare il palco ormai vuoto. "È uno dei Dirty Deeds? Sono tutti sposati o hanno la ragazza... tranne..." Si voltò di nuovo verso Cross, con gli occhi così spalancati che Cross poteva vederne il bianco anche al buio. "Porca troia." Jamison strinse le labbra. "Lui lo sa?"

"Di essere gay?" La domanda di Cross uscì un po' più acuta di quanto gli piacesse.

"Intendevo dire che sei interessato a lui. Non sono sicuro... Non credo..." Jamison si allontanò da lui e ruotò la testa per scrutare l'intero cortile prima di riportare di scatto lo sguardo su Cross. "Non credo che Nash sia gay." Sollevò il mento verso la recinzione nell'angolo tra i fusti di birra e l'edificio.

Cross guardò in quella direzione e la sua testa sobbalzò all'indietro.

Era... Poteva essere...

Certo che lo era, cazzo.

Nash era in piedi con le spalle alla solida recinzione metallica, la testa abbassata in avanti così che il volto era coperto dai capelli, ma comunque riconoscibile. Aveva due mani sulla testa di una donna che era in ginocchio e stava...

Stava...

La stava scopando in faccia.

Forse Cross si sbagliava.

Cazzo no, non si sbagliava.

La testa di Nash si sollevò e si rovesciò all'indietro. I capelli non nascondevano più nulla. E, sì, non c'era dubbio che quella in ginocchio davanti a lui fosse una vera idrovora. I fianchi di Nash stavano pompando a un ritmo piuttosto veloce.

Poi diede un'ultima spinta e si fermò.

"Sì, non credo che sia gay," mormorò Jamison accanto a lui.

"Errore mio," ribatté Cross.

Jamison si girò e bloccò la visuale di Cross su Nash. "Dove vi siete conosciuti?"

Cross cercò di tenere a bada i pensieri che giravano a mille e di ignorare le viscere in subbuglio. "In un bar."

"Dove suonava la sua band?"

"Sì. Abbiamo... parlato. Devo aver capito male."

"Direi. Meno male che hai scoperto la verità prima di metterti in imbarazzo."

Certo. Perché intrufolarsi nella sede di un MC e farsi scoprire non era affatto imbarazzante. Soprattutto quando Cross aveva appena confessato di essere gay e l'uomo che gli interessava si era appena fatto fare un pompino da una cazzo di donna. "Sì," respirò Cross, con un bruciore che gli riempiva i polmoni.

"L'ho sempre visto solo con donne. E lasciamelo dire, non se ne vergogna. Si fa praticamente qualunque cosa non sia inchiodata al pavimento."

Cross sollevò gli occhi su quelli di Jamison, con le tempie che gli pulsavano e le dita che avevano voglia di massaggiarle. "Ma dai."

L'uomo gli diede una pacca sulla spalla. "Beh, sono contento di averti aiutato a non pestare una merda. Io manterrò il tuo segreto. Tu mantieni il mio. Affare fatto?"

"Affare fatto."

"Ora devi andartene da qui. Se Diesel torna e ti trova ancora qui, non mi prendo un pugno per te. Il suo cazzo di pugno è come una mazza. Fidati di me."

Cross era sicuro che l'Incredibile Bulk, il cui nome sembrava essere Diesel – che originalità – non si facesse problemi a mettere le mani addosso a un altro uomo. Cross preferiva non essere lui quell'uomo.

Tuttavia, non c'era verso che se ne andasse.

Col cazzo.

Doveva solo correre il rischio.

E comunque, rimanere tutti interi era sopravvalutato.

Capitolo Dieci

Non solo aveva perso la brocca, ma non l'avrebbe più ritrovata. Non farsi vedere da tutti i motociclisti e dagli altri festaioli era stata una sfida. Non voleva certo essere sorpreso "in agguato" come uno stalker. O che l'Incredibile Bulk lo trovasse.

Ma aveva trovato un posto da cui si vedeva bene la maggior parte del cortile e aveva visto Nash sistemarsi i jeans e allontanarsi come se niente fosse dalla donna, che si era alzata in piedi e aveva cercato di stargli addosso.

Se Nash le avesse rivolto una parola, Cross non poteva saperlo da dove si trovava. Tuttavia, non gli sfuggì che la donna aveva urlato qualcosa a Nash dopo che questi l'aveva staccata e spinta via. Cosa esattamente, Cross non lo sapeva. Ma qualsiasi cosa lei avesse detto, probabilmente non era piacevole, dato che molte teste si erano voltate verso di lei mentre urlava agitando le braccia.

Nash ignorò lo sfogo melodrammatico, prese una birra e un piatto di cibo, poi si avvicinò a una sedia da giardino che si trovava vicino al falò e prese un'altra sedia, tirandola verso di sé per usarla come tavolo. Non appena ebbe posato la birra e il piatto sulla sedia di riserva, si appoggiò allo schienale, si raccolse i capelli in una coda di cavallo e tirò fuori dal portafoglio quella che sembrava una sigaretta rollata a mano.

Cross immaginava che non si trattasse di una "sigaretta." Soprattutto quando qualcun altro si fermò davanti a lui, ne fece un tiro dopo che fu accesa e poi si allontanò di nuovo.

Nash rimase seduto lì per un'ora intera, chiacchierando con chiunque si fermasse, mangiando un boccone di tanto in tanto e bevendo la sua unica birra.

Poi si limitò a fissare il falò per un'altra mezz'ora.

A quel punto, Cross era pronto a mettersi a urlare. Quindi, cosa fece, da bravo stalker più coglione al mondo? Gli mandò un altro messaggio.

Cross trattenne il fiato mentre Nash estraeva il telefono dalla tasca posteriore, dava un'occhiata e poi lo rimetteva al suo posto.

Abbassando la testa, Cross si passò i palmi sul viso. Poi prese fiato e si disse che doveva andarsene. Rinunciare a quella stupida missione e rimettere la testa a posto.

Fece così? Ma col cazzo.

Per fortuna, pochi minuti dopo Nash si mise in movimento, dirigendosi verso la porta laterale dell'edificio. Cross sgattaiolò tra i cespugli.

Il parcheggio privato era ormai quasi vuoto. Erano rimaste solo alcune moto e qualche auto. Probabilmente appartenevano alle persone che vivevano nella sede del club o che erano troppo ubriache o fatte per guidare.

Cross si assicurò che la via fosse libera prima di dirigersi verso la porta sul retro che aveva evitato in precedenza. Sopra la porta grigia d'acciaio c'era un'insegna con la scritta *Dirty Angels MC* e, in caratteri più piccoli, *Down & Dirty 'til Dead*[1].

Ottimo. Prometteva benissimo.

Cross aprì lentamente la porta, si intrufolò all'interno e sperò ardentemente di che la sua morte non giungesse prematura in seguito a un incontro con l'Incredibile Bulk.

NASH ERA ESAUSTO. La sua band aveva suonato bene quella sera. Erano pronti a partire per il tour della costa orientale. Avevano solo bisogno di qualche altra canzone originale.

Purtroppo, negli ultimi tempi le parole gli sfuggivano.

Perché la sua mente era concentrata su qualcos'altro.

O qualcun altro.

Ripensò all'ultimo messaggio ricevuto da Cross, che aveva ignorato, e ai cinquecento undici che gli aveva inviato in precedenza. Ogni volta che ne riceveva uno, era tentato di rispondere. Ma non lo faceva.

Sarebbe stato fottutamente stupido.

In chiesa c'era un sacco di figa disponibile, quindi non c'era bisogno di andare a cercarla. Era già lì. Bastava aprire la cerniera e qualche passera, che fosse una troietta o una delle spogliarelliste di Moose dall'Heaven's Angels Gentlemen's Club, era pronta a prendersi cura di lui.

Volevano di più?

Cazzo, sì.

Lo avrebbero avuto da lui?

Cazzo, no.

Allo stesso modo, Nash riusciva sempre a trovare una sconosciuta disponibile ai concerti. C'era sempre qualche donna disposta a dargliela. Nel peggiore dei casi, volevano in cambio un drink o due.

Sospirò mentre saliva pesantemente gli stretti e bui gradini della zona comune del circolo.

Ma niente di tutto ciò era quello che stava cercando. Sì, quelle donne lo rilassavano, ma non lo soddisfacevano profondamente.

Non come era successo con Cross.

Sarebbe stato meglio bloccare il numero del porco. Così Nash non sarebbe così tentato di chiamarlo o mandargli un messaggio.

Ma non poteva fare nemmeno quello.

E la cosa lo fece incazzare di brutto.

Tirò fuori dalla tasca il mazzo di chiavi, trovò quella della stanza, la infilò nella serratura e, mentre spingeva la porta per aprirla, fu colpito con forza da dietro.

L'impatto lo fece incespicare nella sua stanza buia. Prima che potesse voltarsi, la porta fu sbattuta e la stanza divenne completamente buia, a parte una sottile striscia di luce che proveniva da sotto la porta.

"Ma che cazzo!"

Era la troietta che si era incazzata perché Nash non l'aveva portata di sopra? Spinse chiunque fosse contro la porta e, prima che i suoi occhi potessero adattarsi al buio totale, ogni terminazione nervosa del suo corpo crepitò e scoppiettò. Non era Mini, la troia succhiacazzi del club.

Non era lei.

Ma la testa di Nash esplose per la paura che Cross venisse sorpreso nella sua stanza. Non solo perché era un uomo gay, ma anche perché era un poliziotto. Non era sicuro di quale delle due cose sarebbe stata peggiore agli occhi dei suoi fratelli. "Che cazzo ci fai qui? Ti è scoppiata la merda nel cervello?"

Nash mollò la presa sulla base del collo di Cross e fece scivolare la mano sul petto dell'uomo, che si alzava e si abbassava rapidamente come il suo. Il cuore di Cross batteva forte sotto il palmo della mano.

"Nessuno sa chi sono... tranne Axel."

"Axel," ripeté Nash, il cui cuore stava cercando di scappare dalla gola. "Axel sa che sei qui, cazzo?"

"Non dirà un cazzo."

Il respiro caldo di Cross attraversò le labbra dischiuse di Nash. Lui se le leccò, sperando di sentire anche solo leggermente il sapore dell'uomo. Perché era tutto ciò che intendeva concedersi. Niente di più. "Come fai a saperlo?"

Cross non rispose.

Nash rovesciò la testa all'indietro ed emise un bruciante "Cazzo." Era una cosa stupida e pericolosa da parte di Cross. Doveva avere qualche rotella fuori posto per correre il rischio che aveva corso seguendolo al piano di sopra. Chiunque avrebbe potuto notarlo.

Tenendo una mano sull'uomo per fermarlo contro la porta, Nash premette l'interruttore della luce alla sua sinistra. Poi infilò la mano nella tasca posteriore di Cross, tirò fuori il portafogli, lo aprì fino a esporre il distintivo lucido e glielo sbatté in faccia. "Anche questo potrebbe tradirti."

La bocca di Cross rimase chiusa.

Nash borbottò un altro "Cazzo," chiuse il portafogli e lo spinse contro il petto di Cross, che lo strappò dalla sua presa e se lo infilò in tasca. Lui fece un passo indietro e si voltò a fissare il muro sopra il letto, cercando di riprendersi.

Il suo cuore, il respiro, i pensieri che giravano. Tutta quella roba. Doveva chiudere tutto a chiave.

Non si aspettava di vedere Cross quella sera... Diavolo, non si aspettava di vedere Cross mai più e, porca troia, non nella sua stanza sopra la chiesa, di tutti i cazzo di posti.

Nash si voltò quando sentì l'uomo avvicinarsi. Stava per dirgli di levarsi dalle palle, quando le sue parole successive gli tapparono la bocca.

"Ti ho visto alla recinzione."

Nash si affrettò a nascondere la sua smorfia con un cipiglio. "Cosa?"

"Ti ho visto alla recinzione." Le guance di Cross erano arrossate e Nash immaginò che non fosse per l'imbarazzo.

Nash lo aveva sentito la prima volta. Ma non voleva crederci. Voleva dire che anche Cross era nel cortile del club. "Non è quello che pensi." Gli importava almeno cosa pensasse il poliziotto?

Non avrebbe dovuto.

Quello che aveva fatto con la troietta erano cazzi suoi, non del poliziotto. Cross non aveva nemmeno il diritto di fare osservazioni.

"So cosa ho visto."

Nash inclinò la testa e strinse gli occhi. "Cosa hai visto?"

"Devo farti un *cazzo* di resoconto?"

Nash abbassò la testa per evitare qualcosa negli occhi di Cross che non voleva vedere. Ma era più che rabbia. "Non è come pensi."

"Sembrava."

No, non era solo rabbia. Il dolore macchiava le parole dell'uomo. La delusione. Che Cross non aveva il diritto di provare.

Avevano scopato una volta. Una sola. Tutto lì. Era stato solo un incontro. Niente di più. E anche quello era stato un errore.

Ma allora perché Nash sentiva il bisogno di giustificarsi?

Non stavo scopando la sua faccia, stavo scopando la tua. Nash sollevò la testa. "È un gioco a cui devo giocare, Cross. Un'immagine che devo difendere. Nessuno... Nessuno in questo cazzo di club rifiuta un bocchino gratis, a meno che non abbia una vecchia. A volte nemmeno allora."

"Comodo."

Nash fece un passo avanti e urtò il petto di Cross con il

suo, costringendo l'uomo a fare un passo indietro. Poi lo affrontò a viso aperto. "Quando cazzo ho iniziato a rispondere a te? Non ti devo un cazzo. Specialmente la fedeltà. Abbiamo scopato una volta. Tutto qui. Non fare come se per te volesse dire qualcosa di più. Non pensare che abbiamo fatto chissà che cosa."

Le labbra di Cross si strinsero e la sua mascella si contrasse. "Hai ragione. Era solo una cosa."

Una cosa. Sì, ecco cos'era. Solo una cosa. "Ora vattene dalla mia stanza prima che qualcuno ti veda." Nash fece un passo indietro e indicò la porta.

Tuttavia, Cross non si diresse in quella direzione. "Quanto spesso ti scopi le donne, Nash?"

Perché, erano cazzi suoi? Nash espirò e lasciò cadere il braccio. "Molto spesso."

"Quindi, lo fai per salvare la faccia?"

"No, Cross. È qui che ti sbagli. Mi piace la fica."

Cross inclinò la testa. "Non sei gay."

"Non ho mai detto di esserlo. Non sapevo di doverti dare il curriculum prima di infilarti il cazzo nel culo. Perché sei ancora qui nella mia stanza? Quale parte di *devi andartene* non hai capito, cazzo?"

"Non vuoi davvero che me ne vada."

"Credevo parlassimo la stessa lingua."

"Le tue parole non corrispondono al tuo linguaggio del corpo."

"Cosa sei, uno strizzacervelli adesso?"

"Non credi che non veda quanto cazzo ce l'hai duro in questo momento? E perché? Perché stai ripensando al pompino che ti sei fatto fare di sotto? O perché sono in camera tua e siamo a pochi centimetri dal tuo letto?" Cross fece un passo avanti e gli mise una mano sul petto.

"Non riesci a trovare un cazzo altrove?"

"Non lo voglio altrove," sussurrò Cross. "E nemmeno tu."

Nash fece per togliere la mano di Cross e negare. Invece, tenne quella mano proprio dove si trovava. Fissò l'uomo che aveva di fronte. La sua barba scura e ben curata, gli occhi blu, le sue cazzo di labbra. Nash chiuse gli occhi e immaginò Cross nudo mentre attraversava la camera da letto un paio di settimane prima.

Cazzo, quella visione gli era rimasta impressa nel cervello. Così come il culo di Cross. Il suo cazzo di culo. Voleva prenderlo di nuovo, ma quello che *voleva* fare e quello che *doveva* fare erano due cose diverse.

La mano di Cross scivolò da sotto quella di Nash e passò lungo il suo ventre, sopra la fibbia della cintura, fino a trovare il bersaglio.

Nash trattenne un gemito quando Cross gli prese l'erezione, dandogli una leggera strizzata. "Questa dimostra che mi vuoi quanto io voglio te."

"Voglio solo il tuo culo."

"Sono attaccato a quel culo."

Nash sbuffò. "È questo il problema."

"Possiamo dimenticare chi siamo per stasera? Come l'altra volta?"

"Il problema è che mi è tornato in mente quando ho visto il tuo cazzo di tatuaggio."

Cross si zittì, lasciando cadere la mano. Nash ne sentì la mancanza, ma pensò che era meglio così.

"Poi ho visto le tue cazzo di uniformi tutte allineate nell'armadio come bravi soldatini e dietro il tuo chiodo."

"E allora? Appartengo a un MC, proprio come te. Che problema c'è?"

"MC? Quel gruppo di sfigati? Ma per favore. Siete solo dei poser."

"Indossiamo i colori e abbiamo una fratellanza proprio come la vostra."

"Guerrieri del fine settimana. Non vivete davvero la vita."

"E allora, cazzo? È come se io dessi del poser a te perché non sei un vero rocker. Perché non vivi davvero la vita. Se lo facessi, avresti un contratto discografico, no? Ti passerebbero alla radio. La tua roba sarebbe in streaming sulle app musicali. Non vivresti qui a Shadow Valley, ma a Los Angeles."

La mascella di Nash si irrigidì e le sue dita si chiusero a pugno. "Tra il tuo *MC* e il mio ci sono troppi cazzo di collegamenti. Non ho bisogno di essere rivelato ai miei fratelli."

"Nemmeno io ho bisogno di essere rivelato sul lavoro o nel mio MC. Quindi, siamo di nuovo a un punto morto."

"Ti piace proprio quel modo di dire."

"E tu continui a farmelo usare. Senti, sono già in camera tua. Non mi hanno scoperto. Te lo chiedo di nuovo: perché non possiamo semplicemente dimenticare chi siamo per stasera?"

"Non è così semplice."

Cross si leccò le labbra e gli occhi di Nash lo seguirono mentre il battito del suo cuore accelerava. "Smettila di renderlo difficile," sussurrò Cross.

"È solo una cosa."

"È solo una cosa," ripeté Cross.

"Niente di più."

Nash si aspettava che Cross facesse eco a quelle parole, ma non lo fece. Invece disse: "Questa *cosa* sarà un dare e avere, però, Nash. Non c'è altro modo. Tu non prenderai il controllo e nemmeno io. Sono disposto a farlo per te. Tu sei disposto a fare lo stesso?"

Nash lo era? L'ultima volta si erano alternati e lui ce

l'aveva fatta. Aveva scoperto che non era così brutto come pensava, a patto che tenesse i ricordi sotto controllo.

A quanto pareva, Cross non era disposto a dare se stesso a meno che Nash non fosse disposto a farlo a sua volta.

"Ho pensato che, se te lo facevi succhiare di sotto, te le scopavi qui. Quindi devi avere dei preservativi."

Ho pensato che, se te lo facevi succhiare di sotto, te le scopavi qui. Non se poteva evitarlo. "Ho i goldoni." Perché ci stava pensando? Doveva cacciare quel poliziotto dalla sua dannata stanza.

"Goldoni?"

"Sì, quella roba con cui ti avvolgi il cazzo."

"Goldoni. D'accordo, allora... Hai intenzione di negare quello che vuoi?"

Nash sbuffò. "Lo faccio da molto tempo."

"Se c'è qualcuno che può capire, quello sono io," disse a bassa voce Cross.

"Non ho bisogno che tu capisca. Ho bisogno che tu ti spogli."

A Cross sfuggì un soffio d'aria. "Anch'io. Ma devo dire..."

Nash inarcò un sopracciglio.

"Farò fatica a concentrarmi se vedo del rossetto sul tuo cazzo."

Con un cenno del capo, Nash passò davanti a Cross e si diresse verso il minuscolo bagno della sua stanza, esclamando senza voltarsi: "È meglio che sia sul mio letto, nudo, con il culo per aria e il tuo cazzo di buco lubrificato quando esco. Perché questa volta inizio io."

Il fuoco bruciava nelle vene di Nash mentre guardava la punta del suo uccello fare breccia nell'anello stretto di Cross.

Quando era uscito dal bagno dopo aver lavato via lo sputo e il rossetto rosso di Mini, aveva trovato Cross proprio come aveva chiesto.

A culo in su, a testa in giù, nudo.

Nel suo letto.

Solo quella vista gli aveva fatto passare il desiderio di farsi fare un pompino in futuro da una qualsiasi delle donne che frequentavano il club. Sì, farselo succhiare da quelle gli serviva a svuotarsi e basta. Niente di più.

Ma quando era girato attorno al letto per vedere quanto fosse liscio il buco del culo di Cross, per poco non era caduto in ginocchio. E il suo uccello era diventato ancora più duro.

Cross aveva trovato la scorta di Nash nel cassetto accanto al letto, aveva applicato lubrificante in abbondanza e appoggiato un goldone accanto alla sua gamba, in modo che fosse facilmente accessibile.

Nash avrebbe voluto toccare quell'uomo dappertutto, baciarlo, leccarlo, esplorare ogni centimetro di lui. Ma non lo fece.

Invece, prese il goldone, strappò l'involucro e se lo infilò.

Era solo una cosa.

Fare qualsiasi cosa non fosse ficcare lo avrebbe reso più di una cosa.

Una volta sistematosi tra le gambe di Cross, Nash si limitò a spingere il bacino in avanti per dargli la punta, poi si tirò indietro e interruppe il loro legame.

Poi lo fece di nuovo.

E ancora.

Negando a se stesso ciò che desiderava davvero, cioè prendere Cross completamente.

Di fatto, negando a entrambi ciò che volevano.

Una punizione per tutti e due per essere stati deboli. Per

aver ceduto alla tentazione quando sapevano che avrebbero dovuto evitarlo.

La punizione per non aver riconosciuto che quella *cosa* non poteva che finire in un fottuto disastro.

Nash fece una smorfia per la fatica di trattenersi. Anche Cross stava lottando, come dimostrava il modo in cui stringeva le lenzuola tra le mani e soffocava le parole nel cuscino.

Stava implorando.

Non c'era dubbio che lo volesse tantissimo. Tanto quanto Nash voleva lui. Ma, a quanto pareva, non abbastanza da permettergli che lo sentisse implorare.

Quindi, lui punì se stesso. Punì Cross.

Perché voleva sentire il poliziotto implorare.

L'uomo si gettò all'indietro, cercando di impalarsi sul suo cazzo, ma lui era pronto. Si sfilò completamente da Cross e le sue dita scavarono nei fianchi dell'uomo, spingendolo via. "Avrai quello che ti darò io, cazzo."

"Allora dammi più di quello che mi stai dando, cazzo," ringhiò Cross.

"Che cazzo vuoi?"

"Di più."

La risposta non era sufficiente. "Dimmi, cazzo. Di più di cosa?" Porco cazzo, pur volendo sentire Cross implorare, Nash non era esattamente sicuro di cosa.

Cosa voleva da quel poliziotto?

Forse il pericolo di loro due insieme non sarebbe venuto dall'esterno, ma proprio da lì, dall'interno. Da loro due.

Forse era quella la cosa più pericolosa di tutte.

"Ti voglio."

"Dove?"

"Dentro."

Il suo sangue prese a scorrere forte. Quello che Cross

chiedeva non riguardava solo il sesso. A meno che Nash non avesse frainteso il significato di quelle parole.

Come musicista, era bravo a leggere tra le righe. Era bravo a interpretare il cuore e l'anima che si celavano dietro ogni sillaba di parole versate, di canzoni cantate, di testi scritti.

Quello che c'era in superficie non era sempre la verità. A volte la verità si trovava più in profondità all'interno di quelle parole; bastava trovarla.

Premette ancora una volta la punta del suo uccello contro il buco stretto di Cross.

Non avrebbe dovuto farlo. Avrebbe dovuto chiuderla lì.

Ma lo fece comunque, contro il suo buonsenso. Contro il suo istinto di sopravvivenza in un mondo in cui gli uomini a cui piacevano altri uomini non erano accettati e gli uomini che erano poliziotti nemmeno.

Perché non possiamo semplicemente dimenticare chi siamo per stasera?

Uno di loro due avrebbe mai potuto mai dimenticare?

Cazzo no. Non potevano.

Nash abbassò la testa, chiuse gli occhi e si limitò a respirare.

Cominciò quando una mano gli avvolse la nuca e lo trascinò in un bacio.

Afferrò il viso di Cross e lo baciò a sua volta, le loro lingue che si aggrovigliavano e si assaporavano, i loro gemiti che si mescolavano. Le loro barbe che graffiavano la pelle dell'altro.

Non si stancava mai di baciarlo. Di toccarlo.

Era sbagliato. Tutto sbagliato.

Ma poi diventò giusto. Quando Cross lo spinse all'indietro, non solo spezzando il loro bacio, ma facendolo cadere sulla schiena. E prima che Nash potesse fermarlo, Cross si mise a cavalcioni dei suoi fianchi e affondò sul suo cazzo.

Piantandogli i palmi sul petto, Cross catturò il suo sguardo e lo trattenne mentre iniziava a cavalcarlo.

All'inizio fu lento. Cross saliva fino alla punta, poi scivolava di nuovo verso il basso, ondeggiando sul finale. Poi rifaceva tutto da capo.

Ogni volta era un po' più veloce. Ogni volta un po' più lungo. Finché Nash non ne poté più.

Affondando i piedi nel materasso, rovesciò se stesso e Cross, prendendo il controllo. Con una mano piantata nel letto e l'altra che rigirava e strattonava i capezzoli di Cross, cominciò a spingere in profondità. Con forza, senza sosta. Come se cercasse di liberarsi di quei demoni che lo perseguitavano. Se avesse scopato forte e fosse venuto ancora più forte, avrebbe potuto liberarsi.

Essere in pace.

Ma era solo una fantasia.

Non la realtà di chi erano entrambi.

Forse non l'uno per l'altro.

Ma per tutti gli altri.

Capitolo Undici

Il corpo di Cross dondolava a ogni martellata. Le sue orecchie rimbombavano a ogni schiaffo della pelle contro la pelle.

Se Nash continuava così, Cross sarebbe venuto prima di lui e allora non avrebbe potuto scopare Nash.

E lui voleva scopare Nash.

Aveva bisogno di essere dentro di lui. Di sentire quella connessione, quella vicinanza che probabilmente avrebbero trovato solo in momenti come quelli. Quando chiudevano fuori il resto del mondo ed erano solo loro due.

Nash si lasciò cadere in avanti e infilò un braccio sotto il bacino di Cross, per sollevarlo a un'angolazione migliore. Spingendo con forza. Spingendo a fondo. Pompando con forza. Cross gli avvolse le gambe attorno alla vita, gli afferrò la coda di cavallo e lo trascinò in un altro bacio.

Ma prima lanciò un avvertimento contro le labbra di Nash: "Devi venire prima di me."

Nash allontanò di poco la bocca. "Sei vicino?"

"Troppo vicino, cazzo." Era vero.

Nash gli prese la bocca, si accoccolò a lui e, con un forte gemito, si slanciò in avanti un'ultima volta.

Meno male, cazzo.

Cross strinse i denti, combattendo il forte impulso a venire, cercando di pensare a qualunque cosa tranne che all'uomo che gli era appena scoppiato dentro, il cui peso ora lo stava schiacciando contro il materasso. Non voleva mettergli fretta – di solito gli piaceva godersi i postumi – ma in quel momento era pronto a esplodere come un geyser e sarebbe stato un vero schifo se fosse successo.

"Ricordi quello che ho detto sul dare e ricevere? Presto dovrò iniziare a dare."

Nash girò la testa da dove si trovava accanto a quella di Cross, dicendogli a bassa voce nell'orecchio: "O cosa?"

"O dopo te lo farò succhiare finché non sarò di nuovo duro. Le tue labbra se la cavano bene a cantare. Pensi che possano sopportare anche un'ora di succhiate?"

Il corpo di Nash tremò. Stava ridendo?

Lui non stava scherzando! Era dannatamente serio!

Con un gemito, Nash scivolò fuori da lui, ma prima che potesse togliere il preservativo usato, Cross lo fermò e lo tolse al suo posto, tenendolo tra due dita.

Nash gli lanciò un'occhiata sospettosa.

"Infilami un preservativo," disse Cross, sperando che Nash non lo facesse schizzare dritto in orbita.

Nash teneva un occhio sul preservativo pieno tra le dita di Cross e l'altro su quello che stava facendo, cioè arrotolare un profilattico nuovo sull'uccello di Cross.

"Cosa vuoi farci con quello?" chiese Nash, prendendo il lubrificante.

"Quello non ti serve," gli disse Cross.

Le sopracciglia di Nash si abbassarono. "Col cazzo che non mi serve."

"Sulla pancia."

Nash gli lanciò un'altra occhiata diffidente prima di rotolare sulla pancia e voltarsi verso la testiera del letto.

Cross svuotò il preservativo di Nash nel palmo della mano e poi gettò l'involucro vuoto sul pavimento, come aveva fatto Nash a casa sua.

Prese la manciata di sperma e disse: "Guardami."

Nash ruotò la testa abbastanza da guardare Cross che prendeva lo sperma e se lo spalmava sull'uccello ricoperto di lattice. Poi si mise in ginocchio fino a trovarsi tra le cosce divaricate di Nash.

"Allarga di più le ginocchia. Alza leggermente il culo. Ecco." I suoi comandi cominciavano a suonare affannosi anziché decisi, ma Nash si adeguò. I suoi occhi apparvero più scuri del normale mentre guardava Cross prendere il resto dello sperma nella sua mano e usarlo per lubrificargli il culo.

Nash emise uno strano rumore, poi infilò la faccia nel cuscino.

Un bruciore partì dallo stomaco di Cross e si diffuse verso l'esterno, sul petto e fino alle dita dei piedi, al pensiero di scopare con Nash usando lo sperma dell'uomo come lubrificante.

Invece di pulire il resto, prese le sue dita scivolose e le fece scorrere lungo la spina dorsale di Nash, seguendole con la lingua. La schiena di Nash si inarcò in risposta e dal cuscino uscì un profondo gemito.

Ma Cross esitò. Sapeva che non avrebbe resistito se avesse penetrato Nash adesso. Stava lottando per controllarsi. Voleva e aveva bisogno che quell'esperienza durasse il più a lungo possibile.

Non era sicuro di quante occasioni come quella avrebbe avuto con Nash. Se mai ne avrebbe avute altre. Quindi, doveva ritrovare la lucidità, ridurre il respiro, rallentare il cuore che batteva forte, rallentare tutto.

Tuttavia, vedere il culo di Nash rovesciato in alto, bagnato della sua stessa sborra, lo fece quasi sprofondare.

Cross chiuse gli occhi, concentrandosi per un attimo sul proprio respiro, finché non sentì Nash gemere: "Cazzo, Cross. Non lasciarmi in sospeso, cazzo."

Il che, alle orecchie di Cross, significava che Nash lo desiderava quanto lui. Per qualche motivo, sebbene a entrambi non piacesse fare il passivo, non dispiaceva loro farlo l'uno con l'altro.

Era roba grossa, no?

Ma che cazzo, perché ci stava pensando?

Ah, giusto. Perché altrimenti, non appena avesse toccato Nash, sarebbe esploso.

"Credevo che non ti piacesse fare il passivo," riuscì a dire. Anche se al momento era difficile formulare frasi di senso compiuto.

"Non mi piace."

Cross aprì gli occhi, vide Nash che lo guardava e gli fece un sorriso. "Dimmelo di nuovo dopo."

"Non ci sarà un dopo se non ti sbrighi, cazzo."

L'impazienza di Nash aiutò Cross a mantenere il controllo, anche se il suo uccello pulsava all'impazzata. "Hai fretta?"

Nash levò gli occhi al cielo e rimise il viso nel cuscino. Cross giurò di aver sentito un "Ma vaffanculo" provenire da quella direzione.

Si spostò in avanti e premette la punta contro l'ano di Nash. La fece scorrere avanti e indietro, raccogliendo e spalmando le gocce di sperma che erano fuoriuscite.

"Rimani basso sul letto, ma con il culo così."

Dal cuscino provenne un rumore che poteva essere un'imprecazione.

Cross colpì con forza il culo di Nash, facendogli alzare la testa. "Ma che cazzo?"

"Testa bassa, corpo basso, culo in alto."

"Fottuto figlio di puttana prepotente."

Cross gli colpì di nuovo il culo, facendo sobbalzare sia la testa che i fianchi di Nash. La natica di Nash si arrossò. Cross si chinò e baciò il punto in cui la sua mano aveva lasciato il segno.

"Cazzo, non ci siamo proprio, amico."

Amico.

Nash non era immobilizzato in alcun modo. Poteva muoversi, voltarsi; non era obbligato a rimanere dov'era. Poteva lamentarsi quanto voleva, ma era facile capire che a Nash piaceva quello che Cross stava facendo.

Cross lo colpì ancora una volta nello stesso punto delle altre due, assicurandosi che bruciasse.

"Cazzo!"

E con ciò, Cross allineò rapidamente il suo uccello e si spinse dentro Nash, sentendo il calore stretto, l'allargarsi dei muscoli che accoglievano la sua lunghezza, la stretta che era mille volte meglio di qualsiasi pugno. Soprattutto del suo.

Ogni muscolo del corpo di Nash si era bloccato, così Cross esitò, aspettando che l'altro si rilassasse. Quando lo fece, Cross cadde su di lui, bloccandolo sul materasso con il proprio peso, premendo il petto contro la sua schiena. Fece scivolare le braccia su quelle di Nash, trovando le sue mani sotto il cuscino e intrecciando le dita.

Nash non si oppose. Anzi, per tutta risposta gli strinse le dita.

Cross lo vide come un buon segno. Un segno di connessione. Di accettazione. Di qualcosa di più di una *cosa.*

Si levò subito quell'idea dalla testa. Non poteva sperare, perché non voleva restare deluso. Non era realistico credere che potesse nascere un di più. Ma per un attimo volle credere che le cose fossero diverse e che avrebbero potuto esserlo.

"Fammi sapere se ti schiaccio," mormorò all'orecchio di Nash.

"Non sono una fighetta," disse il basso rantolo.

"Se la fica è così, allora forse dovrò provarla."

Un altro ringhio si levò dal cuscino.

"Non vuoi guardarmi mentre me lo faccio succhiare da una donna e le vengo in gola?"

"Vaffanculo."

"Ti darebbe fastidio?"

"No."

Cross pompò con i fianchi una, due volte, poi si fermò. "Sicuro?"

"No."

Cross pompò di nuovo. Due volte, poi si fermò. "Immaginami vicino a una staccionata, con una donna in ginocchio ai miei piedi, le sue labbra avvolte intorno al mio cazzo."

Le dita di Nash si strinsero nelle sue. "Frega niente."

Cross si sfregò contro il sedere di Nash. "Credo che tu stia mentendo."

"Pensa quello che cazzo vuoi."

"E se fosse un altro uomo?"

Il corpo di Nash si tese sotto il suo. "Fottiti, Cross."

"No, stavolta ti fotto io."

"Mi fai solo incazzare."

"Perché?"

"Non era lei a succhiarmelo. Eri tu."

Cross si fermò, con il cuore che batteva furiosamente per l'ammissione di Nash.

"Immaginarti mentre lo facevi era l'unico modo per farmi venire."

Cross non sapeva bene cosa rispondere. Si era sentito ferito, persino geloso nell'assistere a quella scena. Emozioni che non avrebbe dovuto sentire. E anche se si era opposto, quei sentimenti avevano vinto.

Tuttavia, capiva che Nash aveva bisogno di essere ciò che la gente si aspettava da lui. Di essere accettato.

Cross doveva fare la stessa cosa. Non si era mai spinto fino al punto di farselo succhiare da una donna, soprattutto in pubblico, ma c'erano state volte in cui aveva portato una donna come "frequentante" a degli eventi. Si sentiva in colpa a fingere, a usare quelle donne solo per quello scopo e a non richiamarle mai dopo.

Ma aveva fatto ciò che doveva fare per sopravvivere.

Nash era forse bisessuale anziché gay, ma agli occhi della maggior parte della gente non c'è alcuna differenza. Per loro, essere attratti e fare sesso con altri uomini rendeva Nash gay.

Come Cross, Nash faceva ciò che doveva fare per mimetizzarsi e sopravvivere. Il motivo per cui aveva scelto la vita che aveva scelto, quando le sue preferenze sessuali erano quelle, lasciava Cross perplesso. Anche se non avrebbe dovuto.

Cross sapeva di essere gay da sempre ed era grande abbastanza da sapere cosa significava essere attratti da altri maschi. Ma aveva scelto volontariamente una carriera in cui sapeva che il suo orientamento sessuale non sarebbe stato accettato. Aveva fatto questa scelta e corso il rischio.

Forse era lo stesso per Nash. Tuttavia, essere un motociclista non era una carriera. Forse Nash non aveva famiglia oltre ai suoi fratelli del club.

C'erano tante cose che Cross voleva sapere su Nash, e non avevano nemmeno scalfito la superficie.

Nash aveva confessato di aver pensato a lui mentre se lo faceva succhiare. Questo avrebbe dovuto far sentire meglio Cross?

Non aveva il diritto di perdonare quell'uomo, perché Nash aveva ragione. Non si dovevano nulla l'un l'altro. Avevano scopato una volta e ora lo stavano facendo di nuovo.

Ed eccolo lì, a rovinare il tempo trascorso con Nash ripensando a ciò che era successo prima in quel cortile. Non era lì per giudicare le scelte di Nash.

Era vero che l'uomo non gli doveva nulla, ma gli aveva dato comunque una spiegazione. Non era obbligato a farlo, ma lo aveva fatto comunque.

E questo significava tutto per Cross.

Tutto.

"Cross."

"Sì?" mormorò lui, tornando al presente.

"Non ti stai muovendo."

No, non si stava muovendo. Era sdraiato sopra Nash, entrambi uniti dai piedi alla punta delle dita. Il naso di Cross era dietro l'orecchio di Nash. E stava semplicemente respirando.

"Non ho tutta la cazzo di notte."

Cross sorrise tra i capelli di Nash. Il lamento era sommesso; il tono non aveva lo stesso peso delle parole.

Perché quell'uomo lo affascinava? Perché voleva sbucciarlo uno strato alla volta? Nash era un motociclista per i suoi fratelli, un musicista per i suoi fan. Ma per Cross poteva essere molto di più.

Se le cose fossero state diverse...

Ma se lo fossero state, Cross non l'avrebbe mai visto dall'altra parte del bar quella sera.

"Cross."

"Sì?" mormorò di nuovo lui

"Hai dimenticato che il tuo cazzo è nel mio culo?"

Cross sorrise di nuovo. "È difficile dimenticarlo."

"Che cazzo di verità." Nash fece sobbalzare il bacino sotto di lui.

Cross prese tempo, sfiorando con le labbra la mascella barbuta di Nash; poi seguì l'attaccatura dei capelli fino alla nuca, assaggiando il sale sulla pelle. Mordicchiò Nash e fece roteare la lingua sul morso prima di spostarsi sulla parte superiore della spina dorsale dell'uomo e ripetere il gesto. Poi affondò i denti nel punto vulnerabile in cui il collo di Nash incontrava la spalla.

Cross non dovette spostarsi, perché Nash cominciò a muovere il bacino come se stesse scopando qualcuno sotto di lui. Cross si chiese per un attimo se Nash avesse di nuovo il cazzo duro e stesse cercando di godere.

Ma non gli importava; lasciò che fosse Nash a dettare il ritmo, perché il peso di Cross lo immobilizzava ancora contro il materasso e quindi, alla fine, era lui ad avere il controllo.

"È troppo?"

"Non abbastanza," gemette Nash, facendo ondeggiare il bacino ancora più velocemente.

Cross si riferiva al suo peso, ma a quanto pareva a Nash non dispiaceva. "Sei di nuovo duro?"

"Controlla."

"No," sussurrò Cross, non volendo staccare le mani per scoprirlo. Invece, diede una stretta alle dita di Nash. "Dimmelo e basta."

"Non ancora. Voglio che tu mi ci porti."

"Cosa vuoi che faccia per portarti lì?"

"Scopami."

Sì, a nessuno dei due uomini piaceva fare il passivo. Fino a quel momento. Buffo come erano cambiate le cose.

Cross iniziò a muoversi con decisione, dato che gli era

stata lanciata una sfida. Far diventare Nash duro e magari farlo venire una seconda volta prima che venisse lui.

Cominciarono lentamente, finché la lentezza non smise di essere sufficiente per tutti e due.

Dopo un po', il pulsare del sangue nelle orecchie di Cross si accordò con i movimenti del suo bacino. E Nash si arrese a lui. Diede tutto se stesso a Cross. Un gemito strozzato. Un'imprecazione sommessa. L'inclinazione dei fianchi. Cross accettò tutto ciò che Nash gli diede.

Sollevò il petto e spinse le loro mani intrecciate più a fondo nel letto, tenendo fermo Nash. Non si fermò né rallentò, nemmeno quando il suo controllo cominciò a vacillare. Si spinse più a fondo, più forte, trovando un'angolazione che fece contorcere Nash sotto di lui. L'uomo, da un lato, lo supplicava di fermarsi, dall'altro lo implorava di non farlo.

La loro pelle accaldata era così bagnata di sudore che facevano fatica a mantenere le mani giunte. Ma ci riuscirono. Entrambi si reggevano forte. Nessuno dei due voleva mollare la presa.

I loro respiri si fecero aspri, forti: i suoni emessi da Nash riempirono la testa di Cross, che li riecheggiò senza pensarci.

In preda alla confusione, Cross chiese: "Dimmi quando vieni." Non ottenne risposta, se non un'inclinazione più decisa del bacino di Nash.

La loro pelle umida rendeva assordante lo sbattere del bacino di Cross contro il culo di Nash. Ma non poteva rallentare: doveva portare Nash fino a quel punto, per poi seguirlo rapidamente.

Nash non ebbe bisogno di dire che stava per venire. I suoi muscoli che si stringevano, l'inarcamento della schiena, dissero a Cross che era lì lì. Poi Nash costrinse le loro mani unite sotto il suo corpo e, con un lungo grugnito, si riversò nei palmi delle loro mani.

Il ritmo di Cross vacillò e lui si seppellì in profondità un'ultima volta, un basso gemito che proveniva dal suo centro per essere liberato nel mondo, mentre perdeva un altro pezzo di sé per l'uomo sotto di lui.

LA PORTA del minuscolo bagno di Nash si aprì e Cross uscì dopo aver buttato il preservativo ed essersi lavato. Nash si era già alzato dal letto e si stava dirigendo in quella direzione, perché se c'era qualcuno che era sporco, quello era lui. Soprattutto perché Cross aveva usato lo sperma di Nash come lubrificante.

Non aveva mai pensato di farlo prima e non solo funzionava bene, ma era anche eccitante. Avrebbe dovuto tenere presente quel trucco in futuro.

Cross disse di sfuggita: "Sono sorpreso e sconcertato che tu abbia un bagno tuo, perché forse non dovresti. È uno schifo, cazzo."

Nash sbuffò. "Pensi che quello sia brutto? Fatti un giro in corridoio fino a quello comune. Ti verrà da vomitare." Poi si chiuse la porta alle spalle.

Pochi minuti dopo uscì e trovò Cross di nuovo nel suo letto, che si comportava come se quello fosse il suo posto, non vestito e pronto a uscire, come aveva sperato lui. O almeno, era quello che diceva a se stesso di volere. "Cosa stai facendo?"

"Cosa ti sembra?"

Nash avrebbe dovuto dirgli di andarsene. Cross aveva ottenuto ciò per cui era venuto; non c'era altro motivo per cui dovesse rimanere.

Che gli piacesse o no, Nash doveva ammettere che quell'uomo stava bene nel suo letto. E, porca troia, non era pronto a che lui se ne andasse. Cross doveva solo andarsene prima che, arrivato il mattino, i morti si alzassero e cominciassero a vagare come zombie negli alloggi del piano superiore e nell'area comune del piano inferiore, in cerca di cervelli, cibo e caffè.

Le labbra di Cross si contorsero mentre Nash lo osservava nel suo letto. Poi scosse la testa, sospirò e si infilò a letto. Il suo letto aveva solo una piazza e mezza, quindi era piccolo per due uomini adulti. Ciò significava che, a differenza di quando erano stati nel letto di Cross un paio di settimane prima, non potevano stare insieme senza toccarsi.

Quando il dorso della mano di Cross sfiorò il suo, Nash non lo allontanò la prima volta. Né la seconda.

Senza dire una parola, girarono le mani palmo a palmo e le loro dita si intrecciarono di nuovo come quando scopavano.

Nash non voleva pensare a cosa ciò poteva significare. Ma, ancora una volta, non si oppose, perché gli faceva sentire qualcosa di profondo dentro. Quel legame con un uomo che non avrebbe mai cercato se fosse stato sano di mente.

Ma forse non lo era.

Forse la sua mente aveva qualcosa che non andava.

Forse Cross era ciò di cui aveva bisogno per rimetterla in sesto.

Ma non poteva essere così.

Capitolo Dodici

"MIO FIGLIO VUOLE ESSERE UN FROCIO?"

"Papà!" Panico. Sudore. Lacrime.

"Mio figlio vuole essere un frocio di merda?"

"Papà, no!" Tante e tante lacrime. Infinite. Strisce calde e umide.

"Nessun figlio mio sarà un frocio!"

Suo padre lo teneva bloccato sul pavimento sporco con un ginocchio sulla schiena, immobilizzandolo con la propria mole.

"Papà!" Impotente. Terrorizzato. Tremante.

Sangue caldo. Dolore bruciante. Crampi acuti. Pugnalate roventi.

"Ecco come ci si sente quando un frocio te lo mette nel culo! Ti piace? È questo che vuoi?"

Urla. Preghiere. Singhiozzi. Desiderio che finisse.

Non abbastanza presto. Non abbastanza presto. Non abbastanza presto.

Da lontano, sua madre gridò: "John! Che cosa stai facendo!"

"Insegno a tuo figlio a non essere frocio."

Non abbastanza presto. Troppo tardi.

Nash cercò a fatica di respirare mentre i suoi occhi si aprivano di scatto e una goccia di sudore gli attraversava la fronte, scendeva lungo la tempia e scompariva tra i capelli umidi.

Rilasciò un respiro tremante. *Cazzo.* Non faceva quell'incubo da molto tempo.

Poteva essere successo vent'anni prima, ma l'incubo riusciva a farglielo rivivere come se fosse ieri.

Nash aveva un mese meno di diciassette anni quando era stato sorpreso nel capanno degli attrezzi di suo padre con un vicino di casa curioso quanto lui.

Solo che quel ragazzo non era stato punito per aver baciato un altro ragazzo. Quel ragazzo non era stato punito per aver toccato un altro ragazzo.

Solo che il padre di quel ragazzo non gli aveva infilato un manico di scopa di legno su per il culo per dare una lezione al figlio.

Solo che quel ragazzo non era svenuto durante quella lezione mai dimenticata.

Più tardi, Nash si era svegliato da solo nella sua stanza, a pancia in giù, con i jeans ancora impigliati nelle caviglie. Aveva lottato contro i forti crampi e la nausea che lo avevano quasi paralizzato per pulire il sangue che si era essiccato sulla pelle. E anche in una zona troppo dolorosa da toccare.

Si era rimesso a posto i vestiti con delicatezza, poi aveva riempito il borsone dell'educazione fisica con le sue cose più importanti e si era incamminato con cautela, ma dolorosamente, verso la porta. Non sapeva dove fossero finiti i suoi genitori e non gliene importava. Il suo unico pensiero era fuggire senza essere scoperto e andare lontano, il più in fretta possibile.

Per poco non era svenuto e aveva dovuto aspettare che le macchie sparissero dalla sua vista quando era montato sulla moto. Quella che aveva comprato per soli 950 dollari con i soldi guadagnati falciando prati in estate, rastrellando foglie in autunno e spalando neve in inverno. Lavori che gli avevano procurato uno sguardo d'orgoglio da parte di suo padre e una pacca sulla spalla da parte di sua madre.

Ma quel giorno quanto successo nel capanno degli attrezzi aveva cambiato tutto.

Nash se n'era andato di casa con soli trenta dollari in tasca e la sua chitarra di seconda mano e malridotta.

Ignorando il dolore, aveva guidato fino a quando la benzina nel serbatoio glielo aveva permesso e con cinque dollari in più era arrivato un po' più lontano.

Poi aveva fatto quello che doveva fare per sopravvivere da solo a sedici anni, quasi diciassette. Ancora adolescente, ma costretto a diventare uomo.

Aveva cantato e suonato la chitarra per strada in cambio di denaro.

Aveva fatto pompini e seghe in cambio di erba e cibo. A volte aveva rinunciato a pezzi della sua anima per un tetto sulla testa e un letto caldo in cui dormire.

Ma aveva continuato a spostarsi. Finché un giorno era approdato a Greensburg, in Pennsylvania, in un ritrovo di motociclisti chiamato The Handle Bar, sperando che il gestore gli permettesse di suonare per un'oretta sul palco, in modo da guadagnarsi qualche mancia. E lì aveva incontrato un uomo non molto più grande di lui, di nome Jag.

Quel giorno al bar aveva cambiato tutto.

Nash aveva smesso di spostarsi. Aveva smesso di prostituirsi.

Tuttavia, vent'anni prima suo padre gli aveva insegnato una lezione importante.

Una lezione che lui non aveva mai dimenticato. E non avrebbe dimenticato mai.

Cross si rannicchiò su di lui, aprendo gli occhi, passando la passò sul tatuaggio sul petto di Nash, che recitava "Vivi e impara."

Vivi e impara.

Nash lo vedeva ogni giorno nello specchio.

A volte le lezioni di vita erano dure.

Difficili da ingoiare. Capaci di soffocarti.

E in quel momento, Nash stava soffocando per il significato di tutto quello che era successo. Per ciò che significava per loro due la presenza di Cross nel suo letto, nella sua stanza in chiesa.

Per quello che poteva significare per le persone che li circondavano. E che sarebbe successo se gli altri avessero scoperto la verità.

Per un paio d'ore era stato possibile dimenticare chi erano. Ora, sdraiato nel suo letto, la consapevolezza lo stava prendendo di nuovo a schiaffi. Se il tatuaggio era un buon promemoria, il ricordo lo era ancora di più.

"Stai bene?" chiese Cross, con la voce roca per la mancanza di sonno. La mano dell'uomo scivolò dal petto di Nash fino allo sterno, dove i polpastrelli premettero sulla pelle.

Lui fu tentato di prendergli di nuovo la mano, di sentire le dita di Cross scivolare tra le sue e di tenerle strette.

Ma resistette. Invece, chiuse gli occhi e disse: "Ho chiuso con te."

La testa di Cross si sollevò dalla spalla di Nash mentre l'uomo chiedeva: "Cosa?"

Nash non poteva aprire gli occhi, non poteva guardare Cross in faccia, perché così facendo avrebbe potuto cambiare idea. "Quello che abbiamo fatto è stato un errore. Abbiamo fatto una cazzata."

Le dita sullo sterno di Nash si strinsero. Cross non era più rannicchiato contro il suo fianco. Al contrario, era diventato di legno. Duro. Senza vita. "Abbiamo fatto una cazzata?"

Cross aveva la voce rotta, ma Nash ignorò anche quello. "Non avrei mai dovuto presentarmi a casa tua. Tu non avresti mai dovuto presentarti da me. Quindi, sì, abbiamo fatto una cazzata."

Cross si spostò dal fianco di Nash, che sentì il materasso muoversi. Quando finalmente aprì gli occhi, l'uomo era seduto, con la testa tra le mani. Poi lasciò cadere le mani e ruotò il collo per fissarlo con i suoi occhi azzurri.

Forse stavano cercando la sua anima.

Nash strinse la mascella, deciso a non cedere. Deciso a non chiedere a Cross di restare. Perché sarebbe stato un errore ancora più grave di quello che avevano già commesso.

Dovevano darci un taglio.

Nash non aveva intenzione di pagare il prezzo per essersi fatto beccare di nuovo con un altro maschio.

Aveva troppo da perdere.

E, in verità, lo stesso valeva per Cross.

Quella *cosa* non valeva quello che avrebbe potuto costare a entrambi.

Nash aveva una bella vita, una vita facile. La libertà di fare ciò che amava. Una fratellanza leale.

Non avrebbe permesso al sesso di rovinare tutto.

Cross aveva una bella vita, una buona carriera, una possibile promozione imminente. Una fratellanza leale.

Nash non avrebbe permesso al sesso di rovinare tutto.

Quindi, di nuovo, disse: "Ho chiuso con te."

"Così?"

Nash annuì, evitando il contatto visivo diretto. "Così." Il

suo sguardo scivolò sul preistorico orologio digitale. "Devi andare prima che si alzino i miei fratelli."

Anche Cross guardò l'ora, poi il suo sguardo tornò su Nash. "Devo andare prima che si alzino i tuoi fratelli." Le sue parole erano robotiche e vuote.

Ma Nash tenne duro comunque.

Cross scivolò giù dal letto e si rivestì, dando le spalle al letto. Poi, mentre si avvicinava alla maniglia, disse dolcemente: "Ti chiamo."

Nash scavò a fondo per dire: "Non farlo. Cancella il mio numero."

Ancora rivolto verso la porta, Cross annuì e mormorò: "Va bene."

Lo scatto morbido della porta che si chiudeva avrebbe potuto essere un coltello che trafiggeva Nash nel cuore.

———

OGNI PASSO lungo quelle scale strette che portavano all'area comune fu un'agonia. Nash non era sicuro che nemmeno una flebo di caffè lo avrebbe aiutato, ma sarebbe stato meglio di niente. Non aveva chiuso occhio da quando Cross se n'era andato e dubitava che sarebbe riuscito a dormire anche se ci avesse riprovato.

Il suo piano, dopo aver ingurgitato cibo e caffeina, era di prendere il taccuino, dirigersi verso il padiglione e magari lasciare che l'aria fresca cercasse di tirargli fuori qualche parola nuova.

Mancava pochissimo alla scadenza. Nash doveva concentrarsi sulla sua musica e non sull'uomo che aveva cacciato dalla sua stanza, perché la situazione si stava facendo seria.

Arrivato in fondo ai gradini, lasciò scorrere lo sguardo attraverso l'ampia stanza fino a quando non notò un nuovo aspirante che stava lavando il pavimento. Non ne conosceva il nome e non si soffermò a scoprirlo. Sinceramente, non gliene fregava un cazzo di chi fosse quel ragazzotto. Se avesse superato la prova e ricevuto le pezze, allora a Nash sarebbe fregato. Fino ad allora, col cazzo.

Ignorò il novellino e si concentrò sulla sua destinazione, ovvero la macchina del caffè professionale nell'angolo del bar privato del club. Naturalmente, anche se la zona era per lo più vuota e tranquilla, Grizz, il membro più anziano dell'MC, era già incollato al suo posto. Quella era una buona notizia per Nash. Voleva dire che la vecchia di Grizz, Mamma Orsa, era già in cucina, si sperava a cucinare.

E quello significava che quella mattina Nash avrebbe fatto una gran cazzo di colazione. Un bel piatto di uova, bacon e pane tostato gli sarebbe servito per recuperare le energie che gli mancavano a causa dalla mancanza di sonno e del sesso che lui e Cross avevano fatto.

Ma mentre passava accanto all'aspirante senza nome, sentì una parola borbottata sottovoce.

Nash avrebbe giurato che la parola fosse "frocio." Non poteva essere vero.

"Mio figlio vuole essere un frocio?"

Nash inchiodò e girò la testa per lanciare un'occhiata allo stronzetto. "Che cazzo hai detto?"

L'aspirante sollevò gli occhi e si appoggiò al mocio. "Niente."

"Niente un cazzo. Ripeti la merda che hai appena detto."

L'aspirante scrollò le spalle, poi tornò a pulire e lo sguardo tornò sul pavimento.

Nash lo sentì molto più chiaramente questa volta, anche se, di nuovo, era solo un mormorio. "Frocio succhiacazzi."

Nash strinse i denti e si voltò, tirando il mento verso il

collo e fissando l'aspirante, che presto avrebbe potuto non essere più tale. "Vuoi guardarmi negli occhi mentre lo dici?"

L'aspirante continuò a pulire, dando le spalle a Nash.

No, col cazzo che Nash gliel'avrebbe fatta passare liscia. In pochi passi mise una mano sulla spalla del giovane aspirante e lo fece girare. Gli strappò il mocio di mano e lo buttò per terra.

"Guardami negli occhi, cazzo, e dillo... ancora... una... volta."

L'aspirante trasse un respiro profondo, alzò il mento, guardò Nash dritto negli occhi e disse: "Ho sentito cosa stavi facendo, cazzo. Ho visto chi è uscito dalla tua stanza. Non c'era nessuna femmina lì dentro con voi due."

Le narici di Nash si dilatarono e il ghiaccio gli scivolò lungo la schiena. "Che cazzo ci facevi di sopra?" Agli aspiranti non venivano assegnate stanze in chiesa. Dovevano vivere altrove finché non venivano ammessi.

Anche se gli occhi scuri del ragazzo si erano stretti, a Nash non sfuggì il disgusto che vi si leggeva. "Ero ubriaco e mi sono imbucato lì. Mi sono alzato per pisciare e l'ho visto con i miei occhi. Ho visto cosa ti stavi scopando," aggiunse, sporgendosi e sghignazzando, "e non era una fica."

"Dovevi essere così ubriaco che da avere le cazzo di allucinazioni."

"Sì, e ho visto un cazzo di uomo uscire dalla tua stanza, il che fa di te un grandissimo fro–"

Nash interruppe quelle parole con un pugno sulla bocca da cui stavano uscendo. La testa dell'aspirante scattò all'indietro. E quando tornò in avanti, Nash lo colpì al centro della faccia.

Il sangue schizzò dal naso dell'aspirante, ma lui non cadde. Cazzo, no: assunse una posizione difensiva, ignorando il flusso di sangue che gli scendeva dal mento e colava sul chiodo, sulla maglietta e sul pavimento appena lavato.

Nash si scrollò il sangue dalle nocche e piantò i piedi appena in tempo. L'aspirante gli saltò addosso, spingendolo indietro. Nash non fece in tempo a riprendersi che i suoi capelli furono usati per trascinarlo a terra.

Nash si contorse prima che la sua schiena toccasse il pavimento di cemento e colpì il braccio dell'aspirante sulla punta del gomito.

Poi fu libero. Rotolò via, si mise in ginocchio, ma fu placcato e non riuscì a rialzarsi.

"Tutti i froci hanno bisogno di essere presi a calci in culo. Hanno bisogno di una cazzo di lezione."

"John! Cosa stai facendo?"

"Insegno a tuo figlio a non essere frocio."

Nash perse il fiato quando ricevette un gancio destro sulla guancia e il suo collo si torse dolorosamente per il colpo. Si riprese subito e allungò la gamba, spazzando le gambe dell'aspirante e facendogli perdere l'equilibrio. L'altro si accasciò a terra e fu il turno di Nash di saltargli addosso.

Riuscì a sferrare un buon pugno prima che qualcuno lo afferrasse da sotto le ascelle, lo staccasse e lo trascinasse via.

Dando un'occhiata alle sue spalle, vide che si trattava di Linc.

Hawk, rosso in viso e probabilmente non perché avesse fatto sforzi, urlò: "Che cazzo sta succedendo?"

Nash si passò il dorso della mano sulla bocca e controllò quanto stesse sanguinando. Non era nulla in confronto a quello che gli avevano fatto i porci il giorno in cui aveva salvato il culo a Cross.

"Ho fatto una cazzo di domanda!" tuonò Hawk.

Quando il candidato fece per alzarsi, Hawk usò lo stivale

contro il petto del ragazzo per spingerlo a terra. "Non ti alzi finché non rispondi."

"Posso lasciarti andare, fratello?" disse a bassa voce Linc.

Nash annuì, continuando a cercare di riprendere fiato.

Linc lo liberò e si mise accanto a Hawk, in modo che i due si trovassero tra Nash e l'aspirante. Un muro che né l'aspirante né Nash sarebbero mai riusciti a superare. Hawk era enorme in tutti i sensi e, pur non essendo altrettanto alto, Linc era ora un solido muro di muscoli.

"Non ho ancora sentito un cazzo. Vuoi far aspettare il tuo vicepresidente?" urlò ancora Hawk. Guardò accigliato l'aspirante. "Pensi che sia una cosa intelligente, cazzo?"

Nemmeno Nash voleva rispondere, quindi non lo fece. E comunque, a essere sotto torchio era il pezzo di merda sul pavimento e non lui.

Ma Grizz decise di essere molto servizievole quando urlò dal suo sgabello: "Quello stronzo ha chiamato Nash 'frocio succhiacazzi.' L'ho sentito da qui anche con le mie cazzo di orecchie da vecchio."

Hawk si chinò sull'aspirante, che spalancò gli occhi. "Lo hai chiamato così?"

La bocca del candidato si aprì e si chiuse un paio di volte prima di sputare: "Lo stronzo era di sopra a succhiare un cazzo e a prenderlo nel culo."

La spina dorsale di Hawk si raddrizzò e il suo sguardo scuro e illeggibile si posò su Nash per un lunghissimo e sgradevole momento prima di tornare a guardare l'aspirante.

Il ringhio che uscì da quell'uomo sarebbe bastato a far raggrinzire le palle di chiunque. Comprese quelle di Nash. "Mi sa che hai dimenticato chi sei. Hai dimenticato dove sei. Quella scritta sul tuo chiodo dice che sei un aspirante. Non ti sei guadagnato i tuoi cazzo di colori qui. Ora non lo farai mai, cazzo. Non si manca mai di rispetto a un membro, pezzo di merda. Mai."

Ciò detto, Hawk si abbassò, strinse il chiodo dell'aspirante nel pugno, lo trascinò in ginocchio e gli sferrò un pugno così forte che la testa del ragazzo cadde all'indietro e rimase lì. L'ex-aspirante si accasciò a terra quando Hawk lo lasciò andare per strappargli il chiodo di dosso, per poi lanciarlo sul tavolo da biliardo più vicino.

Nash rimase immobile sul posto mentre Hawk tirava fuori l'uccello e pisciava sul ragazzo svenuto. Se lo scrollò, se lo infilò di nuovo nei pantaloni e poi puntò un dito grosso verso Linc.

"Di' a un'altra di queste fighette di pulire questo macello e finire di lavare il pavimento. Poi prendi Coop, così da trascinare con lui questo pezzo di merda sul retro. Non fermatevi lì. Trascinate il suo culo attraverso il parcheggio, fuori dal cancello, fino all'ingresso, e lasciatelo sul marciapiede del cazzo come la spazzatura che è. Se hai bisogno di pisciare, è un buon bersaglio."

Linc sorrise. "Ho già bevuto un sacco di caffè. Mi sa che dovrò tirare fuori l'idrante." Si girò verso Grizz e gridò: "Grizz, vedi altre 'fighette' in giro?"

Grizz fece un cenno verso la cucina. "Mamma ne ha uno che sta pulendo la cucina e un altro che sta pulendo l'Iron Horse."

Linc gli fece un cenno e si diresse in quella direzione. Dopo la scomparsa di Linc, Nash riportò la sua attenzione su Hawk, che lo stava fissando con il volto che non mostrava la minima gioia. "Ti verrà un cazzo di occhio nero."

"Sì." Nash fece del suo meglio per mantenere un'espressione neutra mentre Hawk stringeva le labbra e continuava a fissarlo.

"Dobbiamo avere una cazzo di discussione?"

"No."

Hawk annuì. "Devo fare l'inventario." Continuò ad attraversare l'area comune e a spingere attraverso le doppie porte che conducevano alla cucina professionale tra la chiesa e l'Iron Horse.

Nash espirò, si spostò dietro il bancone, prese alcuni tovaglioli e li passò sotto il lavandino prima di iniziare a pulirsi il viso e le nocche spaccate.

"Donna!" muggì Grizz, facendolo trasalire.

Dopo un paio di istanti, la testa grigia di Mamma Orsa spuntò dalla doppia porta dove Hawk era scomparso. "Hai urlato, vecchio?"

"Sei l'unica donna qui in questo momento, no?"

Mamma Orsa levò gli occhi al cielo. Poi il suo sguardo si posò sull'occhio di Nash, le sue labbra si appiattirono e uno sguardo duro apparve nei suoi occhi.

"Portagli un sacchetto di ghiaccio e la colazione," ordinò Grizz.

"Non ho bisogno che tu mi dia ordini, vecchiaccio rincoglionito. So come prendermi cura dei miei ragazzi," sbuffò la dona, per poi rivolgere un cenno a Nash e scomparire.

Nash gettò via i tovaglioli insanguinati, si spostò verso la macchina del caffè e vide che era vuota. "Cazzo," mormorò.

"Nessuno fa il caffè come lo faceva Crow," brontolò Grizz.

"Sì, beh, stronzo io." Nash prese il necessario a preparare dell'altro caffè e, quando ebbe finito, si appoggiò al bancone per aspettare, guardando Grizz. "Ne vuoi un po'?"

"Ti sembra che ho bisogno di un caffè, cazzo?"

No. Grizz aveva già una pinta di birra davanti a sé.

"È mattina," disse Nash.

"Sono le undici, ragazzo." Il vecchio rise, tirandosi la lunga barba sale e pepe. "Avrai avuto una notte difficile." I suoi occhi blu slavati lo fissavano con la stessa intensità con cui lo avevano fissato quelli di Hawk. "C'era un uomo di sopra?"

Nash ricambiò lo sguardo, chiedendosi dove volesse andare a parare Grizz con quella domanda. E se lui fosse disposto ad affrontarla.

"Sei stato sveglio tutta la notte a fare casino e a giocare a carte?"

Nash continuò a fissare Grizz, poiché aveva difficoltà a far passare il nodo alla gola. Quando aprì la bocca per dire "sì," non uscì altro che un soffio d'aria.

Grizz annuì, senza aspettare la risposta. "L'ho fatto un sacco di volte quando ero giovane. Stavo sveglio tutta la notte a far festa e a divertirmi. Scatenavo l'inferno con i miei fratelli e i miei amici. Ora siediti, cazzo, e Mamma ti porterà del ghiaccio per l'occhio e la colazione."

"Grizz."

Grizz sollevò una mano e scosse la testa brizzolata. "Non devi spiegazioni a nessuno, ragazzo. Niente. Non a me. Né a me, né a nessun altro. Capito?"

"Grizz."

"Hai i nostri colori sulla tua cazzo di schiena, vero?"

"Sì."

"È l'unica cosa che conta. Ricordatelo. Siamo una famiglia e si fotta tutto il resto."

Poi Mamma Orsa uscì di corsa dalla cucina con un sacchetto di ghiaccio in una mano e un piatto di cibo che aveva un aspetto e un odore talmente delizioso da far brontolare lo stomaco di Nash.

Nash cominciò ad aspirare il cibo e Grizz riprese a bere la sua birra.

Un paio di minuti dopo il vecchio scese dallo sgabello, si avvicinò all'ex-aspirante svenuto e gli pisciò addosso.

Capitolo Tredici

CROSS SOLLEVÒ la mano per bussare alla porta della stanza del motel, ma mentre lo faceva, questa si aprì di scatto. Ne uscì un uomo con un cappellino da baseball ben calcato, la testa bassa e le mani infilate in tasca, che lo oltrepassò spintonandolo.

Cross dovette fare un passo indietro per non essere travolto. Mentre guardava l'uomo correre giù per le scale in fondo al pianerottolo del secondo piano, sentì dire: "Cosa ci fai qui?"

Il suo sguardo tornò alla porta aperta, dove Nash aveva la mano piantata in alto sullo spigolo della porta ed era appoggiato allo stipite, con la spalla premuta sulla modanatura.

Nash era a torso nudo, anche se era novembre. Senza cintura, i jeans gli scendevano sui fianchi stretti. I piedi erano nudi e i capelli disordinati pendevano sciolti.

Cross si voltò di nuovo e guardò l'uomo che era uscito di corsa dalla stanza di Nash salire su quello che lui avrebbe considerato un pericolo stradale su quattro ruote e allontanarsi.

"Non dovresti essere qui," disse un basso borbottio.

Evidentemente.

"Non ti arrendi, cazzo."

Cross avrebbe voluto farlo. Certi giorni avrebbe voluto non aver mai visto Nash dall'altra parte del Cockpit. Non era mai stato così con nessuno.

Doveva farsi visitare la cazzo di testa. Senza dubbio.

"Perché?"

Cross incrociò lo sguardo degli occhi nocciola di Nash e disse la verità. "Vorrei saperlo, così sarei in grado di darti una risposta." Fece un cenno con la testa verso il posto auto ormai vuoto che l'"amico" di Nash aveva lasciato libero. "Te lo sei scopato?"

Nash ignorò la domanda, girò sui tacchi e si addentrò nella stanza del motel, lasciando però la porta aperta. Cross lo prese come un invito.

Dopo essere entrato, chiuse a chiave la porta. Guardò i muscoli magri di Nash incresparsi mentre si infilava una felpa della Ocean City Bike Week e ficcava i piedi nudi in un paio di vecchie scarpe da ginnastica, senza preoccuparsi di allacciarle.

L'uomo prese qualcosa dalla piccola scrivania e continuò a camminare fino a una porta scorrevole in vetro sull'altro lato della stanza. Poi sparì all'esterno.

Cross ci mise qualche secondo a scollare i piedi. Quando lo fece, uscì sul piccolo balcone dove l'aria sembrava un po' più calda del normale per l'autunno, dato che quel lato della stanza del motel era inondato dal sole del pomeriggio. Anche quella stanza di motel si trovava in Virginia, dove faceva un po' più caldo che a casa, in Pennsylvania.

Probabilmente Nash pensava che Cross fosse disperato, visto che lo aveva seguito a due Stati di distanza.

Ma non era stato difficile trovarlo. Tutto ciò che Cross

aveva dovuto fare era cercare online le date del tour dei Dirty Deeds. Non era stato nemmeno difficile individuare il motel, una volta contattato il manager della band e chiesto dove alloggiava Nash, dicendo che aveva bisogno di informazioni per una questione di polizia.

Ancora una volta, l'uomo che si era sistemato su una sedia a sdraio lo aveva spinto a mentire.

Si scoprì che l'oggetto che Nash aveva preso dalla scrivania era un barattolo, al cui interno c'erano un sacchettino di erba e alcuni spinelli rollati. Insieme a una ciotolina di marmo e a un pacchetto di cartine.

Cross chiuse gli occhi e trasse un respiro profondo. Quando li riaprì, Nash aveva già uno spinello infilato tra le labbra.

"Seriamente vuoi farti una canna davanti a un poliziotto?"

"Uno, non credo che questa sia la tua giurisdizione." Nash aprì l'accendino, accese l'estremità della canna e tirò un paio di boccate, trattenendo il fumo in profondità, poi lo lasciò rotolare fuori dalla bocca aperta. "Due, ora è legale."

"Grazie alla mia professione, so se è legale o meno. In PA non lo è, a meno che tu non abbia una valida ragione medica e un tesserino."

Nash si infilò lo spinello tra le labbra, strizzando gli occhi per non far uscire il fumo dagli occhi, mentre si sfilava il portafoglio dalla tasca. Tirò fuori un tesserino e lo lanciò a Cross.

Cross lo prese – a malapena – e lesse. "Questa è una carta 'Esci gratis di prigione' del Monopoli."

"Sì."

"Non è–" Cross abbassò la testa e la scosse. "Non importa, cazzo."

"Non siamo in PA," gli ricordò Nash.

"No, non lo siamo." L'erba non era legale nemmeno in Virginia. Ma anche quello era un promemoria di cui Cross non aveva bisogno, visto che aveva seguito Nash in un altro Stato.

"Il che mi spinge a chiedermi cosa ci fai qui." Nash si tolse lo spinello dalle labbra, alzò la testa, soffiò il fumo verso il soffitto del balcone e poi lo offrì a Cross. "Fuma e passa, piccolo."

Per come lo guardava Cross, Nash avrebbe potuto tenere in mano un pitone. "Altro che passare: qui si va direttamente in prigione, *piccolo*."

"Non mi arresterai."

"Come hai detto tu, sono fuori dalla mia giurisdizione. E, onestamente, penso che il governo federale dovrebbe legalizzarla. Ma non posso fumare o perderò il mio dannato lavoro."

"Peccato. Alcuni di voi porci hanno bisogno di ammorbidirsi un po'. Di togliervi quei bastoni dal culo. Questa roba non fa male a nessuno."

"Il fumo non ti rovinerà la voce?"

Nash sollevò pigramente una spalla. "Faccio rock. Non c'è niente di male se la mia voce è un po' roca."

No, non c'era niente di male. A Cross piaceva la ruvidità della voce di Nash, soprattutto quando facevano sesso.

Cross avvicinò una seconda sedia a sdraio e vi si sistemò. "Quel tipo—"

"È un'indagine ufficiale di Porky Pig?"

Cross strinse le labbra.

Nash scosse la testa, si rimise lo spinello tra le labbra e afferrò la chitarra, che era appoggiata alla ringhiera del balcone. "Non me lo sono scopato." Nash si sistemò la chitarra in grembo e pizzicò alcune corde. "Mi ha venduto l'erba."

Ottimo. Sebbene fosse sollevato dal fatto che Nash non si era scopato quell'uomo... "È illegale anche qui, sai."

"Solo se fai la spia." Dopo qualche altra lunga tirata, Nash schiacciò l'estremità accesa dello spinello in un posacenere sul tavolino rotondo accanto a lui, lo spense e lo lasciò lì, prendendo invece un quaderno e una penna.

Poi si spostò in avanti sulla poltrona e raddrizzò la schiena, infilando il quaderno tra le cosce divaricate e leggendo ciò che era scritto a mano sulla pagina aperta.

"Sono testi?"

Gli occhi di Nash passarono dal quaderno a Cross e di nuovo al quaderno. "Sì."

"Scrivete sempre voi i vostri brani?"

"In passato facevamo soprattutto cover. Ma da quando abbiamo un manager e andiamo in tournée, stiamo cercando di fare più roba originale. Stiamo cercando di convincere Jazz a scrivere qualche canzone per noi. Forse anche a partecipare al tour come ospite speciale. Ha una voce da angelo, cazzo. Anche se è molto sensuale."

"Jazz?"

"Una delle vecchie del club."

"E lo farà?"

"No. È impossibile che il suo vecchio la lasci partire con noi. La tiene d'occhio. Inoltre, è incinta. Ha talento. Ho paura che vada sprecata."

Cross studiò l'uomo mentre questi suonava la chitarra e canticchiava, lasciando trapelare qualche parola qua e là.

Una sottile linea di fumo si levava ancora dallo spinello nel posacenere. Poi lui notò qualcos'altro. Un oggetto che doveva essere caduto dalle pagine quando Nash aveva spostato il quaderno e che era finito sotto il tavolo.

Cross non riusciva a leggerlo da dove era seduto, ma lo

riconobbe. Era il biglietto da visita che aveva dato a Nash la sera in cui si erano baciati per la prima volta nel parcheggio del Cockpit.

Era sporco, stropicciato, con gli angoli piegati. Ma era lì.

Proprio lì.

In questa stanza di motel, in Virginia, con Nash.

Nash doveva averlo conservato nel suo quaderno di testi, che probabilmente portava con sé ovunque nel caso la creatività lo colpisse.

Cross si appoggiò alla sedia e un sorriso gli curvò le labbra. Chiuse gli occhi, sentendo il calore del sole sul viso, e si accontentò di stare seduto in silenzio ad ascoltare Nash che strimpellava la sua chitarra e creava magia.

Ma quella voce... Quella voce sporca vorticava intorno a lui fino a permeare ogni cellula del suo corpo. Finché non gli scorse nelle vene e lui la inalò nei polmoni.

Quella voce divenne parte di lui.

I need to break free
Shed these heavy chains
Let the world see me
Take away this pain

NASH SCARABOCCHIÒ altre due righe sulla pagina, poi alzò la testa, permettendosi finalmente di guardare Cross.

L'uomo doveva essersi ormai addormentato sulla poltrona del salotto. Il suo volto era rilassato, ma le sue labbra erano incurvate.

Come se conoscesse un segreto.

Come se fosse soddisfatto.

Perché quell'uomo si fosse presentato, Nash non lo sapeva.

Non gli importava come Cross lo avesse trovato nel profondo della Virginia.

Tuttavia, avrebbe avuto una conversazione con il suo manager riguardo alla divulgazione delle informazioni sulla sua sistemazione. Chissà quali stronzate aveva raccontato Cross a Darren per ottenere quelle informazioni.

Aveva davvero importanza?

Avrebbe dovuto.

Nash studiò la ciocca scura che ricadeva sulla fronte di Cross, i capelli corti e scuri che correvano lungo la mascella e intorno alla bocca.

Quella bocca. Nash aveva immaginato quella bocca su di sé molte notti.

Poteva vedere il costante alzarsi e abbassarsi del petto dell'uomo attraverso la giacca di pelle nera aperta. Lo sguardo scivolò sull'inguine e sulle gambe coperte di jeans fino a un paio di stivali da motociclista in pelle nera piuttosto recenti.

Poser.

Nash sorrise.

Sì, era un poser. Tutti i Blue Avengers lo erano. Da un lato volevano essere motociclisti, dall'altro odiavano i veri motociclisti.

Cross, presentandosi lì quel giorno, aveva dimostrato di non odiare un motociclista in particolare.

Cross, presentandosi lì quel giorno, aveva dimostrato che Nash non odiava un porco in particolare.

Così come Nash non si era aspettato che Cross si presentasse nella sua stanza in chiesa quella sera, di certo non si aspettava che si presentasse nella sua stanza di motel in Virginia.

Ma da un certo punto di vista, la cosa aveva senso. Non erano vicini a casa. Gli unici che potevano vederli insieme lì erano il suo manager e i suoi compagni di band.

Erano passate sei settimane da quando Nash aveva detto a Cross di andarsene. Sei. Non era stato facile. C'erano state molte occasioni in cui Nash aveva tirato fuori il biglietto da visita di Cross ed era stato tentato di chiamarlo o mandargli un messaggio.

Aveva resistito.

Ma in fondo alla sua mente, per tutte le sei settimane, aveva sperato che Cross, da stronzo testardo e prepotente quale era, si presentasse da qualche parte dove si trovava lui, come era successo quel giorno.

Nash non si era reso conto di quanto lo desiderasse. Fino a quel momento.

Vederlo in piedi davanti alla porta del motel...

Cazzo. C'era voluto tutto quello che aveva per non tirare l'uomo nella sua stanza e buttarlo sul letto.

Per un verso si conoscevano appena, per un altro si conoscevano fin troppo bene.

Erano opposti che stavano bene insieme. Tuttavia, il loro "insieme" imperfetto non si adattava alla loro realtà. Che era la loro vita quotidiana.

Cross non si adattava a quella di Nash.

Nash non si adattava a quella di Cross.

Non aveva idea di cosa fare al riguardo. Ed era abbastanza sicuro che nemmeno Cross lo sapesse.

Mentre l'uomo giaceva su una sedia a sdraio a pochi metri di distanza, Nash aveva terminato una canzone, mettendo in musica il testo e modificando alcuni dei versi che aveva scritto.

Mise da parte la chitarra, chiuse il quaderno e notò che il biglietto di Cross era caduto sotto il tavolo. Lo raccolse e lo infilò tra due pagine bianche, prima di spingersi in piedi e raggiungere l'altra sedia. Vi si accovacciò accanto e sussurrò: "Ehi."

Cross si mosse, ma i suoi occhi rimasero chiusi. Era andato. Mezzelune scure coloravano la pelle sotto gli occhi, dove si posavano le lunghe ciglia nere.

Nash allungò la mano e sfiorò delicatamente le labbra di Cross. Il respiro caldo dell'uomo gli sfiorò le dita e Nash le curvò prima di allontanare la mano.

Fissò ciò che voleva, ma che non poteva avere.

Ciò di cui aveva bisogno, ma di cui doveva fare a meno.

Tutto quello che c'era tra loro era semplicemente sbagliato.

Anche Cross lo sapeva, ma continuava a ignorarlo.

Ma Nash non ci riusciva.

Entrambi avevano troppo da perdere.

Tuttavia, lasciò che le sue dita scendessero lungo il petto di Cross e sotto la sua giacca di pelle, dove c'era molto caldo per le dita fredde di Nash. Nash sfiorò le punte dei capezzoli di Cross e scese lungo il suo ventre.

Finché una mano non lo fermò. Cross strinse le dita e premette la mano di Nash contro il proprio ventre.

Lui sollevò lo sguardo dalle loro mani al viso dell'uomo. "Ti sei addormentato. Spero non sia stato il mio canto."

La voce di Cross suonava arrugginita quando disse: "Ho fatto un doppio turno, poi ho guidato fino a qui dopo aver staccato alla cazzo di mezzanotte. Non dormo da un paio di giorni."

Nash annuì, poi si alzò, interrompendo il loro legame. "Il letto è più comodo della poltrona."

Cross esitò, scrutando il volto di Nash. Lui si assicurò di mantenere un'espressione neutra e di non svelare nulla.

"Hai un concerto stasera, vero?"

Nash annuì di nuovo. "Sì. Poi ci prendiamo una pausa per qualche giorno. La mia voce ne ha bisogno. Dovrei andarmene da qui domani mattina. Ma mi sa che non lo farò."

"Hai intenzione di rimanere qui?"

"Noi rimarremo qui," lo corresse Nash. Merda, era sbagliatissimo, ma non gliene fregava un cazzo.

A Nash non sfuggì il bagliore dietro gli occhi azzurri di Cross. "Per quanto tempo?"

"Quando devi tornare al porcile?"

"Ho il weekend lungo. Non prima del turno del lunedì."

Nash trattenne il sorriso. "Io devo tornare per la corsa del club di domenica. Non so se sarà l'ultima prima che arrivi il tempo delle palle blu, quindi non voglio perdermela."

"E dopo loro vorranno che tu suoni."

"Anche."

Cross inclinò la testa e studiò Nash, la cui espressione si fece cauta. "Volevi che cancellassi il tuo numero."

"Non ha funzionato. Non avevi bisogno del mio numero per presentarti alla mia porta."

"E tu non me l'hai sbattuta in faccia."

"Avresti continuato a bussare come il prepotente e testardo stronzo che sei. Non è colpa mia se sono irresistibile."

Le labbra di Cross si contrassero. "Hai delle groupie?"

"Solo tu."

Cross distolse la testa, ma Nash vide il tremito rivelatore delle sue spalle. Sbuffò sottovoce, afferrò la mano di Cross e lo fece alzare dalla sedia. "Comincia a fare un freddo cane qui fuori. Devo mangiare qualcosa prima di suonare stasera. Tu fai un pisolino; io vado a prendere la sbobba e te la porto."

Cross posò una mano sul petto di Nash e si avvicinò. Nash lo raggiunse a metà strada, le loro labbra si sfiorarono, le loro barbe si aggrovigliarono, poi le loro lingue fecero lo stesso. Ancora una volta, fu tentato di gettare l'uomo sul suo letto e di scoparlo. 'Fanculo il cibo, 'fanculo il concerto di quella sera, 'fanculo tutti.

Ma non avrebbe funzionato. Si tirò indietro. "Dormire. Mangiare. Scopare. Cantare. Scopare ancora un po'. Poi scopare per i prossimi giorni finché non potremo più scopare."

"Sembra una canzone country."

"Morditi quella cazzo di lingua," ringhiò scherzando Nash.

"Che ne dici se mordo la tua?"

"Questa sera mi serve. Poi sarà tua fino a domenica mattina."

Quel bagliore si trasformò in una tremolante fiamma blu. "Ti dispiace se vengo al tuo concerto stasera?"

"Se ti dico di no?"

Cross sorrise. "Vengo lo stesso."

Nash scosse la testa, fingendo di essere infastidito. "Prepotente figlio di puttana."

"Se fossi prepotente, ora ti farei inginocchiare a succhiarmi il cazzo."

"Non c'è bisogno di essere prepotenti per quello." Nash diede un'occhiata al balcone. "Proprio qui? Fuori dal balcone?"

Cross raggiunse il vetro a scorrimento e aprì la porta, spingendo Nash all'interno. "La moquette sarà più gentile con le tue ginocchia. Poi farò un pisolino mentre tu vai a prendere un po' di *sbobba*."

Si erano recati separatamente in una famosa birreria locale dove suonavano i Dirty Deeds. Cross era arrivato mezz'ora dopo Nash, dato che si era preso il suo tempo sotto la doccia dopo che si erano fatti venire solo con la bocca prima che Nash dovesse andarsene.

Non avevano scopato perché non avevano abbastanza tempo. O, se lo avevano, non era il tipo di tempo che entrambi volevano dedicare all'altro.

Perciò fu difficile essere paziente mentre guardava Nash sul palco, quando Cross sapeva cosa sarebbe successo dopo di ritorno nella sua stanza di motel.

Fu difficile anche guardare le donne del pubblico che cercavano di attirare l'attenzione di Nash. Sorrisi. Ammiccamenti. Tette che spuntavano da top stretti e scollati. Gonne corte. Tutto quello che potevano fare per attirare l'attenzione sua e dei suoi compagni di band.

Nash non indossava i suoi colori quella sera; Cross pensava che fosse perché quello non era un bar di motociclisti. Vestiva invece jeans stracciati e consumati, la cintura nera con la grossa fibbia del DAMC, stivali e una camicia nera aperta e sbottonata che metteva in mostra buona parte del suo torso magro. Le maniche erano arrotolate oltre i gomiti e un angolo della camicia era infilato alla rinfusa in vita.

Era fottutamente sexy. E Cross capiva perché le donne gli saltavano addosso.

Ogni centimetro di pelle esposta era madido di sudore, perché quando era sul palco, Nash ci dava dentro. Non solo sentiva quella musica, ma la *viveva*.

Essa scaturiva dal centro stesso della sua anima.

E proprio per quello, tutti in quella birreria percepivano il suo potere e carisma.

Cross era colpito. Inoltre, era duro come una roccia.

Si sedette lontano dal palco, limitandosi a osservare tutto. I suoi occhi lasciavano Nash solo quando una cameriera gli portava un altro drink. Quell'uomo sapeva come trattare la folla, soprattutto le donne.

Cross si chiedeva se, nel caso lui non fosse stato lì quella sera, Nash sarebbe andato a letto con qualcuna di loro.

Era probabile.

Ma il fatto era che Cross *era* lì e Nash aveva prolungato la sua permanenza al motel proprio per quello. Sarebbe potuto facilmente tornare a Shadow Valley e mandare Cross a farsi fottere.

Se da un lato Cross era entusiasta del fatto che avrebbero trascorso del tempo insieme, dall'altro il terrore gli giocava brutti scherzi. Trascorrere qualche giorno con Nash avrebbe potuto peggiorare di molto l'intera situazione.

Tre o quattro giorni di "tutto Nash, tutto il tempo" potevano portare Cross su una strada che lui era riluttante a percorrere.

Sesso? Sì. Qualcosa di più? Quello lo spaventava a morte.

Aveva la sensazione che passare tutto quel tempo con Nash avrebbe reso impossibile tornare alle loro vite reali e mantenere le cose come dovevano essere mantenute...

In ordine.

Nash da un lato del confine, Cross dall'altro.

Quel confine che le forze esterne stavano rendendo difficile, se non impossibile, superare.

Cross avrebbe voluto sistemarsi con qualcuno, magari anche mettere su famiglia. Non avrebbe mai potuto farlo con Nash, anche se l'uomo avesse voluto le stesse cose.

Cosa di cui lui dubitava.

Nash aveva una vita libera e facile, in quel momento. Niente lo legava, niente gli impediva di fare ciò che amava fare, cioè suonare la sua musica, quando e dove voleva.

Perché un uomo del genere avrebbe dovuto volersi legare

a un luogo, a un uomo o a una donna e rinunciare alla propria libertà?

Tra un set e l'altro, Nash scese dal palco basso e si fece strada tra le poche donne che ritenevano accettabile toccarlo mentre passava loro vicino. Nash tenne lo sguardo fisso su Cross e si fece strada tra la gente e i tavoli occupati, anche se un paio di donne continuarono a seguirlo.

Nash si avvicinò al tavolo alto dove Cross era seduto da solo e prese la sua birra, bevendone metà prima di rimetterla giù.

"Vuoi che te ne prenda una?"

Nash scosse la testa. "La tua va bene." Perle di sudore gli scendevano ai lati del viso e la camicia gli si era appiccicata addosso in diversi punti.

Con la coda dell'occhio, Cross vide la cameriera dirigersi verso di loro. Indicò la birra e sollevò due dita. La cameriera si fermò, annuì e si diresse nella direzione opposta.

Nash si raccolse i capelli umidi e ne tenne una manciata in cima alla testa. E di punto in bianco, una donna arrivò a soffiargli sulla nuca.

Ma che cazzo?

"È normale?" chiese Cross, non sapendo se essere inorridito o divertito.

Nash lasciò ricadere i capelli e si allontanò dalla donna. "Non sempre."

"Sembra che faccia molto caldo, tesoro. Vuoi uscire a prendere un po' d'aria?"

Cross strinse le labbra mentre la donna si appoggiava al petto di Nash e la stoffa che le tendeva le tette si macchiava del sudore dell'uomo. La donna rise e poi si sfiorò i capezzoli come se l'umidità potesse essere semplicemente spazzata via.

Cross aggrottò le sopracciglia. "Hai intenzione di risponderle?"

"Non rispondere è una risposta."

Cross annuì e prese la sua birra, bevendo un sorso per nascondere il sorriso.

"Fammi vedere quella collana," disse la donna, biascicando un po' le parole.

Mentre lei cercava di prendere il ciondolo di rame a forma di plettro di Nash, lui le afferrò saldamente il polso e la fermò. "Sparisci."

Lei raddrizzò di scatto la schiena e mise le mani sui fianchi, con aria indignata. "Voglio solo vederlo."

"Puoi vederlo da lì."

"Sei uno stronzo."

Nash alzò le spalle e sorrise. "Sì."

La donna aggrottò le sopracciglia, batté il piede e per poco non cadde quando ruotò sui suoi tacchi da otto centimetri. La cameriera, di passaggio in quel momento, le afferrò il gomito per evitare che cadesse, poi le diede una piccola spinta di incoraggiamento nella direzione delle amiche che la aspettavano. In seguito, la cameriera portò le due birre e una bottiglia d'acqua fredda per Nash. Cross buttò un biglietto da dieci sul vassoio da servizio.

Nash fissò l'acqua e la birra, poi Cross per un lungo momento prima di prendere la birra e berne un lungo sorso. Quando la rimise giù, si passò la mano sulla bocca e disse: "Avevi paura che lasciassi la saliva nella tua?"

"Lo scambio di saliva lo faremo più tardi. Volevo solo offrirti una birra fresca."

"Grazie," disse Nash a bassa voce. Fissò Cross per qualche altro istante, poi prese il cordino di cuoio che aveva al collo. Dopo essersi sfilato la collana, la fece scivolare addosso a Cross.

Il cuore di Cross mancò un battito e poi cominciò a battere forte. "Nash, è tua."

"Ora è tua."

"Ma significa qualcosa per te."

"Sì."

Dopo aver sistemato la collana intorno al collo di Cross, Nash girò il ciondolo, in modo che le parole fossero rivolte verso l'esterno. Ma lasciò la mano dov'era.

Cross pose la sua mano su quella di Nash. Dopo qualche secondo, Nash allontanò la sua e fece un passo indietro, scuotendo la testa. "Posto sbagliato."

Cross annuì, pur desiderando che non fosse vero. "Sono d'accordo."

"Devo tornare sul palco."

"Prendi la tua birra."

"Sì, papà," lo stuzzicò Nash, abbassando la voce e rendendola molto profonda.

"Non darmi delle idee."

Nash gli fissò le labbra. "Cazzo, vorrei baciarti proprio adesso."

Cross inspirò per cercare di rallentare il suo cuore che batteva forte. "Io vorrei fare molto di più che baciarti."

La punta delle labbra di Nash si arricciò. Lui prese la sua birra e la bottiglia d'acqua e tornò sul palco.

I membri della sua band salirono sul palco uno alla volta, tornando ai loro strumenti. Dopo aver suonato per un'altra ora di fila, Nash ringraziò il pubblico per essere venuto a vederli, ma disse che avevano ancora una canzone.

Prima che potessero iniziare a suonare, Nash alzò la mano, chiamò gli altri ragazzi in cerchio e ci parlò. Un paio di loro scrollarono le spalle e quando si separarono, Nash si diresse verso l'asta del microfono davanti al palco.

Si avvicinò al microfono e annunciò: "Adesso suoneremo una canzone che non è originale. Spero che a tutti voi vada bene, ma se non vi va bene, cazzi vostri." Un forte boato riempì la birreria e la folla si accalcò sotto il palco. "Nel caso non conosciate questa canzone, si tratta di *Secret*, degli Heart."

Nash fece un passo indietro, sollevò il mento verso Cross prima di abbassarlo sul collo e iniziare a suonare la chitarra. Poi si avvicinò di nuovo al microfono e iniziò a cantare.

Cross aveva già sentito quella canzone, ma non aveva mai prestato attenzione al testo.

Fino a quel giorno.

Finché le parole non presero a scorrere sulle labbra di Nash, che lo fissava sopra la folla, attraverso la stanza, e gli parlava con la musica.

Cross rimase sbalordito da quanto quel testo fosse fottutamente perfetto per descrivere la loro situazione. Cantava di come vivessero due vite diverse e di come tra quelle vite fosse tracciata una linea che non veniva mai superata. Di come fosse pericoloso stare insieme, ma loro rischiavano comunque. Di quanto fosse difficile nascondere ciò che volevano e tenerlo segreto. Sapevano fin dall'inizio che avrebbero avuto quei problemi.

L'intera canzone era appropriata, ma ascoltarla lo uccideva. E da dove Cross era seduto, poteva dire che uccideva anche Nash.

L'ultimo verso, che parlava di una condanna a rimanere separati, incrinò la voce di Nash; poi lui si allontanò dal microfono e la band suonò le ultime note.

Poi i riflettori puntati sul palco si spensero e Cross poté vedere solo delle ombre che scendevano.

Cross aspettò lì per un'altra mezz'ora, ma Nash non tornò mai al suo tavolo. Alla fine, lui pensò che fosse uscito dal retro della birreria.

Il telefono gli si illuminò e vibrò sul tavolo alto con un messaggio in arrivo. *T aspetto. Porta aperta.*

Cross abbassò la testa, soffocò il sorriso e batté il telefono contro la coscia.

Avevano tempo fino a domenica mattina.

Non sapeva se sarebbe stato grato per quel tempo o se lo avrebbe rimpianto.

L'unico modo per scoprirlo era aprire quella porta.

Capitolo Quattordici

CROSS APRÌ la porta del motel e trovò la stanza vuota. All'inizio pensò che Nash fosse sul balcone a fumare erba, dato che non aveva ancora visto l'uomo fumare una sigaretta legale. Il che era una buona cosa.

Le sigarette spegnevano Cross. Peggio persino degli spinelli.

Strano, ma vero.

Lasciò cadere lo zaino a terra vicino alla porta e posò sulla piccola scrivania la borsa con gli articoli acquistati alla farmacia aperta ventiquattro ore su ventiquattro.

Non c'era dubbio che il cassiere notturno sapesse quali fossero i piani di Cross per il fine settimana. Le bottiglie di Powerade e di acqua, le barrette proteiche, la grande scatola di preservativi e i due tubetti di Astroglide erano probabilmente un indizio inequivocabile.

Il cassiere ventenne gli aveva rivolto uno sguardo e un sorriso. Cross aveva ricambiato con un'alzata di mento e un sorriso. Probabilmente, il giovane pensava di sapere su chi Cross avrebbe usato quegli oggetti, ma si sbagliava.

Ora Cross era nella stanza del motel, con l'uccello che si fletteva nei pantaloni per l'attesa, ma senza Nash.

Poi si accorse che la porta del bagno era chiusa e sentì la doccia partire.

Quindi, l'uomo non aveva cambiato idea e non era scappato.

La porta fu spalancata e un Nash nudo si affacciò all'ingresso. "Vieni, cazzo?"

Cross gli rivolse un sorriso. "Non è questo il piano?"

Nash sbuffò, ricambiò il sorriso e disse: "Vieni qui, cazzo. Ho bisogno che mi lavi la schiena."

La schiena. *Ceeeerto.*

Cross iniziò a togliersi gli stivali, aggrappandosi alla scrivania per non cadere. "Solo quello?"

"No."

Cross buttò la giacca di pelle sul letto, si strappò la maglietta da sopra la testa e lasciò cadere rapidamente i jeans e i boxer sul pavimento, mentre gli occhi di Nash erano incollati su di lui. E solo quello gli fece rizzare il cazzo sull'attenti. "Che altro?"

"Smettila di perdere tempo e vieni qui a scoprirlo." Nash scomparve.

Il sorriso di Cross si allargò e lui si *precipitò* in bagno per scoprirlo.

CROSS SAPEVA COSA STAVA FACENDO. Sapeva *sicuramente* cosa cazzo stava facendo.

Mai e poi mai Nash aveva voluto fare il passivo. E continuava a non volerlo. Ma, che cazzo, se doveva farlo, ne valeva la pena con Cross.

Nash era in ginocchio, rivolto verso il muro e aggrappato

alla testiera del letto. Cross era dietro di lui, anche lui in ginocchio, e il suo bacino era un concentrato di potenza mentre si spingeva verso l'alto e dentro Nash. Una delle sue mani era avvolta intorno all'uccello di Nash e lo stava accarezzando con un pugno lubrificato e stretto. L'altra era stretta intorno alla parte anteriore della gola, con le dita che scavavano nella carne di Nash per tenergli la testa indietro e bloccata contro la spalla di Cross.

E l'uomo si muoveva in un modo che colpiva tutti i punti giusti. Beh, il punto che gli piaceva in particolare.

Cross aveva ordinato a Nash di non muoversi una volta afferrata la testiera del letto e, cazzo, lui non l'aveva fatto. Aveva obbedito a quell'ordine. Il che non era affatto da lui.

Non capiva. Non riusciva a capacitarsi del potere che Cross esercitava su di lui. Era sempre stato lui a volere il controllo durante il sesso. Ma lentamente... *Cazzo*... Lentamente stava cedendo quel controllo a Cross.

Forse era una pazzia temporanea. Del sesso fantastico poteva far uscire di testa un uomo, a volte.

Prima, sotto la doccia, c'erano stati molti preliminari, ma si erano limitati a quelli, perché entrambi volevano mantenere l'erezione per potersi scopare a vicenda. Tuttavia, Cross aveva insistito per prendere l'iniziativa per primo. E ora Nash era vicinissimo a esplodere nel pugno dell'uomo.

Non gliene fregava un cazzo se fosse successo.

Voleva scopare il culo stretto di quell'uomo? Certo che sì.

Ma non aveva fretta. Avevano i tre giorni successivi per prendersi il tempo necessario e avvicendarsi.

Dare e ricevere.

Cross glielo aveva sussurrato all'orecchio mentre si esploravano a vicenda nella doccia.

Dare e ricevere.

In quel momento, Cross glielo stava dando per bene. Fottutamente bene.

Il suo stesso uccello si contraeva a ogni colpo del cazzo di Cross nel suo culo, a ogni movimento del pugno stretto di Cross su e giù per la sua lunghezza.

Nash soffriva. Palpitava. La pressione diventava ancora più intensa a ogni colpo sulla prostata, a ogni rotazione del pollice di Cross sulla sua punta gonfia e umida.

Erano schiena contro petto, pelle contro pelle. Il loro sudore si mescolava, il loro calore si fondeva, i loro gemiti e grugniti riempivano l'aria intorno a loro.

Nash aprì gli occhi e girò la testa finché la sua bocca non si trovò a contatto con l'orecchio di Cross. "Stai cercando di farmi sborrare?"

La sua voce non sembrava la sua. Era grezza, roca. Perché aveva cantato per ore. Per quello che Cross gli stava facendo.

Ci vollero alcuni istanti prima che Cross rispondesse, dato che il suo respiro era intenso come le sue spinte. Quando lo fece, fu solo con un sibilato "Sì."

Prima che Nash potesse dire altro, Cross ruotò la testa e l'angolazione rese il loro bacio scomodo, anche se le loro lingue potevano ancora toccarsi e assaggiarsi.

La posizione non permetteva loro di baciarsi a lungo in quel modo. Inoltre, Cross aveva rallentato e non era quello che Nash voleva. "Scopami," gemette Nash in segno di incoraggiamento.

Cross riprese gradualmente il ritmo, finendo per sbattere il bacino contro il culo di Nash, facendo scivolare la mano dalla gola di Nash fino ai suoi capezzoli, dove ne afferrò uno, torcendolo così forte che Nash sussultò per il piacere acuto che si irradiò attraverso di lui e gli contrasse bruscamente le palle.

Cazzo, era pronto a esplodere. "Ancora," esclamò a forza.

Cross catturò l'altro capezzolo, facendolo rotolare ruvidamente tra le dita prima di strizzarlo con forza.

Il calore e le onde d'urto attraversarono Nash, dal suo centro fino ai bordi esterni del corpo.

E lui *finì*.

Finito.

Completamente. Finito. Cazzo.

La presa di Cross si strinse ancora di più sul suo uccello, al punto che divenne quasi sgradevole. A cavallo di quella linea sottile. La sua voce era roca e le sue parole si incepparono quando disse: "Ti sento. Non venire ancora, cazzo. Te lo dico io quando."

Nash pensava di essere impazzito, ma forse quello pazzo era Cross. Era al punto di non ritorno; non sarebbe stato in grado di controllare nulla. Non se Cross avesse continuato a fare quello che stava facendo.

"Ancora un po'..." I fianchi di Cross si inclinarono e si spinsero verso l'alto. "Aspetta...

Cazzo. Era *davvero* pazzo. Dirgli di aspettare?

Cross premette una guancia umida contro la sua e gemette: "Adesso, piccolo. Vieni adesso, cazzo."

Gesù.

Cazzo.

Cristo.

Nash gridò mentre Cross spingeva un'ultima volta, trascinando Nash con sé, quasi spingendolo contro la testiera del letto. Giurò di aver perso i sensi per un istante mentre veniva, con lo sperma caldo che saliva in lunghi rivoli e atterrava su di lui e sulle lenzuola. Esplose come una fontana fuori controllo mentre anche Cross veniva. Ma Cross non si fermò: continuò a cavalcarlo, passando la punta sulla prostata di Nash ancora e ancora, mungendolo fino a quando non rimase più nulla.

Nash voleva crollare sul letto, per godersi la soddisfazione che lo permeava nel profondo delle ossa. Della sua anima.

Voleva accoccolarsi con l'uomo che lo aveva appena fatto venire come un geyser e addormentarsi tra le sue braccia.

Avevano i giorni successivi per dimenticare chi erano. Nash voleva approfittare di ogni minuto. Anche se si trattava semplicemente di dormire insieme nello stesso letto. Una cosa che non aveva mai fatto con nessuno prima.

Aveva fatto sesso nei vicoli, in auto, nei motel, in molti luoghi diversi. Ma nemmeno una volta si era fermato e si era svegliato con qualcuno la mattina dopo. Nemmeno una volta.

Non vedeva l'ora di farlo con Cross.

"Sei arrabbiato–"

"No," lo interruppe Nash. Era fuori di testa, ma non arrabbiato.

"Non sei riuscito a–"

"Più tardi."

Cross esitò. "Sei sicuro?"

"Ho detto più tardi."

"Sembri arrabbiato."

"Non sono arrabbiato, cazzo, Cross." *Sono maledettamente spaventato, ecco cosa cazzo sono. Non c'è verso che questa cosa possa finire bene. Eravamo condannati fin dall'inizio, proprio come diceva la canzone. Lo sapevamo. Stiamo lasciando che accada comunque.*

Ciò che non ti uccide ti rende più forte, giusto?

Cazzo, se è vero.

"Adesso esco," disse dolcemente Cross, dando una stretta alla vita di Nash. "Pronto?"

No, non lo sono. Non andartene, cazzo. "Sì."

Cross scivolò via e il materasso si mosse mentre lui scendeva dal letto e si dirigeva verso il bagno.

Nash continuò a fissare il muro, con le mani che stringevano la testiera del letto con una forza tale da bloccargli le dita. Premette la fronte contro il bordo del legno freddo ed espirò.

Quel fine settimana era una cazzo di idea di merda. Avrebbe solo peggiorato le cose. Era come offrire una striscia di cocaina a un drogato e, prima che questi potesse sniffarla, trarre un respiro profondo e soffiare via la polvere.

Dopo aver dato di matto, cosa avrebbe fatto quel drogato? Avrebbe leccato ogni fottuta superficie per catturare ogni granello di coca che riusciva a trovare. Perché anche quelle poche particelle sparse avrebbero potuto smussare quel bordo affilato.

Quel fine settimana sarebbe stato proprio così. Leccare via qualunque residuo dallo specchio solo per catturare qualsiasi sballo riuscissero a trovare. Alla fine, non li avrebbe soddisfatti, ma li avrebbe solo lasciati vogliosi di più. Sarebbe stata solo una stuzzicata.

Alla fine, entrambi si sarebbero ritrovati più affamati di prima.

Quando Nash sentì chiudere l'acqua in bagno, si raddrizzò e si mosse. Aveva bisogno di pulirsi.

Per poi alimentare la sua fottuta dipendenza.

NASH FISSÒ il portafogli appoggiato sul comodino accanto a una scatola parzialmente vuota di preservativi e a un tubetto di lubrificante che Cross aveva preso mentre tornava al motel la sera prima.

Non era il portafoglio di Nash.

Era quello di Cross.

E Nash sapeva cosa c'era dentro.

Rotolò in quella direzione e lo prese, poi tornò indietro.

Aprendolo, fece scivolare via il pezzo di stoffa dal distintivo, poi passò il dito sul rilievo, che brillava persino nella luce limitata.

Il sesso con Cross era fantastico. Anche se in passato Nash aveva odiato fare il passivo, ne era valsa la pena solo per l'opportunità di fare l'attivo con Cross.

Ma non era solo sesso. O almeno, non più. All'inizio era così, ma ora...

Cazzo. Le cose si stavano complicando.

Nash sbuffò sommessamente. Non che non fossero complicate fin dall'inizio. Quello era sicuro, cazzo.

Sapeva che era stata una cattiva idea invitare Cross a rimanere rintanato con lui in quel motel per il fine settimana. E dopo averlo fatto, aveva cercato di convincersi a cambiare idea. Ma non c'era riuscito.

Non c'era riuscito perché voleva passare più tempo con quell'uomo.

Non gli era mai successo prima di allora. Con nessuno.

In passato, nessuno aveva mai suscitato il suo interesse tanto da fargli desiderare di trascorrere con lui altro tempo oltre a quello necessario a scopare.

Non aveva idea di cosa ci fosse in quel poliziotto. Soprattutto perché era anche un prepotente figlio di puttana.

Forse era per quello. Il poliziotto era una sfida. Una sfida che Nash, in un certo senso, aveva vinto.

In un certo senso.

Perché anche Cross aveva vinto. Ma come con quella dipendenza a cui Nash aveva pensato prima, Cross voleva di più.

"Non voglio smettere di vederti, Nash."

Nemmeno lui lo voleva.

"Faremo attenzione. Troveremo un posto dove incontrarci. Lontano dal tuo club, lontano da casa mia. Un luogo neutrale. Ci vedremo anche in trasferta, quando potrò. Quando avrò un po' di giorni liberi."

Quella era la conversazione che avevano avuto l'altra sera prima che Cross cadesse in un sonno profondo, probabilmente esausto per non aver dormito abbastanza.

Nash aveva notato le vaghe occhiaie dell'uomo quando era arrivato al motel la sera prima, ma quando era rientrato nella stanza dopo la birreria, erano più scure, più profonde.

E per qualche motivo, ciò gli aveva fatto effetto.

Era davvero preoccupato per il poliziotto?

Sì, purtroppo lo era.

Stronzo lui. In quel momento, la sua vita era andata completamente a puttane.

Prima, tutto filava liscio. Nash aveva tracciato una strada e la stava seguendo.

Poi era arrivato Cross.

Ora, quel percorso era pieno di ostacoli e insidie.

Era una strada pericolosa da percorrere. Ma nessuno di loro due voleva prendere una strada diversa. Nessuno dei due.

Nash era rimasto in silenzio mentre Cross aveva parlato di continuare a vedersi.

Aveva una gran voglia di leccare lo specchio, proprio come Cross.

Nash chiuse il portafogli e lo ripose silenziosamente sul comodino prima di girarsi su un fianco per osservare Cross mentre dormiva.

Era quasi mezzogiorno, anche se era difficile dirlo perché le tende erano tirate e bloccavano la maggior parte della luce del sole di inizio novembre.

Nash non aveva ancora avuto modo di scopare Cross, ma la situazione sarebbe cambiata presto. Solo che detestava svegliarlo, visto che era così esausto.

Tuttavia, Nash aveva bisogno di cibo al più presto. Ma prima aveva bisogno di Cross.

Il lenzuolo superiore stropicciato era tirato solo fino ai fianchi di Cross. Nash agganciò un dito al bordo superiore e lo fece scivolare più in basso. L'uccello del poliziotto era floscio, annidato tra peli scuri e ispidi. Pur essendo depilato, non era rasato a zero. A Nash la cosa piaceva. Odiava le palle completamente nude o le fiche rapate a zero.

Si chinò su Cross, che era supino, ma non lo toccò se non con la lingua. Leccò un percorso dal busto dell'uomo verso il basso, passando attorno all'ombelico, prima di seguire la stretta scia di peli ancora più in basso. Fino a quando non si infilò con il naso in quella macchia scura di peli più in basso.

Cazzo, quel profumo maschile e leggermente muschiato che gli riempiva le narici gli fece indurire l'uccello in pochi secondi. Non riuscì a resistere a prendere in bocca un Cross morbido e caldo.

Nash si accorse subito quando Cross si svegliò. L'uccello dell'uomo cresceva mentre Nash se lo lavorava con la bocca e la lingua. Le dita di Cross si arricciarono nei capelli disordinati e arruffati di Nash, senza scoraggiare o incoraggiare, ma semplicemente stringendo.

Il respiro di Cross si fece affannoso e rapido. Un basso gemito gli fu strappato quando Nash palpò la pelle delicata e setosa dello scroto dell'uomo. Quando lo strinse delicatamente, il bacino di Cross si sollevò verso l'alto, spingendo il suo uccello più a fondo nella bocca di Nash.

Nash lo assecondò, succhiando più intensamente e aumentando il ritmo.

"Gesù, piccolo," gemette Cross.

Quella cosa del "piccolo" era una novità. Per la precisione, risaliva alla sera prima. Continuava a cogliere Nash alla sprovvista, dato che nessun uomo lo aveva mai chiamato "piccolo" prima di allora. Nemmeno lui aveva mai usato quel vezzeggiativo con un uomo. Non era sicuro di come reagire o se ignorarlo.

Per il momento, lo ignorò e continuò a fare quello che stava facendo. Ce l'aveva già durissimo solo per le reazioni di Cross e per i versi di piacere che questi emetteva.

Le dita nei suoi capelli si strinsero e Cross cercò di prendere il controllo, spingendo verso l'alto, cercando di scopare la bocca di Nash. Nash avvolse un paio di dita intorno alla radice per evitare di soffocare, ma lasciò che Cross dettasse il ritmo, che diventava sempre più veloce.

Il sapore salato ricoprì la lingua di Nash. Anche il suo uccello perdeva sulle lenzuola. Anzi, ogni spinta del bacino di Cross verso l'alto portava Nash a spingere contro il letto.

Aveva bisogno di scopare Cross e di scoparlo subito. Così, quando Cross avvertì: "Sto per venire," la risposta silenziosa di Nash fu: "Era ora, cazzo!"

Cross spinse ancora una volta il bacino verso l'alto, tirando la testa di Nash verso il basso, mentre lo sperma caldo schizzava in fondo alla gola di Nash a ogni pulsazione dell'uccello di Cross.

Quando finalmente i fianchi di Cross ricaddero sul materasso, Nash gli pulì l'uccello con la lingua prima di sedersi e prendere il lubrificante e i goldoni dal comodino.

"A pancia in giù, cazzo," ordinò Nash, con la voce tesa come ogni altra parte del suo corpo. "Quel culo è mio."

Senza esitare, Cross rotolò su se stesso, affondando la testa tra le braccia, con la schiena che si alzava e si abbassava rapidamente perché non aveva ancora ripreso fiato.

Nash si infilò il guanto, si spalmò il lubrificante sull'uccello, poi ne spremette una quantità generosa sull'estremità di due dita. Si infilò tra le cosce muscolose di Cross e, senza preavviso, fece scivolare quelle dita dentro.

Cross si strinse intorno alle dita mentre Nash spalmava il lubrificante in profondità, non esattamente delicato, ma con grande precisione. Poi curvò le dita e trovò la prostata di Cross, massaggiandola finché questi non si contorse contro il materasso.

"Cazzo," gemette Cross contro le lenzuola.

"Sì, è quello che avrai. Il cazzo."

Cross girò la testa finché i loro occhi non si incontrarono.

"Ti crea problemi?" chiese Nash, con le dita che continuavano ad accarezzare quel punto grande come una noce.

Le palpebre di Cross si fecero pesanti e lui rispose con un secco "No."

"Risposta esatta." Il cuore di Nash gli rimbombava nel petto, l'uccello pulsava nel goldone. Moriva dalla voglia di stare dentro Cross, ma si costringeva ad aspettare.

Ancora un pochino.

L'attesa era dolce, ma tormentosa. Tuttavia, la prima spinta all'interno sarebbe stata ancora migliore.

Nash sfilò le dita da Cross. Usando le ginocchia, spinse la gamba destra di Cross più in alto sul letto, poi la gamba sinistra, finché l'altro non si trovò in una posizione a rana, bassa sul letto, con le gambe piegate, ma il culo leggermente sollevato.

Con una mano sull'uccello, Nash si allineò, poi usò l'altra mano per spingere la testa di Cross più a fondo nel letto, tenendolo fermo. Mostrandogli chi aveva il controllo in quel momento.

Non Cross.

Nash lo stuzzicò premendo la punta contro il suo buco chiuso, ma senza andare oltre.

Quella cosa stava uccidendo Nash e si vedeva che stava uccidendo anche Cross. Il poliziotto lo desiderava quanto Nash desiderava lui.

"Rimani in questa posizione a meno che non ti dica altrimenti, capito?"

"Sì," giunse ovattato dal letto.

Ogni linea e curva dell'uomo che aspettava di prendere l'uccello di Nash gli faceva perdere il fiato. Cross ricordava a Nash una canzone. Il suo respiro era una melodia, i suoi movimenti carichi di energia fluida, ogni centimetro di lui ricco di significato.

Quell'uomo gli stava fottendo la testa. C'era un dolore profondo dentro Nash, che si stava diffondendo dal suo centro e lo stava sopraffacendo.

Quando suonava la sua musica, quando cantava, scorreva in lui, nelle sue vene, nel cuore, nella mente. E all'improvviso Cross fu come quella musica. Lo stava inghiottendo. Diventando parte del suo essere, della sua anima.

Il cuore di Nash batteva così forte nel petto che lui ebbe paura di avere un infarto o un attacco d'ansia.

Era ancora sul punto di prendere Cross; premeva contro di lui, ma non era andato oltre.

Poteva porre fine a tutto.

Poteva salvarsi da solo.

Ma ne era davvero in grado?

Poteva salvarsi? O era troppo tardi?

Capitolo Quindici

CROSS NON AVEVA idea di cosa stesse passando per la testa di Nash. Ma l'uomo era rimasto immobile, con la punta del cazzo ancora premuta contro di lui. Non si muoveva in avanti, non si tirava indietro.

Non stava semplicemente stuzzicando Cross; c'era dell'altro.

Lui rimase in silenzio e immobile, lasciando che Nash elaborasse tutto ciò che doveva elaborare.

Nash non aveva detto molto quando Cross, la sera prima, aveva proposto di continuare a vedersi.

Sapeva che sarebbe stato difficile. E in realtà, si aspettava che Nash avrebbe respinto subito l'idea.

Non l'aveva fatto.

Ma non aveva nemmeno accettato.

Cross sperava che lo avrebbe fatto alla fine del fine settimana. Sperava che Nash vedesse il legame che c'era tra loro, anche se erano così opposti e vivevano in mondi diversi.

Ma avevano qualcosa in comune. Cross era abituato a nascondere la sua identità, così come Nash. Quindi, avrebbero continuato a fare quello che avevano fatto per tutta la vita.

Nascondersi.

Mantenere segreti.

Fingere di essere qualcun altro.

Giocare al gioco a cui il loro ambiente e le loro scelte di vita li avevano costretti a giocare.

Potevano farcela. Erano abituati. Non sarebbe stata una novità per nessuno dei due.

Ma avrebbero potuto farlo insieme, in modo indiretto.

Potevano avere l'un l'altro senza che nessun altro lo sapesse. Non sarebbe stato facile, ma sarebbe stato qualcosa. E qualcosa era meglio di niente.

Sì, *qualcosa* era meglio di un cazzo di *niente*.

Cross non aveva nulla e voleva quel qualcosa con Nash.

Ma Nash doveva volerlo con lui. Cross sperava con tutto il cuore che lo facesse.

Poi l'uccello di Nash sparì e l'altro uomo gli coprì il corpo col suo. Ringhiò: "Mi tenti, cazzo. Mi fai..."

Non finì la frase e Cross aveva bisogno che la finisse.

Cosa gli faceva?

Cosa stava provando Nash? Contro cosa stava lottando?

Nash si fece strada verso il basso. La sua lingua scivolò lungo la nuca di Cross, la parte superiore della sua spina dorsale, seguendo quel percorso verso il basso, fermandosi proprio sul bordo superiore della sua piega. Poi il suo uccello era di nuovo lì, a spingere, a premere.

"Cosa ti faccio?"

Dopo una lunga esitazione, Nash disse: "Mi fai venire voglia di scoparti."

No, non era quello. Non si trattava di quello. Era qualcos'altro che non voleva ammettere.

Ma Cross aveva pazienza. Poteva aspettare. Nash avrebbe fatto pace con se stesso.

Lo avrebbero fatto entrambi.

Avevano tempo. Diavolo, avevano sicuramente tempo fino a domenica.

Poi avrebbero dovuto andarsene da lì.

Ma ora... In quel momento, Nash stava spingendo in avanti, riempiendolo, facendo Cross suo. Proprio come Cross aveva fatto suo Nash la notte prima.

I confini si stavano confondendo.

Nessuno dei due era un attivo; nessuno dei due era un passivo.

Erano solo...

Loro due.

Insieme.

Collegati.

All'improvviso, Cross voleva sapere tutto di Nash.

Il suo vero nome.

Il suo passato.

Il suo futuro.

I motivi per cui era quello che era.

Ma non ora.

Non in quel momento.

Ora, in quel momento, Nash lo stava scopando lentamente, completamente. Prendendosi il suo tempo, con colpi precisi. Lo stava facendo bene, alla grande. La sua mano lasciò la testa di Cross, non lo tenne più fermo.

Qualunque cosa Nash avesse pianificato, era cambiata.

Ogni spinta aveva improvvisamente un significato; ogni trazione aveva uno scopo.

Ogni movimento in avanti e ogni ritirata avevano un significato e una conseguenza.

Come la sua musica.

Come i testi che aveva cantato la sera prima.

Poi se ne andò. Si ritrasse. E Cross sentì quella perdita.

Prima che potesse chiederlo, Nash disse: "Sulla schiena."

Con una mano sul fianco di Cross, Nash lo aiutò a rotolare. Fissò Cross per un lunghissimo istante, con gli occhi nocciola scuri, forse persino turbati.

Quando Cross aprì la bocca, Nash si limitò a scuotere la testa. Così, lui non disse nulla e aspettò.

Nash gli allargò le ginocchia, poi fece scorrere le mani dalle caviglie, su per i polpacci, lungo l'interno delle cosce, provocandogli un brivido.

Ecco un uomo dominante, un motociclista, un rocker, tatuato e duro, che si comportava in modo insolitamente tenero.

Ancora una volta, Cross non sapeva cosa passasse per la testa di Nash. Anche se lo avesse chiesto, era sicuro che non gli avrebbe risposto.

Così, ancora una volta, Cross aspettò.

Ma Nash non rivelò nulla; anzi, si limitò ad allinearsi e a spingere ancora una volta dentro di lui.

Cross lo accettò. Lo accolse. Si avvicinò, agganciò una mano dietro la testa di Nash e lo tirò giù, prendendo il suo peso, la sua bocca... tutto di lui.

Nash continuò a scoparlo pigramente mentre si baciavano, le lingue e le labbra che si fondevano insieme. Ancora una volta si creò un legame tra loro due.

Poi divenne troppo. Troppo pesante. E il loro bacio si infranse. Nash premette la fronte contro la sua e si limitarono a respirare.

Cross chiuse gli occhi per assaporare quella connessione mentre Nash continuava a muoversi, con un ritmo lento e deliberato.

Quasi... *doloroso*.

Faceva male. Perché lui lo voleva così tanto. Voleva che fosse...

Loro.

Loro due.

Molto più che semplice sesso.

Molto di più.

Qualcosa stava nascendo, stava crescendo.

Avrebbero potuto combatterla, ma sarebbe una battaglia persa, una guerra che nessuno dei due avrebbe vinto.

Dovevano solo accettare ciò che stava accadendo e farsene una ragione. Affrontare le conseguenze. O imparare a nasconderle bene.

In ogni caso, sarebbe stato difficile.

Ma Cross era disposto a farlo. Tuttavia, anche Nash doveva essere disposto.

Cross fece scorrere le mani lungo la schiena di Nash, sul grande tatuaggio che definiva la sua vita. Che dichiarava al mondo chi era. Qual era il suo posto.

Ma il suo posto era anche lì. Con Cross.

Dentro di lui. Una parte di lui.

Era opprimente, quel dolore profondo. Quel bisogno intenso.

Era crudo. Tangibile.

Il ritmo di Nash continuava a essere lancinante e lento. Troppo cauto. Ora, troppo deliberato.

Cross non era fragile. Era in grado di sopportare qualsiasi cosa Nash potesse dargli. Ma in quel momento Nash non gli stava dando altro che dolore.

Cross affondò le dita nel culo di Nash e chiese: "Scopami."

"Lo sto facendo."

"No, non è vero. Mi stai dando un assaggio di qualcosa

che potresti non essere disposto a dare in futuro. Mi stai mostrando come potrebbe essere e non come è."

"Stai vedendo cose che non esistono."

"Sto vedendo come potrebbero essere le cose, se tu lo permettessi. Come potrebbero essere tra noi due, se lo volessimo."

"Cosa vuoi da me?"

"Quello che mi stai dando in questo momento. E non intendo il sesso. Il resto. Mi stai dando te stesso."

"È sbagliato."

"Per gli altri, forse. Per noi no, non lo è. È giusto. Ciò che siamo sfida tutto ciò che conosciamo e ciò che ci si aspetta da noi. Ma io sento quello che abbiamo. So che anche tu lo senti."

Invece di rispondere, Nash si sollevò sulle mani e fissò lo sguardo in quello di Cross mentre iniziava a spingere con più decisione. Più forte, più veloce. Penetrando in profondità. Cross vide le narici di Nash dilatarsi, la sua mascella contrarsi.

Stava lottando contro le sue emozioni. Cercava di soffocarle.

Ma perse la battaglia.

Cross osservò l'espressione di pietra di Nash trasformarsi in shock e sconfitta. Alzando la mano, Cross sfiorò con le dita la mascella che si era allentata, le labbra che si erano aperte, la gola che si muoveva.

Cross poteva solo immaginare che le parole che Nash voleva pronunciare fossero bloccate da un nodo in gola, perché anche Cross ne aveva uno.

Avvolgendo le dita intorno alla nuca di Nash, Cross lo attirò di nuovo verso il basso, infilando il viso di Nash contro il suo collo. Lo tenne stretto mentre l'uomo continuava a muoversi, a dare a Cross ciò che voleva.

Che era lui in tutto e per tutto.

La vita sarebbe stata difficile? Cazzo, sì.

Ne sarebbe valsa la pena? Sperava di sì.

Qualche minuto dopo, un basso grugnito fu soffocato contro la pelle di Cross mentre Nash inarcava il corpo un'altra volta, spingendosi in profondità e rimanendovi.

Cross infilò le dita nei lunghi capelli di Nash, tirandogli su la testa finché non si trovarono faccia a faccia. Poi si baciarono. A lungo, profondamente, con decisione. Fino a che entrambi non ebbero bisogno di respirare.

Dopo che i loro respiri si furono regolarizzati e i battiti cardiaci si furono un po' calmati, Cross chiese dolcemente: "Lo senti?" E questa volta Cross ebbe la sua risposta.

"Sì."

Cross avvolse le braccia intorno a Nash, tenendolo stretto per qualche istante, finché Nash non ebbe altra scelta che scivolare fuori e andare a pulirsi.

Ma mentre Cross guardava Nash attraversare la stanza, il grande tatuaggio dei Dirty Angels che copriva la schiena dell'uomo gli ricordò ancora una volta quanto sarebbe stato difficile.

Erano seduti in balcone a guardare il tramonto, con bottiglie di birra in mano e piatti usa e getta di cibo cinese appoggiati sulle ginocchia. Una canna fumata a metà nel vicino posacenere di fortuna.

I lunghi capelli di Nash erano raccolti in uno chignon da uomo. Cross non era sicuro di cosa pensare quando Nash li portava in quel modo. Sapeva che serviva a tenergli i capelli lontani dal cibo e dal viso, cosa che, secondo l'uomo, poteva diventare fastidiosa.

Cross non aveva mai portato i capelli lunghi e non li avrebbe mai portati. Ma a Nash stavano benissimo.

I piedi di Nash erano appoggiati alla ringhiera superiore del balcone, le gambe avvolte in denim morbido e logoro. Indossava una maglia termica a maniche lunghe color navy che aveva visto giorni migliori. Anche Cross indossava jeans e una felpa della polizia di Southern Allegheny. Nash aveva fatto una smorfia quando Cross l'aveva indossata prima di andare a prendere il cibo da asporto.

Ma per tutta risposta, lui gli aveva fatto un sorrisetto e mostrato il medio prima di uscire dalla stanza. Gli era parso di sentire una risata mentre si chiudeva la porta alle spalle.

Quando era tornato con il cibo e la birra, aveva trovato Nash che fumava di fuori a piedi nudi.

Come facesse quell'uomo a tollerare di stare a piedi nudi con il freddo che c'era nell'aria, Cross non lo sapeva. Ma non riusciva a smettere di sbirciare di nascosto i piedi dalle dita lunghe e la forma perfetta di Nash. Non sapeva se ne avesse mai visti di così sexy. E lui non era affatto un uomo da piedi.

No, era un uomo da culo. E Nash aveva decisamente anche quel punto a favore. Quel culo con i Levi's sembrava arte. Quelle fossette sopra il culo lo rendevano arte d'alto livello.

Cross abbassò la testa e sorrise ai suoi piedi coperti di stivali. Si infilò in bocca un'altra forchettata di pollo *mei fun* per nascondere il sorriso.

"Speriamo che tu non sia uno di quelli a cui piace succhiare le dita dei piedi," borbottò accanto a lui.

Cazzo, era stato beccato. "No, ma se lo fossi, avresti le dita dei piedi perfette per quello."

"Non sono abbastanza fatto perché tu possa farlo."

"Nemmeno io."

Nash scoppiò a ridere, afferrando il piatto prima che

cadesse a terra. Cross sorrise al suono ricco e genuino che proveniva dal petto dell'altro uomo.

Dopo aver bevuto una lunga sorsata di birra, sempre ridendo, Nash la mise giù per concentrarsi sul suo pollo. Dopo un attimo, però, lanciò un'occhiata a Cross, che la notò.

"Non pensavo che i poliziotti potessero avere la barba."

Cross si passò una mano sulla peluria facciale. "Perché? Non ti piace?"

"Non ho detto questo, cazzo."

"Il mio dipartimento lo permette, a patto che sia curata. Non tutti i dipartimenti lo fanno. Quindi, ti piace." Cross nascose il sorriso dietro un'altra forchettata di cibo.

"Sì."

Cross non riuscì più a trattenere il sorriso, così lo puntò verso il suo piatto, dicendo: "Mi hanno detto che ho la faccia da bambino; la barba mi fa sembrare più cazzuto."

Nash sbuffò. "Giusto."

"A differenza di quel cespuglio."

"Non ti piace?"

"Mi piace sentirlo contro le palle quando mi succhi l'uccello."

"Idem. Con quella roba intorno alla bocca, quando me lo succhi, mi ricorda una fica calda e bagnata."

Cross si strozzò, poi rise. "Continui a darmi motivi per provare la fica."

"Dammi retta, la fica è una seccatura."

"Con gli uomini è più facile?"

Nash perse il sorriso e bevve un lungo sorso di birra.

Rimasero seduti in silenzio per qualche minuto, riempiendosi la pancia di buon cibo asiatico e birra locale. Mentre si godeva il silenzio amichevole seduto accanto all'uomo, Cross voleva di più. Così, ingoiò un altro boccone di spaghetti di riso e chiese: "Dove andrai adesso?"

Nash si pulì la bocca con il dorso della mano, anche se aveva un tovagliolo appoggiato sulla coscia. "Torno a Shadow Valley."

"Intendevo in tournée."

"Dovresti saperlo, visto che hai sicuramente tenuto d'occhio il nostro sito web."

"Ho guardato solo per vedere dove avresti suonato ieri sera. Non mi sono preso il tempo di pianificare il mio percorso da stalker."

L'espressione di Nash si fece seria. "Solo un avvertimento: nella mia band c'è un omofobo. Quindi, se viene a sapere che sono bisessuale, potrebbero esserci dei problemi. Non possiamo permetterci di perderlo proprio ora che stiamo inserendo il nostro nuovo chitarrista. Sarebbe un'inculata pazzesca. Non è una buona idea seguirmi ai concerti. Abbiamo bisogno che la band sia solida per vedere se riusciamo ad attirare l'attenzione di una casa discografica."

Erano un sacco di parole per Nash. Cantare era una cosa, parlare un'altra. "È questo che vuoi?"

Nash sollevò una spalla e posò il piatto ormai vuoto sul pavimento. "Non lo so. Dipende da quello che ci offrono."

"Sarebbe una grande pressione," mormorò Cross.

Nash gli rivolse lo sguardo degli occhi nocciola. "Sì."

"La gente ti guarderebbe più da vicino che mai."

Le labbra di Nash si appiattirono. "Sì."

"Alla fine potresti essere scoperto."

Nash chiuse gli occhi e digrignò i denti. Voltò la testa prima di riaprire gli occhi, fissando attraverso la ringhiera di alluminio la fila di alberi dietro il motel.

"Ne varrebbe la pena?" chiese con cautela Cross.

"Per farsi scritturare?" Nash sbuffò un respiro. "Non lo so. Forse. È facile sostituire un batterista, credo. Non è altrettanto facile sostituire il mio club e la mia famiglia."

"Pensi che il club si farà dei problemi?"

"Non voglio scoprirlo. Loro sono la mia famiglia. Anche se ad alcuni non fregasse niente, ad altri potrebbe importare. La faccenda potrebbe diventare complicata. Non ho bisogno di questa seccatura."

"Lo capisco, credimi. Conosco un paio di ragazzi che erano o sono usciti allo scoperto, in altri dipartimenti, e hanno preso un sacco di mazzate. Non fisicamente, ma hanno comunque avuto dei fastidi. Gli altri agenti sono falsi come Giuda quando ti guardano in faccia, ma non appena ti giri ti massacrano. Mi preoccupo per loro, se dovessero mai avere bisogno di rinforzi. Tutti credono che le cose siano diverse, al giorno d'oggi. In realtà, non è cambiato niente: l'intolleranza è solo più nascosta. Come i tuoi fratelli, alcuni dei miei se ne fregherebbero, ma altri potrebbero avere dei problemi. E quei pochi che ne avrebbero potrebbero *causare* dei problemi. Voglio questa promozione. Ho lavorato sodo per ottenerla. Comporterebbe un bell'aumento di stipendio e di responsabilità. Non è giusto che io venga scartato per la persona con cui scelgo di passare il mio tempo fuori dal lavoro."

"Dici di scegliere, ma non è una cazzo di scelta. Almeno non per te. Io potrei scegliere di andare a donne. Ci sono state volte in cui l'ho fatto per non farmi notare." Nash strinse i denti. "La verità è che, dopo un po', nel profondo di me inizia un'inquietudine e ho bisogno di trovare qualcuno che la risolva."

"Allora non è una scelta nemmeno per te."

Nash lasciò cadere i piedi sul pavimento e si raddrizzò sulla sedia. "No, credo di no."

"Sentivi quell'inquietudine quando sei andato al Cockpit?"

"Ero lì per dare un'occhiata al chitarrista. Non ho mentito."

"Sentivi quell'inquietudine quando sei venuto a casa mia?"

Nash non rispose. Invece, afferrò lo spinello dal posacenere e appoggiò i piedi alla ringhiera prima di accenderlo, fare una boccata profonda, trattenere il fumo e infine soffiarlo via con un lungo respiro.

Cross guardò il fumo disperdersi nell'aria fresca della sera. Si portò la birra alle labbra e aspettò. Cominciava a imparare che, se rispettava i tempi di Nash, poteva ottenere una risposta alle sue domande. Non sempre, ma a volte.

Quella fu una di quelle volte.

Dopo un altro paio di tiri di canna, Nash disse: "Sentivo qualcosa, non so se fosse inquietudine."

Cross decise di non insistere ulteriormente sull'argomento, anche se avrebbe voluto approfondire. Non voleva far chiudere Nash chiedendo dei suoi sentimenti, cosa che non era normale per un maschio, soprattutto se era un poliziotto o un motociclista. Invece chiese: "I tuoi genitori lo sanno?"

La testa di Nash si girò verso di lui. "Cosa?"

"Che sei bi."

L'espressione dell'uomo divenne di cemento e lui si voltò di nuovo verso la ringhiera. "No."

"Hai paura a dirglielo?"

L'esitazione di Nash fu troppo lunga per i gusti di Cross, il che gli fece ribollire le viscere.

Le parole di Nash uscirono rigide come il suo aspetto. "No. Sono morti."

Porca miseria. Perdere entrambi i genitori doveva essere una tragedia. "Mi dispiace."

"Non c'è nulla di cui dispiacersi."

Aspettò che Nash chiudesse questa linea di conversazione, ma non lo fece, così Cross chiese: "Ti mancano?"

"No."

Interessante.

Dopo che la madre di Cross era morta di cancro al pancreas quando lui aveva dodici anni, gli era mancata terribilmente. Gli mancava ancora. "A me mancano i miei. Mio padre è ancora vivo, ma non vuole avere niente a che fare con me. Non è riuscito ad accettarmi così come sono, per cui..."

"Glielo hai detto?"

"Non gliel'ho detto, ma ho commesso un grave errore portando a casa un ragazzo durante le vacanze di Natale dall'accademia di polizia."

"Come faceva a sapere che quel tizio non era solo un amico?"

Cross era cresciuto pensando che suo padre fosse un uomo giusto e tollerante. Aveva imparato a sue spese che si era sbagliato. *Vivi e impara.* "Perché non l'ho presentato come un amico. Non avevo motivo di credere che mio padre non lo avrebbe accettato, dato che non l'avevo mai sentito parlare male della comunità LGBTQ. Non una parola. O lo nascondeva bene o era disposto ad accettarla, purché suo figlio non ne facesse parte. Soprattutto un figlio che stava seguendo le sue orme. Lo stavo rendendo orgoglioso frequentando l'accademia e diventando un agente di polizia. Ma dopo quel Natale, non sono stato altro che una vergogna e un disonore per il suo nome. Io e il mio... *amico* ce ne andammo neanche mezz'ora dopo essere arrivati lì. Da allora non ho più visto né parlato con mio padre. Ci ho provato, ma lui mi ha escluso completamente."

"È un fottuto stronzo," ringhiò Nash.

Forse. Ma ciò non aveva reso più facile a Cross perdere suo padre. L'uomo che Cross aveva ammirato per tutta la vita e che aveva voluto emulare si era rivelato una grande delusione. Era stato devastante scoprire ciò che suo padre provava per il fatto che suo figlio non era etero.

L'uomo aveva detto delle cose orribili, che Cross aveva cercato di cancellare dalla sua memoria. Ma non c'era riuscito; vi erano rimaste impresse per sempre.

Dopo averlo contattato più volte e non aver ricevuto risposta, si era arreso. Non aveva fratelli; i parenti di sua madre vivevano in California, quindi Cross li conosceva a malapena; e anche il fratello e la sorella di suo padre erano diventati distanti dopo quel Natale.

Questo significava che non aveva nessuno.

Nessuno tranne le sue forze dell'ordine e la confraternita del Blue Avengers MC. Per quel motivo, capiva come l'MC di Nash fosse diventato la sua "famiglia." Inoltre, non biasimava l'uomo per non volerseli alienare.

Vivi e impara.

Fratellanza.

I colori del DAMC erano impressi in maniera indelebile sulla schiena di Nash.

Tutti quei tatuaggi avevano un senso. Così come la mezza manica a tema musicale. Quello che Cross non aveva ancora capito era il significato del tatuaggio "Non mollare mai." Nash se l'era fatto per qualche motivo particolare?

"Non mollare mai," mormorò.

"Cosa?"

Cross scosse la testa. "Non dovremmo nasconderci."

Nash lo fissò per qualche secondo. "Non è vero. Io sono un motociclista. Un musicista. Tu sei un poliziotto e un poser. Non si può nascondere questa roba."

"Sai cosa voglio dire."

"Togliendo l'ovvio fatto che siamo entrambi uomini... Se tu fossi una donna, pensi che sarebbe più facile? Sei un fottuto porco. Io," Nash scosse la testa, "sono io. Ricordi come cazzo mi hanno trattato i tuoi cosiddetti fratelli? Pensi che mi avrebbero trattato con rispetto se tu fossi stato una puttana e un motociclista 'sporco' ti avesse scopato?"

Nash aveva ragione. Esisteva più di un fattore che avrebbe potuto creare problemi se fossero stati scoperti. Ce n'erano diversi.

Cross gli ricordò: "E anche i tuoi fratelli vorrebbero prendermi a calci in culo." Soprattutto l'Incredibile Bulk.

"Sì."

Già. Nash non aveva nemmeno provato a negare, perché sapeva che le cose stavano così.

"Abbiamo il fine settimana," gli ricordò Nash.

Giusto, avevano il fine settimana. "E poi?"

"Poi andiamo a casa e torniamo alle nostre vite reali."

"Pensa a quello che ti ho suggerito."

Nash aggrottò le sopracciglia. "Sul fatto di vedersi di nascosto?" Scosse la testa. "È un'idea di merda, Cross. In fondo lo sai anche tu."

"Potremmo trovare un posto dove incontrarci."

Nash lasciò cadere i piedi dalla ringhiera e si contorse sulla sedia. "Sembri un figlio di puttana disperato in questo momento, *piccolo*. Aspetti miracoli che non accadranno." Afferrò la bottiglia di birra e saltò in piedi.

Prima che potesse aprire la porta a vetri, Cross si alzò dalla sedia e bloccò la porta con un braccio. Nash si fermò bruscamente e alzò gli occhi socchiusi verso di lui.

"Prendi e porta a casa, Cross."

"Non mi basta."

"Cazzi tuoi."

"Hai paura."

"Certo che ho paura."

"Non solo di essere scoperto e rivelato."

Nash serrò la mascella e il suo sguardo scivolò sul punto in cui la mano di Cross era appoggiata al telaio della porta.

"Dimmi una cosa..." esordì Cross.

Gli occhi nocciola di Nash trafissero di nuovo i suoi. Sì, la paura che la situazione diventasse più seria di quanto entrambi potessero controllare gli colmava gli occhi.

"Qual è il tuo vero nome?"

"Non hai controllato quando mi hanno arrestato?"

"No. Non ne ho avuto l'occasione. Tutti ti chiamavano Nash, così ho pensato che quello fosse il tuo cognome."

"Lo è."

"Qual è il tuo nome di battesimo?"

"Che cazzo di importanza ha?"

Aveva importanza? Sì, cazzo. Era un pezzo di Nash che Cross voleva fare suo. "Per me ne ha."

"Perché?"

Se Cross avesse detto a Nash la verità, lo avrebbe spaventato, quindi non lo fece. Sollevò una spalla. "Conosci il mio." Era una scusa banale, ma l'unica che gli era venuta in mente su due piedi.

"Aiden."

Cazzo. Era la prima volta che Nash lo chiamava per nome. Nessuno lo usava più. Di solito i poliziotti si chiamavano per cognome. "Sì."

"Questo non cambia un cazzo."

"Hai ragione. Non cambia niente. Ma io te lo chiedo lo stesso. Me lo concedi?"

"No."

"Perché?"

"Perché se te lo concedo, questa merda diventerà fin troppo reale."

Ed ecco la verità, la paura. "E questo è un male."

"Sì, *Aiden*, è un fottuto male."

"Ma è *reale*, Nash. Tu vuoi ignorarlo, ma è reale. Ti sta

colpendo come un cazzotto in faccia, proprio come ha colpito me."

"Stai cercando di farlo passare per qualcosa che non è."

"Non lo è?"

"Vaffanculo."

"Anche a te, piccolo."

"Non chiamarmi così," ringhiò Nash, avvicinandosi fino ad avere il viso a pochi centimetri da quello di Cross.

"Allora dimmi il tuo nome," sussurrò Cross.

"Te lo concedo, ma non significa che puoi usarlo."

Erano in una situazione di stallo. Cross continuava a bloccare la porta con il braccio e Nash si rifiutava di cedere.

Ancora una volta, Cross aspettò.

"Stronzo dispotico," mormorò infine Nash, raddrizzandosi, ma senza allontanarsi.

La cosa strappò un sorriso a Cross, che scrollò le spalle. "Freddo ai piedi?"

Nash sbatté le palpebre per l'improvviso cambio di argomento. "No."

"Sei sicuro di non voler entrare?"

"Se non mi fai entrare, entro con la forza e ti porto con me. Poi ti piego su quella scrivania e ti scopo crudo."

Il sorriso di Cross si abbassò. "Crudo, cioè senza preservativo?"

"Sì."

"Non succederà."

"Mettetemi alla prova."

Il pensiero di Nash che lo prendeva a uccello nudo gli provocò un brivido lungo la schiena e un'ondata di calore.

Non aveva mai scopato senza preservativo. Mai.

Entrambe le parti coinvolte dovevano risultare negative a un test prima che Cross prendesse in considerazione l'idea. E

Cross avrebbe dovuto potersi fidare completamente del suo partner.

Nash e lui non erano ancora nemmeno vicini a quel punto. E forse non lo sarebbero mai stati.

Quindi, perché Nash facesse una minaccia simile...

Ma doveva essere solo una minaccia vana. Niente di più. Qualcosa per scuotere Cross e spingerlo ad allontanarsi dalla porta.

Cross lasciò ricadere la mano e liberò la strada di Nash. E, come era abituato a fare, aspettò.

Nash non lo deluse. Avvolse le dita intorno alla nuca di Cross e si chinò di nuovo verso di lui, questa volta con le labbra a un soffio dalle sue. "Graham."

Cross aveva tratto un respiro affannoso quando le dita fredde di Nash avevano toccato la sua pelle. E quando Nash aveva pronunciato il suo nome, Cross lo aveva aspirato.

Il suo cuore ebbe un sussulto. Quello che Nash gli aveva dato era piccolo, semplice, ma allo stesso tempo enorme.

Graham.

Graham Nash.

Aspetta. Cross ci aveva scherzato su quando si erano conosciuti. Ora capiva la reazione di Nash alla sua battuta. "I tuoi genitori ti hanno chiamato Graham?"

"Erano degli stronzi."

Le labbra di Cross si strinsero. "È un nome fantastico per un musicista."

Nash levò gli occhi al cielo. "Ora sei tu che fai lo stronzo."

Cross strinse le labbra, cercando di non ridere. "Immagino che non ti piaccia."

"Non lo uso da vent'anni."

"Scommetto che non potrai usarlo se firmerai con una casa discografica."

"Probabilmente no. Ma non ho intenzione di piangere per questo."

"Potresti fare come Prince e usare un solo nome."

"Oppure potresti chiudere quella cazzo di bocca e baciarmi."

"Oppure potrei chiudere quella cazzo di bocca e baciarti." Il sorriso di Cross fu soffocato quando Nash schiacciò le labbra contro le sue, spingendolo contro la porta a vetri e facendo scivolare un ginocchio tra le sue cosce.

Non passò molto tempo prima che entrambi avessero un'erezione e il fiato corto.

Non interruppero il bacio e Nash allungò le mani oltre le spalle di Cross, fece scorrere la porta e lo costrinse a indietreggiare fino a quando non furono dentro. Aveva ancora una mano intorno al collo di Cross mentre chiudeva la porta scorrevole, tagliando fuori l'aria fredda.

Cross girò la testa per porre fine al bacio, e Nash continuò a sostenerlo finché le sue gambe non toccarono il materasso. Dopo essere caduto all'indietro sul letto, Cross si alzò sui gomiti e disse: "Pensavo che mi volessi sopra la scrivania."

Nash si trovava tra le ginocchia divaricate di Cross e gli stava slacciando la cintura, con gli occhi scuri e fissi nei suoi. Il suono dell'ingombrante fibbia della cintura che tintinnava, il ringhio sommesso della cerniera abbassata, il sussurro dei jeans di Nash che venivano spinti giù per le sue gambe, tutto ciò fece affluire il sangue di Cross non solo alle orecchie, ma anche al suo uccello, facendolo flettere nei jeans.

Questo significa che era ancora vestito quando non avrebbe dovuto esserlo.

Mentre Cross faceva per sbottonarsi i jeans, Nash lo fermò. "Faccio io."

Cross alzò le mani in segno di resa e si appoggiò sui gomiti per guardare Nash che finiva di spogliarsi.

Non mollare mai.

Aveva bisogno di sapere cosa significava quel tatuaggio. Temeva che, se lo avesse chiesto, Nash gli avrebbe raccontato qualche cazzata. L'avrebbe scoperto se avesse avuto pazienza e avesse aspettato.

"Via gli stivali."

L'attenzione di Cross tornò a Nash, che si stava accarezzando l'erezione.

"Non era un suggerimento, *Aiden.*"

Cross si spinse a sedere e si chinò per slacciarsi gli stivali. Li tolse insieme ai calzini, gettandoli via.

"Alzati."

L'uccello di Cross gocciolava nei boxer. Ma lui tenne la bocca chiusa e obbedì.

"Togliti quella cazzo di felpa e dammela."

Voleva distruggerla?

Cross si sfilò la felpa senza aprirla e la tese. Nash gliela strappò di mano e, dopo essersi accarezzato l'uccello un altro paio di volte, si pulì dal liquido seminale sulla scritta *Dipartimento di Polizia.*

"Cristo," sussurrò Cross.

"Cosa?"

Cross scosse la testa.

"Mi sembrava che avessi detto qualcosa. Girati."

Il respiro di Cross si fece più veloce. Il suo uccello premeva dolorosamente contro la cerniera.

"Girati."

Con un leggero cenno del capo, fece ciò che gli era stato richiesto.

"Mani dietro la schiena."

Cross aprì la bocca per chiedersi cosa diavolo avesse in

mente Nash, ma la chiuse di scatto quando Nash ripeté con più fermezza: "Mani dietro la schiena."

Okay, ma che cazzo?

"Non ti piace che qualcuno ti comandi a bacchetta come se fossi un criminale? È uno schifo, vero? Non verrai trattato come me, però. Tieni i polsi così."

Un brivido di preoccupazione attraversò Cross quando Nash usò la felpa per legargli le braccia. Non era certo un paio di manette, quindi non era stretta nemmeno dopo che Nash ebbe annodato il tessuto e Cross sapeva che avrebbe potuto facilmente liberarsi o addirittura sfilare le mani dal cotone legato. Ma non era il fatto che Nash cercava di impedirgli di scappare; l'uomo si aspettava che Cross *volesse* rimanere legato.

Nash frugò nella tasca posteriore di Cross, tirò fuori il portafogli con il distintivo e lo buttò sul letto. Poi Nash si allungò a sbottonargli e aprirgli i jeans. Nash li abbassò fino alle ginocchia di Cross.

Cazzo, anche lui era ostacolato dai jeans.

Anche in quel caso, se Cross lo avesse davvero voluto, avrebbe potuto liberarsi. A differenza di quando, quel giorno, Nash era stato ammanettato e gettato sul sedile posteriore di una delle volanti del dipartimento. Ma Cross non voleva liberarsi. Voleva vedere come sarebbe andata a finire, anche se non gli piaceva rinunciare al controllo in quel modo. Ma d'altronde, non era piaciuto nemmeno a Nash.

Dare e ricevere.

Nash gli allargò con un calcio i piedi fino a dove potevano arrivare, anche se erano legati dai jeans, che ora erano raccolti attorno alle caviglie.

Poi perse il fiato quando Nash mise una mano in cima alla schiena di Cross e lo spinse in avanti.

"Dovrei portarti alla scrivania."

Prima che lui potesse rispondere, Nash lo tirò su con una mano sulla spalla e lo fece girare, facendolo avanzare fino a portarlo davanti alla scrivania, che aveva un grande specchio sopra di sé.

Cross colse il riflesso di loro due. Nash nudo, con un'espressione indecifrabile, in piedi dietro di lui. Un rossore sul suo stesso viso. Poi non vide più nulla mentre Nash lo spingeva verso il basso, finché la sua guancia destra non fu premuta contro la superficie fredda.

"Apriti il culo."

Cross allungò le dita, scoprendo che riusciva a raggiungere le natiche. Afferrò la propria carne e fece come gli era stato detto, esponendosi.

Aspettò che Nash si allontanasse. Che prendesse il preservativo e il lubrificante. Ma non lo fece.

"Nash..." Cross cercò di alzarsi, ma l'altro lo spinse di nuovo a terra.

"Continua a tenerti aperto. Voglio vedere cosa mi offri."

"Non ti offrirò un cazzo se non prendi un preservativo."

Nash ignorò la richiesta di Cross. Invece, sputò sul buco di Cross, poi sul suo palmo.

Il cuore di Cross cominciò a battere così forte da rimbombargli nelle orecchie. "Non solo con lo sputo." *Per favore, cazzo.*

Il palmo della mano di Nash al centro della schiena lo teneva inchiodato alla scrivania. "Credevo che ti piacesse la violenza."

Cross avrebbe potuto liberarsi se ne avesse avuto bisogno, ma facendolo avrebbe potuto scatenare un litigio che non voleva iniziare. Perché Nash stava facendo questo? "Non solo con lo sputo, Nash. *Cazzo.*"

Lo sputo poteva essere usato in caso di necessità, ma

avevano parecchio lubrificante a disposizione e Cross non era mai stato preso solo con la saliva.

"Non muoverti," ringhiò Nash, liberandolo.

Se Cross non fosse stato già disteso sulla scrivania, sarebbe crollato quando le sue ginocchia si piegarono per il sollievo. Le bloccò di nuovo quando sentì tornare Nash.

Poi sentì lo strappo dell'involucro e il tappo del lubrificante.

Meno male, cazzo.

Si stava ancora tenendo aperto quando il lubrificante fresco gli colò lungo la piega. Nash gettò il tubetto di lubrificante sulla scrivania, proprio accanto al viso di Cross. Poi sentì la voce dell'uomo nell'orecchio. "Mi avresti fermato?"

Era un cazzo di test?

Ma, cazzo, onestamente, Cross non lo sapeva. Non sapeva se, nel caso fossero arrivati alla resa dei conti, lui avrebbe impedito a Nash non solo di scoparlo a uccello nudo, ma anche senza lubrificante.

Voleva così tanto Nash?

Era diventato fottutamente stupido per quell'uomo?

Aveva perso il senso della ragione?

No.

No, era un cazzo di poliziotto e doveva mantenere il suo senso della ragione in ogni cosa.

Anche Nash.

Per quanto desiderasse quell'uomo, per quanto volesse che tutto ciò continuasse anche dopo domenica, quando sarebbero usciti da quella stanza e tornati a casa, doveva tenere la testa a posto.

Così, rispose a Nash con sincerità. "Sì, ti avrei fermato."

"Voglio scoparti senza goldone."

"Sai bene cosa ci vorrebbe. Potremmo pensarci in futuro..." Cross lasciò la frase in sospeso e aspettò.

Infine, Nash si raddrizzò e Cross sentì la pressione del suo uccello sulla sua entrata ormai lubrificata.

"Sì... Vedremo," brontolò Nash, prima di penetrarlo.

Ci stava davvero pensando?

Di sicuro Cross ci sperava, cazzo.

Capitolo Sedici

Nash girò la testa sul cuscino e guardò l'ora. Era molto prima di quando si svegliava di solito e anche Cross stava ancora dormendo. Ma doveva tornare. Quel giorno il club aveva una corsa e poi una porchettata. Ci si aspettava che lui si presentasse a entrambi gli eventi.

Non che gli dispiacesse. Trascorrere quattro ore in formazione con i suoi fratelli cavalcando per la campagna era una grande esperienza per rafforzare il legame. E gli faceva provare un senso di appartenenza.

E lui apparteneva. A qualcosa di grande.

E non voleva mandare tutto a puttane.

L'uomo sdraiato accanto a lui avrebbe potuto mandare tutto a puttane.

Non sapeva perché la sera prima avesse forzato la mano a Cross, portandolo alla scrivania e fingendo di volerselo scopare con violenza e senza goldone. Non lo avrebbe fatto davvero. Ma aveva sentito uno strano bisogno di vedere quanto Cross lo desiderasse.

Quanto l'uomo gli avrebbe dato prima di dire di no.

Era stato stupido e se ne era pentito, ma Cross aveva lasciato cadere l'intera faccenda.

Aveva accennato a farlo in futuro.

Il futuro.

Perché quell'uomo era così determinato a continuare?

Era imprudente.

Nash si passò una mano sugli occhi. Sapeva perché Cross continuava a insistere.

Nash si sentiva allo stesso modo. Ma faceva del suo meglio per ignorarlo.

Era stato difficile farlo quando si guardava allo specchio mentre scopava Cross sulla scrivania. Anche se il poliziotto avrebbe potuto facilmente scappare, era rimasto legato solo perché lui lo voleva.

Lo aveva fatto per lui.

Guardarli scopare allo specchio era stato difficile in più di un senso.

Pur non avendo dubbi sul fatto di essere bisessuale e che gli piaceva scopare con gli uomini, Nash non si era mai davvero guardato mentre lo faceva. Come in quello specchio.

Quel momento lo aveva colpito duramente. Guardare lo rendeva reale.

Tutto era diventato troppo reale.

E non era solo perché stava scopando con un uomo. Era perché si stava scopando Cross.

E non perché Cross era un poliziotto. Era perché avevano un legame assurdo che Nash non riusciva a capire. Di cui non riusciva a capacitarsi.

Dopo essere venuto, si era fissato a lungo in quello specchio con Cross ancora piegato sulla scrivania.

Non aveva nascosto la sua espressione, perché l'uomo non stava guardando. Ma lui l'aveva vista.

La paura. I suoi occhi, il suo volto erano impauriti. Aveva paura.

Un sacco di fottuta paura.

Nash aveva slegato la felpa dalle mani di Cross e lo aveva aiutato ad alzarsi mentre erano ancora uniti. Non solo intimamente, ma pelle a pelle.

Ma allora l'aveva vista. La paura che li inghiottiva entrambi.

Quella di Nash derivava dal desiderio di Cross che le cose fra loro continuassero.

Quella di Cross derivava al fatto che Nash voleva che finissero.

Ma, cazzo, lui non voleva che finissero.

All'inizio, aveva pensato di poter mandare a quel paese Cross e andarsene come aveva fatto tante altre volte nella sua vita.

Ma da quando andava a letto con lui gli rendeva difficile lasciare Cross nella polvere.

Che prendessero ciascuno la propria strada.

Per non vedersi mai più.

Nash si passò una mano sul petto per il dolore crescente.

Girò la testa per guardare Cross che dormiva supino, con un braccio piegato buttato sopra la testa, le lenzuola che lo coprivano a malapena.

Notò due cose importanti. Due cose che si scontravano. I colori dei Blue Avengers tatuati sul braccio di Cross. E la collana che Nash gli aveva regalato. L'unica volta che l'uomo l'aveva tolta da quando lui gliel'aveva regalata qualche sera prima era stato quando era sotto la doccia.

Anche ora Cross aveva il ciondolo tra le sue dita piegate. Lo toccava spesso. Lo sfiorava con le dita o lo teneva in mano, ma si fermava non appena Nash se ne accorgeva.

Cross voleva troppo da lui.

Voleva tutto. Ma non potevano darsi tutto l'un l'altro.

Era impossibile.

Questa stanza conteneva una fantasia, non una realtà.

Presto sarebbero tornati alla realtà.

Nash si rotolò verso Cross, gli passò le labbra sulla bocca e sussurrò: "Ehi."

Gli occhi azzurri si aprirono. "Ehi."

"Presto dovremo andare. O almeno io. Tu puoi restare. La stanza è pagata fino alle undici."

Cross sbadigliò e allungò entrambe le braccia sopra la testa, inarcando la schiena dal materasso. "Ma ho un problema." Afferrò il durello mattutino che sollevava il lenzuolo.

Non era l'unico ad avercelo duro. "Sì, anch'io. Ma devo mettermi in viaggio presto. È un lungo viaggio verso nord e devo essere in chiesa in tempo."

"Sembra un matrimonio," scherzò Cross.

"Meno male che non lo è, cazzo. Ci sono stati troppi matrimoni nel nostro club negli ultimi anni. Tutti si sono fatti legare e mettere incinte."

"Tranne te."

Tranne lui. "Io e altri ritardatari."

"Il club ce l'hai nel sangue."

"Sì."

"Non ci rinunceresti mai."

"Cazzo, no."

Nash lo fissò. Dove voleva arrivare?

"Nemmeno se la tua carriera musicale decollasse."

"No."

"Nemmeno se incontrassi la persona giusta."

"Nemmeno allora." Nash lo guardò dritto negli occhi e gli chiese: "Tu rinunceresti alla tua carriera per la persona giusta?"

"No."

Nash annuì e rotolò sulla schiena. Fu il turno di Cross di rotolare verso di lui, con il viso che bloccava la vista di Nash sul soffitto.

"Non ti chiederei mai di rinunciare alla tua carriera musicale o alla tua fratellanza, Nash. Così come non mi aspetterei che qualcuno mi chiedesse di rinunciare a quello che sono, cioè un poliziotto. Che ti piaccia o no, io sono così."

"Che ti piaccia o no, cazzo, essere DAMC è ciò che sono."

"Lo rispetto."

"Davvero?"

"Sì. Ma sono sicuro di rispettarlo più di quanto tu rispetti il fatto che io sono un poliziotto."

"Volevi una cosa, l'hai cercata e l'hai ottenuta. Bisogna rispettarlo."

"Peccato che tu non rispetti quella cosa."

"Mi biasimi?"

"No. Non siamo tutti cattivi."

"Non siete tutti buoni," gli ricordò Nash.

A sua volta, Cross gli ricordò: "Nemmeno gli MC lo sono."

"Sì."

"Axel Jamison ha legami con il vostro club. Sua moglie. La sua famiglia. Come lo trattano?"

"Dipende da persona a persona. Ma non è quello il nostro unico problema, Cross, lo sai benissimo. E, come ti ho già spiegato, il nonno di Axel era uno dei fondatori del DAMC. Sua moglie è nata e cresciuta nel DAMC. Suo fratello è presidente. È roba che pesa, cazzo."

"Per questo gli viene dato un lasciapassare."

"Con riluttanza, ma sì, è così. Io non ho legami di sangue con il club e nemmeno tu. E sei fottutamente gay. Un poliziotto gay. Non potevo scegliere di peggio nemmeno volendo."

"Quando ti ho visto per la prima volta al Cockpit, ho pensato che fossi uno spirito libero. Che vivessi la tua vita come volevi, fregandotene di tutto. Ero invidioso, ma ora so che mi sbagliavo. Il mio istinto era completamente fuori strada. Tu non sei libero. Sei incatenato come tutti noi."

Sei incatenato come tutti noi.

Quanto cazzo era vero. La libertà di Nash arrivava solo fino a un certo punto, poi la catena lo costringeva a tornare indietro.

Perché, sangue o no, nascita o no, quel cazzo di club era tutto per lui. Quando non aveva nulla, loro lo avevano accolto e gli avevano dato tutto ciò di cui aveva bisogno.

Ma anche quel *tutto* aveva dei limiti. E lui stava fissando gli occhi azzurri di uno di quelli grossi.

"Se partiamo adesso, avremo il tempo di fermarci da qualche parte per fare colazione?"

Cross era bravo in quello, a cambiare argomento. A tenere Nash sulle spine. Ad abbandonare le conversazioni quando diventavano troppo pesanti.

Come in quel momento.

Ma aveva anche un modo per tornare indietro e ottenere le risposte che voleva, se aspettava abbastanza a lungo.

"Sì, se partiamo presto potremo fermarci."

Cross sorrise, depose un rapido bacio sulle labbra di Nash, si allontanò e scese dal letto.

Tuttavia, guardando il culo nudo dell'uomo mentre si chinava per raccogliere i vestiti, Nash ebbe voglia di trascinarlo a letto e mandare affanculo la colazione.

Si abbassò e si strizzò delicatamente le palle doloranti prima di alzarsi a malincuore dal letto.

"Arrivati al confine di Shadow Valley, dovremo separarci. Capito?"

Senza fermarsi mentre si rivestiva, Cross disse: "Capito. È una buona idea."

Sì, era una buona idea.

Ma faceva comunque schifo.

Erano quasi arrivati.

Erano all'incrocio dove era previsto che Nash svoltasse a sinistra e Cross a destra.

Allo stop, Nash imprecò mentre poggiava gli stivali sul marciapiede e Cross si avvicinava a lui con slitta.

Cross sollevò la visiera. "Okay, adesso va–"

Si interruppe quando notò cosa stava fissando Nash. Non cosa, ma chi. Nash era sicuro di avere un'espressione sofferente sul volto, che si affrettò a cancellare quando le due moto si avvicinarono da destra.

"Hai perso il tuo cazzo di chiodo?" gli urlò Dawg per sovrastare il rumore dei tubi di scappamento dritti mentre si fermava.

Nash alzò il mento verso di lui e poi verso Crow. "Ce l'ho nella bisaccia."

"Perché cazzo non lo indossi?" chiese con un ringhio. Dawg

"Non volevo attirare l'attenzione dei porci o dei Deadly Demons. Dovevo attraversare il loro territorio."

"Non siamo nel loro territorio ora," disse Crow, con l'espressione neutra ma gli occhi quasi neri molto attenti.

No, non lo erano, cazzo.

"Entra in quel parcheggio e mettilo," ordinò Dawg. "Se

qualcuno del comitato esecutivo ti vede, dovrai dare delle spiegazioni."

Cazzo.

Crow e Dawg entrarono nel parcheggio. Nash li guardò andare via, poi il suo sguardo scivolò su Cross.

"Ci hanno beccati?"

Nash scosse la testa. "Mi inventerò qualcosa. Basta che ti levi dalle palle."

"Ti chiamo io."

Nash non rispose, ma guardò Cross che abbassava la visiera e se ne andava, dirigendosi nella direzione da cui erano venuti Dawg e Crow.

Nash mise la slitta in marcia, entrò nel parcheggio, abbassò il cavalletto e spense la moto.

Crow e Dawg erano entrambi seduti sulle loro slitte ormai silenziose. Lo stavano fissando.

Lo sapevano, cazzo? Era ovvio che aveva fatto sesso con Cross per tutto il fine settimana?

Ce l'aveva scritto in fronte?

Nash si tolse gli occhialoni dal viso e li appese al manubrio prima di allungarsi verso la bisaccia.

"Chi era?" chiese Dawg.

"Un amico che ho conosciuto a un concerto."

"Ha una slitta da paura. Vuole candidarsi?" chiese Crow.

Nash strinse le labbra mentre frugava nella bisaccia laterale e tirava fuori il suo chiodo. Se lo buttò sopra i due strati di maglie termiche, poi finalmente si voltò verso i due. "Ne dubito."

"È di qui?"

"Non ne sono sicuro. Non gli ho chiesto dove abitava. Non avevamo un appuntamento o che."

Dawg abbaiò una risata e premette il pulsante di accensione della sua Harley, facendola rombare. "Sei sicuro?

Pensavo che tu, Crash e Rig vi segaste regolarmente a vicenda. Dai, dobbiamo andare in chiesa."

Dawg partì e Nash montò sulla sua slitta, aspettando che anche Crow partisse. Non lo fece.

Rimase lì seduto, così Nash, volendo rompere lo sgradevole silenzio, chiese: "Dov'è Jazz?"

"Ci aspetta lì. Forse rimarrà in chiesa a badare ai bambini, così alcune delle vecchie potranno partecipare alla corsa." Crow rimase fermo a fissarlo. Più a lungo lo faceva, più i peli sulla nuca di Nash si rizzavano. "Quel tipo aveva un'aria familiare."

Il cuore di Nash cominciò a battere forte.

"Anche indossando un secchio per il cervello, non è stato difficile ricordarsi di lui. Vuoi sapere perché?"

"L'hai visto parlare con Axel all'ultima porchettata?"

Le sopracciglia di Crow si sollevarono per la sorpresa. "No."

Cazzo.

Crow si appoggiò le mani sulle cosce e lanciò a Nash un'occhiata severa. "Perché un sacco di gente viene nel mio studio. Vogliono il miglior imbrattapelli della zona."

Che era Crow, senza ombra di dubbio.

"Non mi importa cosa o chi sono. Mi fanno fare soldi e li fanno fare al club. Per questo motivo, raramente rifiuto il lavoro. Ma c'è una categoria di clienti che entra dalla mia porta che io non dimentico. Soprattutto quando vuole un certo tipo di inchiostro. Così, quando un poliziotto entra e vuole che un motociclista gli faccia un tatuaggio, io me lo segno," Crow si picchiettò sulla tempia, "e non me lo dimentico, cazzo."

Ora, non solo il cuore di Nash batteva forte, ma aveva un nodo alla gola. "Pensi che sia un poliziotto?"

Gli occhi scuri di Crow si restrinsero su di lui. "Pensi che io sia un coglione?"

"No."

"Non indossavi i colori, non perché avevi paura di attirare l'attenzione di qualche porco, ma perché eri con uno di loro. Giusto?"

"L'ho conosciuto al concerto."

"Il tuo concerto è stato un paio di sere fa. Jazz dice–"

"Cazzo," gemette Nash, strusciando sulla fronte la bandana che aveva avvolto intorno alla testa. "Cazzo."

Crow ignorò il suo sfogo e continuò: "Jazz dice che c'è qualcosa di inquieto in te. Lei lo vede. Ora lo vedo anch'io. Vuoi rinunciare ai colori? È per questo che nascondi il tuo chiodo e frequenti un porco?"

"No. Cazzo, no. Non voglio rinunciare a niente, Crow. Non hai capito un cazzo."

"Fammi capire bene."

Nash si guardò alle spalle nella direzione in cui andava Dawg, cioè verso la chiesa. "Dobbiamo andare."

"Non andiamo da nessuna parte finché non mi dici che cazzo sta succedendo."

Nash si voltò a guardare Crow, i cui occhi scuri erano intensamente concentrati su di lui.

"Perché cazzo giri con la polizia? Devo avvertire Z?"

"No. Non è niente. L'ho incontrato e abbiamo fatto amicizia, tutto qui."

Crow inclinò la testa e la lunga treccia nera cadde di lato. I capelli dell'uomo gli arrivavano quasi alla vita. "Penso che sia qualcosa di più."

"Ma che cazzo dici?"

"Quello che ho detto. Hawk ci ha raccontato cosa ha detto quell'ex-aspirante di merda. Doveva darci un motivo per cui a quello stronzo sono stati tolti i colori. Era vero? C'era un porco di sopra in chiesa?"

Crow non aveva chiesto se Nash aveva portato un "uomo" al piano di sopra, ma un "porco."

"Ti preoccupa di più che io abbia un poliziotto in camera mia che un uomo?"

"Mi preoccupa di più avere una volpe nel pollaio. Non me ne frega un cazzo di chi ti scopi, basta che non sia un poliziotto."

"E se lo fosse?"

"So che lo è. Ti ho appena detto che gli ho fatto io quel tatuaggio sul braccio destro. Credi che non sappia che razza di MC è quello? Credi che non sappia che Axel e Mitch portano gli stessi colori?" Crow scosse la testa. "Porca troia, Nash. In che merda ti sei ficcato?"

"Non è niente."

"Non so a chi stai mentendo. Se a me o a te stesso."

In verità? A entrambi.

"Fratello, non mi interessa se ti piace scopare gli uomini. Contento tu, contenti tutti. Fai parte di questo club da un sacco tempo, cazzo. Quasi quanto me. Sei di famiglia. Non si butta via la famiglia perché le piace," Crow scosse la testa, "quello che le piace. Non lo capisco, ma non sta a me capirlo. Ma questo è l'ultimo dei tuoi problemi quando si tratta di farti quel tipo." Crow accennò con il pollice alla direzione che aveva preso Cross. "Scommetto che non c'è giorno in cui D non pensa di stringere le dita attorno alla gola di Axel e farlo fuori. È costretto a tollerarlo e questo gli fa rodere il culo. Non sarà costretto a tollerare un estraneo. Non per te. Non per nessuno. Mi hai capito?"

"Sì."

"Meglio che sia davvero niente, come hai detto tu."

Nash annuì, con lo stomaco in subbuglio. "Non è niente. Un errore che non si ripeterà."

Crow gli fece un cenno. "Dobbiamo andare." Dette un calcio alla slitta e chiese: "Dawg ha ragione? Ti seghi con Crash e Rig?"

Nash scosse la testa, sorridendo. "No. Gli verrebbe un complesso se paragonassero i loro cazzi ai miei."

Crow scoppiò a ridere e schiacciò l'acceleratore, uscendo dal parcheggio.

Poco dopo, Nash fece lo stesso. Solo che non rideva.

Capitolo Diciassette

Erano seduti intorno al lungo tavolo, quello con le loro insegne scolpite al centro. Il simbolo che li rappresentava tutti.

Come presidente, Zak sedeva a capotavola; Hawk, il vicepresidente, alla sua destra; Diesel, in quanto sergente, alla sua sinistra. Ace, Dex e Jag occupavano gli altri posti. Nash si trovava all'altra estremità del tavolo, più vicino alla porta, di fronte al comitato esecutivo.

Gli occhi di Nash si fissarono su Dex, cercando di decifrarlo. Si era scoperto che suo fratello era un pervertito figlio di puttana a cui piaceva che la sua donna lo dominasse durante il sesso. Poteva essere il suo unico alleato nella stanza. Tuttavia, il volto di Dex non gli diceva nulla.

Non gli avevano detto perché era stato convocato alla riunione del comitato. Ma Nash aveva una buona idea del perché. Come Crow, anche gli altri fratelli non erano stupidi.

Gli venne la pelle d'oca mentre immaginava un coltello che gli tagliava via i colori dalla schiena.

"Ho bisogno che tu esca dalla chiesa," esordì Z.

Cazzo. Gli stavano voltando le spalle? Non solo allontanandolo dalla chiesa, ma anche dal club?

"Hai una cazzo di casa in perfetto stato che se ne sta vuota nel complesso." Zak batté le nocche sul tavolo. "Abbiamo ammesso degli aspiranti che devono trasferirsi al piano di sopra. Abbiamo bisogno di spazio."

Stronzate.

La maggior parte dei membri del gruppo teneva una stanza al piano di sopra solo per schiantarsi sul letto quando erano ubriachi, ma perlopiù andavano tutti a casa dopo le corse, le feste o altro. Nash era l'unico che aveva una casa nel complesso e non ci andava mai. Per lui, casa era ancora al piano di sopra.

Nash osservò il volto del presidente. "Ci sono molte stanze vuote lassù. Nessuno di voi usa più le sue stanze. Io uso la mia."

"Stai discutendo con il tuo presidente?" sbraitò D, appoggiando le nocche sul tavolo e sporgendosi in avanti.

"No."

"Mi pareva."

Nash ignorò Diesel, anche se era difficile ignorarlo. Mantenne lo sguardo fisso su quello di Z. "Qual è il vero motivo?"

Se era quello che pensava che fosse, forse era meglio uscire allo scoperto e farla finita.

"È ora che tu te ne vada dalla chiesa," ripeté Hawk. "Il problema che abbiamo avuto con quell'aspirante ci dice che hai bisogno di più privacy di quella che hai qui."

Nash scosse la testa. "Tutto questo per via delle cazzate di quell'aspirante?"

"Erano davvero cazzate?" chiese Zak con un sopracciglio inarcato. "Stai dicendo che ha mentito?"

Nash non era sicuro di come avrebbe potuto guardare

negli occhi quegli uomini, quei motociclisti, i suoi fratelli, e dire loro che l'aspirante non aveva mentito, ma che quello che c'era tra lui e Cross era solo sesso. Quella confessione, anzi, quella bugia vera e propria, li avrebbe portati a considerarlo meno di un uomo?

Se avesse confessato di essere bisessuale... Lo avrebbero guardato in modo diverso? Lo avrebbero trattato in modo diverso? O peggio, gli avrebbero tolto i colori?

Avrebbe potuto dire che l'aspirante mentiva, visto che lo stronzo se n'era andato da un bel po'; peccato che quello non fosse l'unico a "sapere." Axel aveva visto Cross in chiesa quella sera e gli aveva anche parlato. Nash pensava che Hawk avesse dei sospetti. Non era sicuro di cosa pensasse Linc. E poi c'erano le inaspettate parole di saggezza di Grizz.

Non solo, ma Crow sapeva che c'era qualcosa in ballo. E anche Dawg avrebbe potuto intuirlo.

Tutto perché Nash aveva incontrato un poliziotto del cazzo in un bar gay fuori Pittsburgh. E non era riuscito a resistere a quel poliziotto del cazzo.

Ciò che aveva faticosamente tenuto nascosto ai suoi fratelli stava venendo a galla.

Ma poteva fidarsi di tutti i presenti in quella stanza, no? E anche del resto dei suoi fratelli che non erano lì?

L'idea di rivelare la verità continuava a spaventarlo a morte.

Intorno al tavolo, tutti gli occhi erano puntati su di lui, in attesa. Una tecnica che Cross aveva usato fin troppe volte su di lui.

"Non ha mentito."

A Nash non sfuggì lo scambio di occhiate tra Jag e Dex, o quello tra il vicepresidente e il presidente.

Non gli sfuggì nemmeno che Ace fissava preoccupato suo figlio Diesel dall'altra parte del tavolo. Questo perché le dita spesse di Diesel si erano strette a pugno sul piano del tavolo e la sua espressione era diventata...

Spaventosa, cazzo.

"È quel porco di merda che ho beccato a parlare con Axel?"

Nash aprì la bocca, ma ne uscì solo aria.

"Hai portato quel porco di merda dentro la nostra chiesa e di sopra?"

Non l'aveva fatto, no. Cross si era intrufolato lì da solo, cazzo. Ma Nash non aveva intenzione di spaccare il capello in quattro con l'omone. Non aveva cacciato Cross a calci nel culo, come sarebbe stato suo dovere fare.

"Giurerei di averti visto che te lo facevi succhiare da Mini quella sera," disse a bassa voce Jag, fissando lo stemma inciso al centro del tavolo.

"Sì," fu l'unica risposta di Nash.

"Siete solo amici o qualcosa del genere?" Jag sollevò lo sguardo in quello di Nash.

Tra tutti, Diesel compreso, Jag avrebbe potuto essere il più difficile da affrontare. Jag avrebbe potuto ripensare a quando aveva portato Nash a Shadow Valley per la prima volta e ricordare come Nash si era comportato con lui.

Completamente, totalmente infatuato, cazzo.

E rimpiangendo che anche Jag non oscillasse in entrambe le direzioni. Non era così e, una volta che Nash ne aveva preso atto, aveva lasciato perdere. Ma c'era voluto un po'.

Tuttavia, non l'aveva mai detto a Jag. E Jag non l'aveva mai immaginato.

Ora avrebbe potuto farlo.

Tuttavia, Nash decise di dirgli la verità. Se c'era qualcuno che la meritava, era l'uomo che lo aveva aiutato a trovare una casa e una famiglia. "No."

Un'espressione di sorpresa attraversò il volto di Jag prima che potesse nasconderla.

Nash lasciò scorrere lo sguardo attorno al tavolo, per valutare le reazioni degli altri.

"Hai cambiato sponda, eh, figliolo?" chiese Ace, grattandosi il mento barbuto. "È una novità?"

Certo. Un giorno Nash si era stufato della fica e aveva deciso di provare il cazzo.

Ma non poteva dire una cosa del genere e Ace non meritava il sarcasmo. Gli altri stavano solo cercando di capire cosa diavolo stesse succedendo. Nash non li biasimava. Se ci fosse stato lui seduto a quel tavolo, avrebbe voluto sapere la stessa cosa.

"Non è una novità. Sono sempre stato così."

"Sempre?" chiese Jag.

Nash incontrò il suo sguardo e annuì. "Sempre."

Jag si passò una mano sui capelli. "Ah."

Nash doveva farla finita con quella storiella del cazzo. Si sentiva come un condannato a morte incamminato verso la sedia elettrica. Riportò l'attenzione su Zak. "Allora? E adesso? Volevi che uscissi dalla chiesa e andassi a casa mia. Ma ora sai..." Esitò, poi concluse: "Quello. Mi toglierai i colori?"

"Abbiamo capito tutto quando è saltato fuori il problema con quell'aspirante," gli disse Zak. "Non è un problema se prendi il cazzo. Il problema è che tu prendi un cazzo attaccato a un distintivo."

Forse per Zak non era un problema che lui fosse bisessuale, ma Nash si chiedeva cosa pensassero gli altri. Non che avesse intenzione di domandarlo. Non se ne parlava proprio, cazzo. Non voleva prolungare quella conversazione in nessun cazzo di modo.

"È per questo che devi trasferirti fuori dalla chiesa, Nash.

Penso sia meglio. in questo modo avrai più privacy per fare... qualunque cosa con chiunque. Ma–"

Diesel si sporse in avanti, interrompendo Z. "Nessun porco si intrufolerà nel complesso per prendere il cazzo. Nessun porco vivrà nel complesso perché gli piace *il tuo* cazzo. Finché è un porco con il distintivo, non è il benvenuto qui, cazzo. Se hai bisogno di cazzo, cercalo altrove."

Il re aveva parlato. Lunga vita al fottuto re.

"Non si può andare a letto con il nemico, Nash," disse Ace, appoggiando Diesel.

"Non si può scopare con un porco, che abbia il cazzo o la fica, ed essere leali al resto di noi. Non puoi essere fedele ai colori che hai sulla schiena o a qualcuno dei tuoi fratelli," aggiunse Diesel scuotendo la testa. "Devi essere fuori di testa, cazzo."

Z giunse le dita davanti al viso e fissò il tavolo. Poi batté di nuovo le nocche sulla superficie. "Non mi piace la scelta che hai fatto. Non mi piacciono le scelte che dovrai fare. Non mi piace niente di questa merda." Il suo sguardo passò intorno al tavolo. "Non mi piace forzargli la mano, ma non mi piace nemmeno che lui forzi la nostra," disse ai membri del tavolo, poi si sedette sulla sedia e si rivolse a Nash. "Mi sono fatto dieci fottuti anni di galera. Non lo farò mai più. Cerco di tenere il club in piedi. Non c'è garanzia che non si ribalti, alcuni giorni più di altri. Non abbiamo bisogno dell'alito della polizia sul collo, cazzo. Ora ho una buona presa su Axel. Porca troia, persino Mitch si è morso la lingua e si è messo i paraocchi. Ma quel tizio è una scheggia impazzita." Zak alzò lo sguardo e incrociò quello di Nash. "A te può piacere prendere il cazzo nel culo, ma a me no. Ho dei figli da proteggere. Tutti noi ne abbiamo. Nessuno di noi seduti a questo tavolo vuole essere portato via dalle nostre vecchie, dai nostri figli, dal nostro futuro. E sta a noi, seduti a questo tavolo, proteggere quel futuro."

"Quindi, quello che mi pare di aver capito è che non ti dispiace che io oscilli in entrambi i sensi. Ti dispiace solo con chi lo faccio."

"Credevo che fosse abbastanza chiaro," mormorò Z, sollevando le sopracciglia.

"Axel–"

"È una fottuta croce che ci tocca portare. Axel è al punto in cui ha una bella vita, una buona moglie, e la donna di Z si è fatta avanti per dare alla luce i figli suoi e di Bella." Hawk guardò Zak. "Quindi, è disposto a tenere la sua cazzo di bocca chiusa per preservare tutto questo."

Diesel si intromise di nuovo. "Il tuo ragazzo non ha legami con questo club, non ha sangue DAMC che gli scorre dentro. L'unica cosa DAMC in lui è il tuo cazzo. Capito?"

Jag aggiunse poi: "Hai una bella vita, Nash. Facile. Una vita di musica e nessun'altra responsabilità. Dove altro puoi trovare questa roba? Dove altro potrai avere la libertà di fare le cose che ti piacciono senza preoccuparti che vada tutto a puttane?"

Da nessuna parte. Nash aveva potuto vivere la vita che voleva. Per la maggior parte.

"Devi scegliere una strada, fratello," intervenne Dex. "A te piace quello che ti piace, cazzo, e noi non abbiamo intenzione di metterti i bastoni tra le ruote, ma devi–"

"Trovarti un altro cazzo da cavalcare," concluse Diesel per Dex. Puntò il dito contro Nash. "Ma ti dico subito che quando lo troverai, quello non starà dietro alla tua slitta durante le corse. Non vivrà qui in chiesa. Se te ne vai, ti trasferisci nel complesso. Non ci interessa chi va e chi viene là. Qui, sì. Là, no. Basta che quel cazzo non sia di un porco."

"Non mi interessa cosa cazzo fai a porte chiuse, Nash.

Dex ne è la prova, con i suoi strizzacapezzoli e la sua donna con la frusta." Hawk sbuffò e Dex sospirò rumorosamente. "Ma quello che fai alla luce del sole sì, ci interessa. Abbiamo una reputazione da mantenere. Forse noi non vediamo che scopi con un maschio come una debolezza, ma altri club potrebbero farlo. Non abbiamo bisogno di aprirci a sfide per il territorio. Abbiamo troppe vecchie e bambini da proteggere, ora, per entrare in un'altra fottuta guerra."

Essere la causa di una guerra tra il DAMC e un altro club era l'ultima cosa che Nash voleva. Dopo decenni, quella tra loro e gli Shadow Warriors era finalmente finita. Non che qualcuno avesse abbassato la guardia. Soprattutto Diesel, visto che era il sergente e il gendarme del club.

Nash non doveva essere la causa che avrebbe richiamato l'attenzione sul loro club. Troppe persone sarebbero state a rischio.

Dicevano che, pur che lui uscisse dalla chiesa, a loro andava bene chiunque si sarebbe portato a casa, sempre che non fosse Cross.

O magari sarebbe potuto rimanere sopra la chiesa se non avesse mai portato uomini nella sua stanza. Cosa che comunque non aveva mai fatto prima.

"Se nella mia stanza ci saranno solo femmine, posso restare qui?"

Non credeva che qualcuno si aspettasse quella richiesta. In effetti, ci volle perché qualcuno rispondesse.

"Hai una casa fottutamente grande nel complesso," gli ricordò Z.

"È troppo per una persona sola."

"Rinunceresti al cazzo solo per rimanere in quella topaia al piano di sopra?" chiese Z, senza nascondere la sorpresa.

Nash non aveva detto quello. Semplicemente, non avrebbe portato uomini "a casa." Avrebbe continuato a fare come aveva sempre fatto: se gli fosse venuto il prurito, sarebbe andato a grattarselo altrove.

"Se rimango di sopra, non mi vedrete mai più con un altro uomo."

Avrebbe dovuto limitarsi a scopare a caso. Non con uomini che potessero rintracciarlo dove viveva.

Nessuno scambio di nomi. Nessun numero di telefono. Niente.

Anonimato totale, cazzo.

"Ne discuteremo e voteremo. Ti faremo sapere," disse infine Zak accigliato.

Nash continuò a stare lì finché Diesel non sbatté il pugno sul tavolo e abbaiò: "Vattene."

Nash se ne andò.

NASH ERA SEDUTO sul bordo del suo letto in chiesa. Anche se era fottutamente esausto per il concerto locale che aveva dato quella sera, non riusciva a dormire. Scorse il registro delle chiamate sul cellulare e cominciò a contare.

Dodici.

Dodici chiamate perse. Dodici messaggi vocali.

Una media di due al giorno nell'ultima settimana. Senza contare i messaggi di testo.

Con un sospiro, cancellò i messaggi vocali senza ascoltarli, poi il registro delle chiamate prima di passare all'app di messaggistica e contare di nuovo.

Ventisei.

Ventisei fottuti messaggi.

Prima di poterci pensare troppo, cancellò anche quelli, senza leggerli.

Tuttavia, notò che le chiamate e i messaggi si interrompevano due giorni prima. Di punto in bianco.

Nash non pensava che Cross si sarebbe arreso. Ma forse, alla fine, l'aveva fatto.

Forse il poliziotto aveva finalmente capito qualcosa.

Nash andò poi alla galleria fotografica del suo telefono. Tirò fuori l'unica foto che aveva scattato quel fine settimana. Una di cui Cross non era a conoscenza. Quella del poliziotto che dormiva, disteso a pancia in giù sul letto del motel in Virginia.

Il lenzuolo sopra era scivolato a terra e Cross era completamente nudo. Nash ingrandì l'immagine e fissò il culo perfetto dell'uomo, le sue cosce, la sua schiena.

Il tatuaggio sul braccio attirò la sua attenzione.

Cazzo.

Cazzo.

Cazzo.

Chiuse gli occhi e ricordò il momento esatto in cui aveva scattato quella foto. Era sabato sera, tra un round di sesso e l'altro.

Le parole di Cross gli sussurravano nella testa. *Dare e ricevere.*

Avevano dato. Avevano ricevuto. Ora non c'era più nulla da dare.

Il suo dito si soffermò sulla piccola icona del cestino nell'angolo superiore della foto. Nash digrignò i denti e la premette. E, prima di poterci pensare due volte, andò all'elenco dei contatti, scorse fino alla C, trovò il nome di Cross e cancellò anche quello.

Un dolore acuto gli attraversò non solo il petto, ma anche le tempie.

Nash pensò alla telefonata che aveva fatto a Cross due settimane prima, il giorno in cui il comitato aveva votato per decidere se Nash potesse rimanere nella sua stanza alla chiesa.

In seguito, Jag era venuto da lui e aveva detto che il comitato, seppur con riluttanza, aveva votato a suo favore. Quindi eccolo lì, seduto sul suo letto, a pensare a quella dolorosa conversazione con Cross.

"Abbiamo trascorso un bel fine settimana. Niente di più."

"Ti prendi in giro da solo, Nash."

"No, Cross, lo stai facendo tu. Ti prendi in giro da solo se credi che possa funzionare. Non funzionerà. Il sesso era una cosa, il resto..."

"Il sesso posso trovarlo ovunque. È il resto che voglio."

Nash aveva preso fiato, si era fatto forza e aveva detto: "Non posso dartelo. Sono stato chiaro fin dall'inizio. Non so perché hai la testa così fottuta da pensare che possiamo far funzionare le cose. Non possiamo."

Prima che Cross potesse dire altro, Nash aveva riattaccato. Aveva spento il telefono, poi si era infilato di nuovo nel letto e aveva dormito per più di dodici ore, sperando che al risveglio il dolore fosse sparito.

Non lo era.

Più di due settimane dopo, non lo era ancora. Quindi, Nash aveva bisogno di eliminare Cross dalla sua vita e di dimenticarlo, di dimenticare tutto quello che era successo. Doveva concentrarsi sulla musica, sulla band e sul tour, sul club e la famiglia.

Bastava così.

Non aveva bisogno di nulla di più.

Poteva vivere senza avere un uomo fisso nella sua vita. Le femmine erano sempre disponibili e lui avrebbe potuto continuare ad avere incontri occasionali con gli uomini, ogni tanto. Gli sarebbe bastato tenerli nascosti.

Nessun problema.

Aveva funzionato in passato. Avrebbe funzionato anche in futuro.

Bastava così.

Non aveva bisogno di nulla di più.

Forse avrebbe dovuto chiamare il manager della band e programmare un tour della costa occidentale. Con tappe a Los Angeles e magari a San Diego.

Sì, avrebbe fatto quello. Sarebbe andato lontano. In quel modo, non sarebbe stato tentato di presentarsi alla porta di Cross a tarda notte dopo un concerto. Come era successo quella sera. Quando l'impulso era più forte. Non per il sesso. No, cazzo.

Ma stare vicino a Cross. Parlare con lui, toccarlo. Inalare il suo profumo ormai familiare.

Vedere il suo ciondolo appeso al collo dell'uomo. Come un segno di rivendicazione.

Perché, stronzo lui, Nash non se ne era reso conto mentre lo faceva, ma quella sera alla birreria, quando aveva messo la collana al collo di Cross, aveva fatto proprio quello.

Aveva rivendicato Cross.

Ora doveva lasciarlo andare.

Nash apparteneva al Dirty Angels MC, apparteneva ai Dirty Deeds. Non era proprietà di Aiden Cross, agente del Dipartimento di Polizia Regionale di Southern Allegheny.

No, col cazzo.

Avevano trascorso un po' di tempo insieme e si erano sfogati.

E ora avevano finito.

Che cazzo...

Magari fosse stato così.

Capitolo Diciotto

CROSS PRESE IL CASCO DALL'ARMADIO. Essendo marzo inoltrato, era pronto a mettersi in strada con l'unica ragazza della sua vita, a sentire le fusa dei suoi tubi di scappamento, la potenza tra le sue gambe.

Indossava già il chiodo dei Blue Avengers sopra una spessa felpa del SARPD con sotto una maglietta a maniche lunghe, che aveva comprato online sul sito dei Dirty Deeds.

A volte la indossava, insieme al ciondolo di Nash, quando voleva sentirsi più vicino all'uomo che era uscito dalla sua vita e non si era mai voltato indietro.

Anche quattro mesi dopo l'ultima volta che si erano parlati al telefono, Cross non riusciva a lasciar perdere.

Era un coglione.

Lo sapeva. Ed essendo uno coglione, l'aveva anche accettato.

In quei mesi era andato al Cockpit diverse volte, così come in altri bar gay, ma ne era uscito sempre da solo.

E quando si era sentito particolarmente coglione, aveva provato a chiamare di nuovo Nash.

L'uomo non gli aveva mai risposto.

Per qualche settimana, Cross aveva seguito online i movimenti del gruppo. Ma quando aveva visto che erano partiti per la costa occidentale per un paio di mesi, aveva smesso.

Non c'era bisogno di continuare a torturarsi più di quanto già non facesse.

Per esempio, indossando quel ciondolo del cazzo. E quella dannata maglietta.

E guardando le foto che aveva scattato a Nash sul suo cellulare quando lui non lo guardava, durante il concerto alla birreria e anche durante quei giorni al motel.

Continuava a sperare che un giorno si sarebbe svegliato e avrebbe superato Nash.

Quella mattina non era successo. E probabilmente non sarebbe successo nemmeno l'indomani.

Ma Cross continuava a sperare che succedesse presto.

Ti prego, fa' che succeda presto, cazzo.

Dopo aver chiuso a chiave, scese di corsa le scale interne ed entrò nel garage a due posti che costituiva il piano inferiore della sua villetta.

La sua ragazza lo aspettava lì. Messa a punto, preparata e appena lavata. Cross non vedeva l'ora di sentire il vento addosso mentre percorreva le strade a nord di Pittsburgh con i suoi fratelli.

Almeno aveva loro.

Non che qualcuno di loro gli scaldasse il cazzo di letto di notte.

Circa un'ora dopo, entrò nel parcheggio del ristorante e parcheggiò dietro la lunga fila di moto. Ogni mese sceglievano un posto diverso per la loro riunione mensile di "cappella." Il loro MC delle forze dell'ordine era enorme e il loro capitolo regionale copriva tutta la Pennsylvania a ovest del fiume

Susquehanna. Tenevano le riunioni da quella parte dello Stato per rendere le cose più eque per tutti.

Questa volta la cappella era a nord di Pittsburgh, a New Castle. Cross non vedeva l'ora di bere qualche tazza di caffè, non solo perché aveva bisogno di caffeina, ma anche per riscaldare le palle blu e le dita congelate.

Cazzo, avrebbe dovuto indossare un terzo strato di vestiti.

Tuttavia, era pronto a mettersi in viaggio per la prima corsa mensile dell'anno dei Blue Avengers. O lo sarebbe stato una volta che tutti avessero finito di rimpinzarsi e di socializzare un po'. Quel giorno Cross non era sicuro di quanta pazienza avrebbe avuto per aspettare.

Era stato un inverno interminabile e solitario. Una lunga cavalcata al freddo avrebbe dovuto schiarirgli le idee.

Due ore dopo, Cross stava stringendo i denti, perché erano ancora lì. Il presidente del BAMC e sergente della polizia di Shadow Valley, Mitch Jamison, si trovava all'ingresso della sala del ristorante e stava discutendo degli affari del club insieme agli altri dirigenti. Uno di loro era il caporale Axel Jamison, vicepresidente del club.

Cross aveva scambiato qualche parola con Axel prima dell'inizio ufficiale dell'incontro. Ma l'uomo non aveva mai parlato di Nash.

Non c'era da sorprendersi. Ma, nonostante ciò, Cross aveva sperato che lo facesse.

Alla fine, dopo che l'incontro fu aggiornato, tutti si alzarono in piedi. La grande sala risuonò di voci, sedie che stridevano e di bonarie prese in giro mentre tutti si incanalavano verso l'ingresso del ristorante a conduzione familiare.

Mitch e Axel camminavano spalla a spalla davanti a Cross, che notò un cambiamento nel loro linguaggio corporeo quando passarono davanti a un separé di fronte alla vetrina del ristorante. Il passo di Mitch accelerò, mentre quello di

Axel rallentò; poi, l'uomo lanciò un'occhiata a Cross da sopra le spalle.

Cross aggrottò le sopracciglia quando Axel lo guardò, per poi voltarsi e proseguire verso l'uscita.

Mentre Cross si dirigeva con il resto dei suoi fratelli attraverso lo stretto corridoio tra i tavoli e le cabine, notò ciò che Mitch aveva ignorato e comprese l'ammonizione silenziosa di Axel.

Non era un "ciò," ma un "chi."

E quel "chi" dava le spalle all'uscita ed era rivolto in direzione di Cross.

Anche con la schiena appoggiata al sedile imbottito del separé, il suo chiodo era chiaramente riconoscibile. Così come i capelli, il viso e tutto il resto.

Il petto di Cross si contrasse e lui si fermò bruscamente a due separé di distanza, facendo sbattere uno dei suoi fratelli contro la sua schiena.

"Ehi!"

Cross riuscì a malapena a tirar fuori un "Mi dispiace."

Con la tazza di caffè ferma a metà strada verso le labbra, Nash individuò Cross.

I loro sguardi si incontrarono. Si sostennero.

All'inizio, nessuno dei due si accorse quando uno dei membri più anziani del BAMC, un vicesceriffo in pensione, si fermò proprio al tavolo di Nash.

Lo sguardo di Nash si staccò da Cross e si sollevò lentamente e, mentre lo faceva, lo sceriffo sputò catarro dritto nella tazza sollevata di Nash, mormorando "schifoso motociclista." Gli altri due ragazzi al tavolo, seduti di fronte a Nash –Cross li riconobbe come due membri della band Dirty Deeds – balzarono in piedi, urlando contro l'uomo.

Nash si limitò a posare la tazza di caffè e a fissare Cross, ignorando il putiferio che si scatenò quando altri due Blue

Avengers afferrarono il poliziotto in pensione e lo spinsero via dal tavolo, mentre altri due intimarono ai compagni di band di Nash di "sedersi e chiudere quella cazzo di bocca."

Mentre il resto dei suoi fratelli lo superava, urtandolo, Cross rimase immobile.

Entrambi ignorarono la cameriera che si precipitò da Nash con una tazza di caffè fresco e portò via l'altra, scusandosi.

Non aveva motivo di scusarsi: non era stata lei a fare la stronza.

No, ancora una volta uno dei suoi fratelli in blu aveva trattato Nash come spazzatura quando lui non aveva fatto nulla per meritarselo.

Cross vide che gli altri due ragazzi al tavolo di Nash discutevano animatamente, ma Nash se ne stava seduto in silenzio, con occhi solo per Cross.

"Vieni?" chiese un altro membro del BAMC mentre passava accanto a Cross.

"Sì," rispose lui, poi si scosse mentalmente e avanzò. I piedi gli sembravano come impantanati nel cemento e si costrinse a superare il tavolo senza fermarsi. Gli occhi di Nash lo seguirono finché Cross non riuscì più a vederlo.

Si fermò davanti alla porta d'ingresso del ristorante, con la mano sul maniglione, ma aveva difficoltà a stringerlo. La sua mente gli urlava di tornare indietro, di parlare con Nash. Una cosa che voleva fare da quattro mesi.

Ma il suo buonsenso gli diceva di uscire dalla porta, non solo per autoconservazione, ma anche per evitare di creare altri problemi a Nash.

Se fosse tornato indietro per parlare con Nash, qualcuno avrebbe fatto delle domande.

Non era il momento.

Cross spinse la porta, uscì, e il sole della tarda mattinata gli colpì il viso. Fece un lungo respiro, aspirando l'aria ancora frizzante, riempiendosi i polmoni e cercando di schiarirsi le idee.

Ma poi la vide.

La Harley di Nash.

Parcheggiata accanto a un furgone da carico di grandi dimensioni con il nome della band dipinto sulla fiancata. E la moto era sdraiata su un fianco sull'asfalto.

Qualche stronzo l'aveva rovesciata. Che gli specchietti si fossero staccati quando la moto era caduta o che qualcuno li avesse presi a calci, erano rotti. E Cross era sicuro che ci fossero graffi e ammaccature sul serbatoio della benzina personalizzato e sullo scappamento cromato.

Cross si guardò attorno e notò che non c'era nessuno dei suoi fratelli. Si erano tutti diretti verso il retro del ristorante, dove lo attendeva la fila di moto. E invece di seguirli, Cross si avvicinò alla moto caduta, la raddrizzò, sistemò il cavalletto e appoggiò con cura gli specchietti rotti sulla sella.

Non era molto, ma era qualcosa.

Quattro mesi di silenzio.

Oggi aveva avuto un buon promemoria del perché.

Cross chiuse gli occhi e digrignò i denti.

Realtà e fantasia erano due cose diverse.

La fantasia era che lui e Nash potessero stare insieme. Che potessero far funzionare le cose.

La realtà era che la loro situazione era senza speranza. Che tra di loro non avrebbe mai funzionato.

Cross non avrebbe mai rinunciato a fare il poliziotto.

Nash non avrebbe mai rinunciato a essere un motociclista.

Aprì gli occhi e, data un'ultima occhiata alla moto danneggiata di Nash, girò sui tacchi e andò a prendere la sua e a mettersi in formazione con il resto del suo MC.

N ASH ASPETTAVA.

Si stava facendo buio. Era mezzo congelato per l'aria della notte di fine marzo.

Per non parlare dell'incazzatura.

Per diversi motivi...

Uno: Cross non lo aveva difeso. Sapeva che non era ragionevole prendersela per quello, perché sarebbe stato stupido per Cross difenderlo di fronte ad altri membri delle forze dell'ordine, ma comunque...

Due, la sua slitta era ridotta male. Non era caduta da sola. Qualcuno l'aveva presa a calci e aveva rotto gli specchietti di proposito. Ora sarebbe rimasto senza slitta mentre Jag o Crash la riparavano.

E tre, Cross era l'ultima persona che lui si era aspettato di incontrare di ritorno da un concerto a Cleveland. La cosa lo aveva sconvolto. Non aveva idea del perché continuassero a incrociarsi, ma era come se il destino continuasse a prenderli per il culo.

Era lì che aspettava da un'ora, con il sedere intorpidito per essere rimasto seduto sui gradini di cemento della casa di Cross. Il freddo gli era entrato nelle ossa e gli aveva raggelato il sangue.

Porca troia, doveva andarsene.

Ma non ci riusciva.

Vedere Cross lo aveva quasi ucciso.

Quando era successo, Nash aveva perso la cognizione di ciò che stava accadendo intorno a lui. Pericolosamente. Il tutto perché era concentrato sull'uomo che era rimasto immobile per lo shock di vederlo.

Nash era rimasto altrettanto sorpreso.

Non si era reso conto di quanto cazzo gli mancasse Cross,

di quanto cazzo fosse vuota la sua vita senza di lui, fino al momento in cui i loro sguardi si erano incontrati e si erano fissati a vicenda.

Aveva combattuto l'impulso di saltare dalla sedia e andare a parlargli. Diavolo, di toccarlo. Ma era contento di non averlo fatto. Sarebbe potuto accadere qualcosa di peggio che uno sputo nel suo caffè o che la sua slitta venisse presa a calci e gli specchietti rotti.

I "fratelli" di Cross avrebbero potuto considerare l'avvicinamento di Nash all'uomo come una "minaccia."

Ma in realtà la minaccia era Cross.

Per l'intera psiche di Nash.

Nash aveva pensato di essere a posto. Di aver voltato pagina. Che la partenza per la California avesse cancellato il suo bisogno di stare con Cross.

Che le groupie femminili senza nome e senza volto che glielo succhiavano e con cui lui scopava dopo i concerti avessero fatto sparire Cross dalla sua mente. E quello che era rimasto, Nash aveva fatto del suo meglio per annebbiarlo con l'erba.

Ma no. A quanto pareva, nessuna di quelle stronzate aveva funzionato.

Il che era la ragione per cui era seduto lì con le palle rientrate nel corpo per proteggersi dal freddo.

Tuttavia, non aveva idea di dove fosse Cross, a che ora sarebbe tornato o addirittura se sarebbe tornato. Nash correva il rischio di starsene lì seduto come un fottuto idiota per niente.

Doveva andarsene prima che Cross tornasse *davvero* e lo trovasse lì come il coglione che era.

Una dose di Cross non sarebbe servita a nulla. Avrebbe solo peggiorato le cose.

Rimesso in moto la merda contro cui Nash aveva lottato

per mesi.

Il rimpianto.

Il desiderio costante che le cose potessero essere diverse.

Non potevano.

Non senza che uno di loro cambiasse radicalmente vita.

Nessuno dei due era disposto a farlo. E nessuno dei due avrebbe dovuto farlo. Quello che uno dei due avrebbe dovuto abbandonare era più di quanto chiunque avrebbe dovuto chiedere.

Carriera. Famiglia. Confraternite.

Fedeltà.

Nash non poteva rinunciare a tante cose per una sola.

Cross aveva una strada da percorrere. Una buona strada. Non valeva la pena che Nash gli facesse abbandonare da quella strada. Soprattutto ora che l'uomo era stato promosso caporale, come Cross aveva sperato.

Nash l'aveva letto nella scheda "notizie dal dipartimento" del sito web della polizia regionale di Southern Allegheny. La foto di Cross era lì, in uniforme, con una nuova mostrina sul braccio, mentre stringeva la mano al suo capo.

Aveva un sorriso sul volto. Ma sembrava cavo. Vuoto.

E non avrebbe dovuto esserlo. Cross aveva ottenuto ciò che voleva, ciò per cui aveva lavorato. Si era fatto strada nella scala gerarchica.

Era un brav'uomo. Un buon poliziotto. Nash non gli avrebbe mai chiesto di rinunciarvi. Tanto sarebbe valso chiedergli di rinunciare al coglione destro.

Lo stronzo padre di Cross era un porco dalle parti di Harrisburg e Nash sperava che l'uomo si fosse soffocato con il suo stesso sputo quando aveva sentito la notizia riguardo al figlio.

Il figlio di cui era stato orgoglioso fino a quando non aveva scoperto che Cross era gay.

L'essere gay non rendeva Cross inferiore come persona, come uomo.

Come poliziotto.

Così come il fatto di essere bisessuale non rendeva Nash meno meritevole.

Sia agli occhi di suo padre che a quelli del club.

Gli tornarono in mente le parole di Jazz. *"Ho trovato la mia felicità, Nash... Anche tu devi trovare la tua."*

Si alzò rigidamente in piedi quando sentì il basso rombo della Sport Glide di Cross e il fascio di luce dei fari lo investì.

La saracinesca del garage sferragliò mentre si sollevava e Cross mise dentro la sua slitta. Poi calò il silenzio.

Nash non si mosse dai gradini accanto al garage. Rimase lì. E aspettò.

Cross era bravo ad aspettare.

Nash stava diventando altrettanto bravo.

Aveva imparato che, se si aspettava abbastanza a lungo, si poteva ottenere ciò che si voleva.

A volte.

Ma non sempre.

A volte bisogna prendere la vita per le palle e impadronirsi di quello che si voleva.

Oggi era quel giorno.

O almeno così sperava lui.

Finalmente, scese lentamente i gradini e girò l'angolo per entrare nel garage, dove Cross lo stava aspettando.

Aveva un bell'aspetto. Quell'uomo aveva rubato il fiato a Nash quando l'aveva visto al ristorante e c'era riuscito di nuovo. Il chiodo di pelle che indossava metteva in risalto le sue spalle larghe, i suoi Levi's i fianchi stretti. E Nash sapeva già come i pantaloni calzavano su quel sedere.

Pura perfezione, cazzo.

"Ti chiederei cosa ci fai qui, ma sarebbe stupido." La voce

di Cross era roca e conteneva un sacco di dolore.

Non era l'unico a soffrire, cazzo.

Nash era stanco di quella sensazione, ma non aveva idea di come farla smettere.

Stare con Cross potrebbe causare un sacco di fottuto dolore.

Stare senza di lui lo faceva già.

Disperato.

Era tutto fottutamente disperato e Nash avrebbe voluto non essere mai entrato al Cockpit quella sera. La sua vita sarebbe stata molto più facile.

Ma lo aveva fatto.

E ora erano lì.

Collegati, ma scollegati.

Attirati l'uno dall'altro, ma separati.

Due metà che non sarebbero mai state un tutt'uno perché i pezzi non si incastravano perfettamente. Erano frastagliati e ruvidi quando avrebbero dovuto essere lisci.

"Te ne stai lì impalato?" chiese dolcemente Cross.

"Non so bene perché sono qui."

"È una bugia."

E quello era fottutamente troppo vero. "Sarebbe meglio se me ne andassi, cazzo."

"È un'altra bugia."

"In realtà, questa cosa è più vera di quanto vogliamo ammettere, cazzo."

Cross sospirò, abbassò la testa e si passò una mano sulla barba. "Mi dispiace per oggi."

Un muscolo della mascella di Nash scattò. "'Mi dispiace per oggi. Mi dispiace per quella volta che sei stato colpito con il taser e legato a una panchina come un cane.' Non ti ho visto intervenire e fare qualcosa in nessuna delle due occasioni."

"Sono un stronzo di merda," disse Cross, sollevando la

testa. "Non ho nessuna cazzo di giustificazione."

Nash odiava essere così duro con lui, ma la rabbia lo aiutava ad affogare un po' di dolore. Sospirò, deluso da se stesso, dalle sue parole, dall'intera situazione. "Sì, è vero. Hai una vita in cui io non ho spazio."

"Hai una vita in cui io non ho spazio," gli fece eco Cross.

"Che cosa facciamo?"

Cross esalò il fiato. "Saperlo, cazzo." Fece un passo avanti, si mise di fronte a Nash e gli afferrò il polso, attirandolo più vicino. "Una cosa che so è che questi ultimi quattro mesi sono stati uno schifo. Mi sembra di vivere la mia vita con una grossa fetta mancante. E chi se ne frega se questo mi fa sembrare una femminuccia."

"Sì," sussurrò Nash. Per lui era lo stesso. Le donne facili, l'erba, persino la sua musica non avevano riempito quel vuoto. Solo una persona poteva farlo. "Mi sei mancato, figlio di puttana." Faceva male ammetterlo, ma andava detto.

Un Cross sorridente gli strattonò il polso e lo tirò fino a quando non si trovarono coi piedi a contatto e gli occhi negli occhi. "Mi sei mancato anche tu, figlio di puttana."

Nash respinse il sorriso. "Probabilmente non è intelligente stare qui con la porta del garage aperta, io con i miei colori e tu con i tuoi."

"In questo momento non me ne frega un cazzo."

Nemmeno a Nash fregava. "Più tardi potrebbe."

"Che ne dici di un patto? Quando siamo insieme, nessuno dei due indossa i suoi colori."

Se solo fosse stato così facile nascondere chi erano... "Hai ancora un distintivo nella tasca posteriore."

"E hai ancora i tuoi colori impressi sulla pelle." Cross inclinò la testa e incrociò lo sguardo di Nash. "Di nuovo, potrei sembrare una femminuccia, ma non me ne frega un cazzo... Penso che valga la pena lottare per noi."

'Fanculo, lo pensava anche Nash. "Non sarà facile."

"Dovremo solo stare attenti," disse Cross.

"Nel senso che dovremo nasconderci."

"Potrebbe essere l'unico modo."

Purtroppo, quello *era* l'unico modo, ma... "Se vuoi nasconderti dalla tua gente, dai tuoi fratelli, non me ne frega un cazzo. Non sarei salito comunque dietro la tua slitta durante una di quelle corse di voi porci. Non andrò alla festa di Natale di qualche porco del cazzo. Per quella merda te la devi cavare da solo. Ma ti voglio nel mio letto. Voglio essere nel tuo letto. Voglio che tu mi aspetti quando torno a casa da un tour. Voglio essere lì quando torni da un turno di notte. Il problema è che non voglio agire alle spalle dei miei fratelli. Quello potrebbe causare un grosso cazzo di problema."

"Allora, glielo dirai?"

"Non c'è scelta. Sarebbe peggio se non lo facessi e loro lo scoprissero. Potrebbe fare brutto."

"Potremmo prendere una casa tutta nostra."

"Sì, potremmo prendere un posto per quando sono in città. Nessuno di noi due porterà i suoi colori dentro o fuori da quel posto. Io lascerò la mia stanza in chiesa. Rinuncerò alla mia casa nel complesso."

"Casa nel complesso?"

Era una cosa di cui Nash non aveva mai parlato mai con Cross, visto che era solo un edificio vuoto e non una vera casa. "Sì, ho una casa vuota. Una grande. Nel complesso del nostro club. Non l'ho mai sentita come una casa. Non lo è. Ora so perché."

Le sopracciglia di Cross si alzarono. "Sei rimasto in quella stanza di merda quando avevi una bella casa?"

Le labbra di Nash si contrassero. "Già. Ti ho appena detto che là non mi sembra di essere a casa, Cross. Hai bisogno di sturarti le cazzo di orecchie?"

Anche le labbra di Cross si contorsero. "No, ti ho sentito forte e chiaro." Accennò con il capo alla porta interna del garage. "Sali?"

"Sì. Abbiamo molte cose da capire."

"Non sono sicuro che riusciremo a capire tutto stasera."

"No, ma quello non è l'unico motivo per cui sono qui."

Cross sorrise. "Non pensavo."

"Meglio entrare, prima che ti pieghi a novanta sulla tua moto da poser e traumatizzi i tuoi fottuti vicini per tutta la vita."

"Non credo che toccherà a te per primo."

"Vedremo."

"Sì, vedremo." Cross si fece serio. "Abbiamo molte cose di cui parlare."

Sì, ne avevano. La maggior parte non sarebbe stata facile.

Cross proseguì: "Non voglio parlare di quello che è successo nelle nostre vite negli ultimi quattro mesi. Non voglio saperlo, visto che posso immaginarlo benissimo. Voglio parlare del nostro futuro."

Nash annuì. "Devi sapere che, qualunque cosa accada con il mio club, non rinuncerò mai alla mia musica. Sappi anche che starò via per lunghi periodi di tempo. Se questo ti crea dei problemi, dimmelo subito e non salirò quei gradini con te."

"E tu devi sapere che non ho mai intenzione di rinunciare al mio distintivo. Quindi, se per te è un problema, non ti inviterò a salire quei gradini."

"C'è un'altra cosa che deve essere chiara: le faccende del club sono affari del club. Tu non mi chiedi niente, io non ti dico niente. Se vuoi parlare della mia band, del mio tour, mi sta bene. Di tutto ciò che riguarda il DAMC, no. Se vuoi parlare della tua giornata passata a spaccare teste e ad arrestare gente, posso ascoltare o meno. Non ti arrabbiare se non lo faccio."

Cross scosse la testa, con le rughe agli angoli degli occhi che si accentuavano. "Non mi scomporrò se non vorrai ascoltare la mia giornata passata a sedare schiamazzi e a staccare multe per attraversamento fuori dalle strisce."

Nash sbuffò. "Allora siamo a posto."

"Lo spero proprio, cazzo."

"Ora... Abbiamo un sacco di tempo da recuperare. Non sono sicuro del motivo per cui stiamo ancora qui nel tuo garage a chiacchierare."

Cross superò la porta interna che conduceva alla sua villetta a schiera e azionò l'apertura automatica del garage. "L'idea di prendermi sopra la mia moto da *poser* era interessante."

"Si può fare. Ha un goldone?"

Cross annuì. "Tu?"

Nash annuì.

"E il lubrificante?"

Nash sollevò le sopracciglia, tese la mano e si sputò sul palmo.

"Col cazzo," disse Cross con un gemito.

"Un po' di spirito avventuroso."

"Penso che la nostra vita d'ora in poi sarà un'avventura, ma su questo intendo impuntarmi, a meno che..."

Nash aggrottò le sopracciglia. "A meno che?"

"A meno che prima tu non mi permetta di scoparti solo con lo sputo."

"Posso sopportarlo da uomo."

Cross abbaiò una risata. "Come no. Non ti piace nemmeno fare il passivo."

"Mi piace."

Gli occhi di Cross si allargarono. "Da quando?"

"Da quando ci sei tu."

"Quindi, d'ora in poi, vorrai sempre fare il passivo?"

"Cazzo, no. Dare e ricevere, ricordi?"

Cross gli rivolse un singolo cenno di assenso. Lo sguardo vuoto che Nash gli aveva visto negli occhi nella foto della promozione non c'era più. "Dare e ricevere," sussurrò. "Non mollare mai."

"Cosa?"

"Non mollare mai. Il tuo tatuaggio. Non ho mai smesso di sperare," ammise sottovoce Cross.

"Non abbandonare mai ciò che ami. Non rinunciare mai ai tuoi sogni. Rialzati dopo ogni volta che ti mettono a terra."

"Con la tua musica?"

"Con tutto."

Cross rilasciò la stretta sul polso di Nash e gli afferrò il viso, attirandolo in un bacio.

Nash aprì le labbra per farlo entrare. Per lasciare che i loro sapori si mescolassero. Che i loro respiri si fondessero. Per riconnettersi.

Cazzo, era come tornare a casa.

Quella casa nel complesso non sarebbe mai stata una vera casa. Non senza Cross.

Era Cross la sua casa, ormai.

Anche se tutto ciò poteva non essere giusto per le persone che li circondavano, era giusto per loro due.

La dura verità era che avevano bisogno di qualcosa di più. Non potevano rinchiudersi e stare solo l'uno con l'altro. Quello non era vivere la vita. Era nascondersi completamente.

I suoi fratelli dovevano accettare Nash così com'era. Accettare che anche lui, come loro, aveva trovato la sua persona.

Anche se non erano d'accordo con la sua scelta.

Ma prima il rapporto fra lui e Cross doveva essere solido.

In quel momento, non lo era. Erano stati lontani per quattro cazzo di lunghi mesi.

Ma la cosa sarebbe finita lì, quella sera. Avrebbero iniziato a lavorare sul rinsaldamento.

Quando Nash si sarebbe rivolto ai suoi fratelli, non voleva avere alcun dubbio in mente. Voleva sapere che per lui c'era solo Cross.

Quando Cross gli liberò il viso, continuarono a baciarsi e Nash gli passò un braccio attorno alla vita, tirandolo ancora più vicino. I loro chiodi erano schiacciati l'uno contro l'altro e lui si stupì che non avessero ancora preso fuoco o che un fulmine non li avesse colpiti.

Le cose non avrebbero potuto essere più sbagliate tra loro, ma non avrebbero potuto nemmeno essere più giuste.

No, non era vero: potevano essere molto più giuste, bastava che si spogliassero.

Nash allentò la stretta del braccio intorno a Cross e rovesciò la testa all'indietro abbastanza da interrompere il loro bacio.

Gli occhi azzurri di Cross erano più scuri del normale, le palpebre calate, il respiro accelerato. La sua erezione era inconfondibile.

Nash era sicuro di avere un'espressione simile sul viso. E di certo aveva un'erezione altrettanto impetuosa.

Dovevano andare di sopra prima che lui piegasse davvero Cross sulla slitta e usasse solo un po' di saliva.

"Penso che dobbiamo andare di sopra," disse Cross.

"Sarebbe meglio per te se lo facessimo," rispose Nash; poi strinse le labbra per non sorridere.

Con un sorriso identico, Cross si staccò da Nash e si diresse verso la porta interna. "Vieni?"

"Certo che sì, porca miseria."

Capitolo Diciannove

CROSS SENTÌ il letto muoversi e il corpo caldo attorno al quale si era rannicchiato scomparire. "Che succede?"

"Devo andare."

Il cuore di Cross ebbe un sussulto. "Cosa? Dove?"

Nei sei mesi da che erano insieme, nemmeno una volta Nash si era alzato dal letto di buon'ora.

In effetti, di solito ci voleva metà del turno di giorno di Cross prima che Nash si svegliasse e gli inviasse il primo messaggio della giornata. A volte si trattava solo di una foto del cazzo, che mostrava il suo durello di metà mattina.

Altre di un video di Nash che faceva qualcosa con quel durello.

E *tutte* quelle volte, a Cross veniva voglia di correre a casa per aiutare ad alleviare le "sofferenze" dell'uomo.

"Chiesa."

"Quella con il crocifisso? O quella con le slitte parcheggiate fuori?"

"La seconda. Non ho mai messo piede nel primo tipo."

Incredibile. Anche dopo sei mesi, stavano ancora

scoprendo molte cose l'uno dell'altro. Quello era uno dei motivi per cui Nash non aveva ancora parlato al suo club di loro due.

Continuavano a muoversi di nascosto, facendo del loro meglio per non farsi scoprire da nessuna delle due parti.

Tuttavia, Cross lo avrebbe detto presto al suo sergente. Non che stava con un motociclista, ma che era gay. Sarebbe stato il primo passo.

"Uscire allo scoperto potrebbe influire sulle tue promozioni future," lo aveva avvertito Nash, anche se in passato aveva scherzato sul fatto che, se Cross fosse stato licenziato, sarebbe potuto diventare la guardia del corpo di Nash quando lui sarebbe diventato famoso.

"Sono diventato caporale; non possono togliermelo. Non ho intenzione di sbatterglielo in faccia. E di certo non dirò loro che sei del DAMC. Ma non voglio che si spargano voci nel caso in cui qualcuno ci veda insieme o che andiamo e veniamo da casa nostra."

Casa nostra.

Cross era deciso a fare in modo che anche quello avvenisse presto. Stavano ancora usando la sua villetta. Per buona parte degli ultimi mesi, Nash era stato in viaggio, in tournée con i Dirty Deeds, che finalmente stavano iniziando a guadagnare bene. Tra quello e la paga da caporale di Cross, presto avrebbero potuto permettersi una casa decente. Forse non come la casa nel complesso del DAMC di cui Nash gli aveva mostrato una foto. Ma non avevano bisogno di tutto quello spazio.

Riportò i suoi pensieri alla conversazione in corso. "Non sei mai stato in una vera chiesa? Nemmeno per un matrimonio o un funerale?"

"Non è così che facciamo."

Non è così che facciamo.

Interessante. Cross era rassegnato al fatto che non sarebbe mai stato invitato a nessuno degli eventi del DAMC per vedere di persona cosa faceva quella gente. Come il club funzionava come organizzazione, fratellanza e famiglia.

Si stiracchiò e sbadigliò. "Che ore sono?"

"Le undici."

"Cazzo," gemette Cross, passandosi una mano sugli occhi. Aveva fatto il turno di notte e si era infilato nel loro letto solo verso le sette e mezza di quella mattina.

Il loro letto.

Non era proprio così, ma lo sembrava, visto che Nash si era sempre più spesso fermato a casa sua durante il loro periodo di "prova."

"Ho bisogno di dormire di più. Ho ancora due notti di questa merda... Perché devi andare in chiesa?"

"Per un incontro."

"A proposito di...?" Anche se gli era stato detto che gli affari del club non lo riguardavano, Cross lo chiese comunque.

"Di niente. Ci penserò io a renderlo a proposito di qualcosa."

Cross si alzò di scatto sul letto, con il cuore che cominciava a battere forte. "Che cos'è questo qualcosa?"

"Noi."

"Cazzo," gemette di nuovo Cross, trascinandosi le mani sul viso.

"È ora."

"Sei sicuro?"

"Sì. Ho detto che avrei aspettato. Ho aspettato. Ho passato più tempo qui che nella mia stanza in chiesa. Se non hanno ancora capito il perché, lo capiranno presto."

"Potresti dire loro che hai trovato una ragazza."

Nash si girò verso il comò, dove si stava infilando gli

ingombranti anelli alle dita, per aggrottare le sopracciglia a Cross. "Non voglio mentire."

"Nash..."

"Cross."

"So che avevamo detto che avremmo aspettato, che ci saremmo assicurati che le cose fossero solide prima di..."

"Lo sono?"

Cross lottò per non far salire la voce di un'ottava. "No?"

"Cazzo, sì."

Cross respirò più facilmente a quella risposta.

"Cross." Nash si infilò l'ultimo anello, afferrò la maglietta di Sturgis e la indossò. Quando la testa spuntò fuori, i capelli dell'uomo erano praticamente dritti. "Non ci tengo a farlo. Ma è arrivato il momento."

Cross aveva un brutto presentimento. Quello avrebbe potuto cambiare tutto per Nash e lui non voleva essere la causa della perdita, da parte dell'uomo, di una fratellanza di cui aveva fatto parte per quasi vent'anni. La sua unica famiglia. Ma se Nash pensava che fosse giunto il momento...

Sapevano che stavano andando in quella direzione. Cross non pensava che Nash lo avrebbe fatto solo sei mesi dopo il giorno in cui si erano incrociati a New Castle. Sei mesi sembravano solo un istante. "Sei sicuro?"

Nash prese i jeans dal pavimento e li tirò sulle gambe lunghe, facendo tintinnare la pesante fibbia del DAMC.

"Vuoi che venga con te?"

Nash non finì di allacciarsi i jeans; invece, si mise le mani sui fianchi e inarcò le sopracciglia. "La tua presenza renderebbe le cose un milione di volte peggiori."

Le labbra di Cross si appiattirono. "Grazie."

"Sai perché?"

"Sono sicuro di poterlo indovinare."

Nash sbuffò, scosse la testa e si allacciò i jeans.

"Non ti faranno del male, vero?"

Nash finì di allacciarsi la cintura e alzò la testa. "No."

"Non stai mentendo, vero?"

"Cross..."

Cross saltò giù dal letto e si avvicinò a lui. "Sono preoccupato."

"So che lo sei, piccolo," mormorò Nash.

Tutte le volte. Tutte le volte che Nash lo chiamava così, gli mancava il fiato. Non succedeva spesso. Ma quando succedeva, era un vero colpo di fulmine.

Gli ricordava quanto amava quell'uomo che non avrebbe potuto essere più l'opposto di lui.

"Anche tu lo sei."

"Sì," ammise dolcemente Nash.

"Ho bisogno che mi chiami non appena sarà finita."

Nash esitò. "Tornerò subito."

Cross gli afferrò il mento e costrinse gli occhi nocciola di Nash a incontrare lo sguardo dei suoi. "No, mi chiamerai appena sarà tutto finito."

"Fottuto stronzo prepotente," mormorò Nash.

"Ho bisogno di dormire di più, ma sarà impossibile ora, sapendo quello che farai. Quindi, prima mi telefoni e poi torni qui. In quest'ordine, Nash."

"Giusto. Chiamare. Tornare qui. Aspetterai in ginocchio in cima alle scale?"

"Immagino che lo scoprirai quando salirai quei gradini."

Nash si avvicinò, avvicinando le labbra a quelle di Cross. "Meglio che ti trovi in ginocchio ad aspettare."

Un brivido scivolò lungo la schiena di Cross e il suo uccello si agitò nei boxer. "Ti aspetterò."

Nash gli diede un rapido bacio sulle labbra, poi si allontanò per cercare i suoi stivali. "Ora mi sarà difficile concentrarmi durante la riunione. Vuoi darmi un piccolo assaggio prima di andare?"

"No, perché l'attesa ti spingerà a tornare qui il prima possibile."

"Questo è vero," mormorò Nash mentre tirava fuori il suo chiodo dall'armadio di Cross per poi indossarlo.

"Conosci la regola," gli ricordò Cross.

"Lo metterò nella bisaccia prima di aprire la porta del garage."

Cross annuì. Erano stati attenti. Nash infilava sempre il suo chiodo in una delle sue bisacce prima di entrare nel complesso residenziale. E non lo indossava mai all'aperto.

Finora aveva funzionato. E quando uno dei vicini di Cross gli aveva chiesto chi fosse Nash mentre lo guardava male, lui aveva spiegato che Nash era un detective della buoncostume sotto copertura. E quando il vicino ficcanaso aveva voluto sapere perché Nash vivesse lì, Cross gli aveva detto che Nash si era separato da poco e aveva bisogno di un posto dove stare finché non fosse riuscito a mettere ordine nella sua vita.

Quella sarebbe stata la loro vita. Essere pronti a mentire. A raccontare storie.

Gli ultimi sei mesi non erano stati facili. Nemmeno il resto della loro vita lo sarebbe stato. Non si illudevano che le cose sarebbero andate diversamente.

"Ehi," chiamò Cross mentre Nash si dirigeva verso la porta della camera da letto.

Nash si fermò e gli lanciò un'occhiata da sopra le spalle.

"Non mollare mai," sussurrò Cross.

"Cosa?"

Cross si sciolse il nodo alla gola. "Non mollare mai noi."

"Non ho mai pensato di farlo," disse Nash, per poi sparire.

Erano passati sei mesi e le cose tra lui e Cross erano solide, perlopiù. Cross non aveva intenzione di andare da nessuna parte. Nash non aveva intenzione di andare da nessuna parte.

Significava che era arrivato il momento. Nash era stanco di mentire; doveva dire la verità agli altri.

Sapeva che sarebbe stata dura. Non si sbagliava.

"Abbiamo due possibilità. Lui si libera del distintivo o tu lo mandi a fare in culo. Capito?"

Il re aveva parlato.

"Parli per conto di Z, adesso? Da quando sei diventato presidente di questo cazzo di club?"

La testa di Diesel si drizzò di scatto e le sue spalle larghe si tesero.

"Chiunque faccia parte di questo cazzo di comitato può dire la sua," ricordò Z a Nash in tono rapido ma pacato.

"Ma la decisione finale spetta a te."

Z scosse la testa. "No, spetta al voto. Lo sai bene, cazzo."

"Devo rivendicare Cross a questo tavolo? Perché lo farò."

"Non vuol dire che noi voteremo a favore, figliolo," mormorò Ace, raddrizzandosi sulla sedia e passandosi una mano sulla barba. "Non può diventare una vecchia. Magari un aspiran–"

La sedia di Diesel si spostò all'indietro e si schiantò contro il muro alle sue spalle mentre l'omone si alzava in piedi. "Col cazzo che un porco diventa aspirante di questo club!" ruggì.

"D, siediti, cazzo," disse con fermezza il padre di Diesel. Ace fissò il figlio. "Metti. Il. Culo. Sulla. Sedia."

Ace aspettò che D tornasse al suo posto per continuare. "Non dico che deve per forza diventare un aspirante. Dico che sarebbe un modo per accettarlo, *se* non fosse della polizia.

Ma lo è. Quindi è escluso." Ace inclinò la testa per guardare Nash. "A meno che non sia disposto a rinunciare al suo distintivo per uno dei nostri chiodi."

Diesel abbassò la testa e la scosse. Entrambe le sue mani si strinsero a pugno sul tavolo.

"Non rinuncerà alla sua carriera solo per stare con me, solo perché voi lo accettiate. Dovete accettarlo così com'è, cazzo, o non accettarlo. Lui ama il suo cazzo di lavoro."

Ace continuò a fissarlo. "E tu ami questo club, fratello?"

Lo sguardo di Nash girò intorno al tavolo partendo da Ace. Poi scivolò su Zak, Hawk, Diesel, Dex, per finire con Jag.

"Mi ha dato tutto quando non avevo niente," disse a tutti loro, ma lo fece guardando Jag negli occhi.

Jag gli alzò leggermente il mento, ma non disse nulla.

Nelle ultime due settimane aveva pensato a lungo a cosa avrebbe dovuto fare se gli altri non avessero accettato la relazione di Nash con Cross. "Posso rinunciare ai miei colori."

D sbatté la schiena contro lo schienale della sedia, facendolo scricchiolare pericolosamente. Ma prima che potesse iniziare a sbraitare, intervenne il padre di Diesel, Ace. "Sei stato nel DAMC per molto tempo, figliolo. Vuoi rinunciare alla tua famiglia solo per un cazzo? Ci sono un sacco di altri cazzi là fuori senza distintivi appesi." Ace abbassò la testa e la scosse, mormorando: "Non avrei mai pensato di dire 'cazzo' invece di 'fica,' porca troia. Quanto cazzo sono cambiati i tempi."

"Non è una mia scelta del cazzo. Avevo già intenzione di andarmene dalla chiesa e di rinunciare alla casa nel complesso. Tanto non mi serve. Volevo prendere casa fuori città. Un posto con un po' di privacy. Sono spesso in viaggio, comunque. Avrei fatto del mio meglio per essere a casa per le corse, per le porchettate. Avevo intenzione di tenere Cross fuori, di tenerlo separato." Lasciò che il suo sguardo si posasse su Diesel. "Vedo che non funzionerà."

"Significa così tanto per te?" chiese Zak.

"Cazzo, sì."

Lo sguardo di Nash passò ancora una volta intorno al tavolo.

Poi strinse i denti e si scrollò il chiodo di dosso. Lo tenne tra le mani e lo fissò per un lungo momento. La stanza era immersa in un silenzio di tomba.

Nessuno parlò. Nessuno si mosse.

Se l'avessero fatto, Nash non sarebbe riuscito a sentirlo al di sopra del suo cuore che gli si spezzava.

Posò il chiodo sul lungo tavolo, fissandolo perché non riusciva a guardare nessuno degli uomini.

Poi sollevò la testa e fece girare di nuovo lo sguardo intorno al tavolo, soffermandosi per un attimo su ognuno di loro.

"Avete tutti rivendicato le vostre vecchie a questo cazzo di tavolo. Tutti voi, cazzo. Avete tutti trovato la persona che vi ha reso uomini migliori. Avete tutti trovato la persona che vi ha reso padri. Avete tutti trovato il vostro cazzo di cuore e la vostra anima. Li ho trovati anch'io. Non me lo sarei mai aspettato. Non avrei mai pensato di rinunciare ai miei colori per qualcuno. Questo club è diventato la mia famiglia quando la mia non mi voleva. Gliene sarò sempre grato. Mi ha reso quello che sono oggi. Mi ha dato la mia musica. Ma ho bisogno di più.

"Ognuno di voi ama la sua vecchia. So che ognuno di voi morirebbe per proteggerla, che si spaccherebbe la schiena per prendersi cura di lei. Io non avrò mai una vecchia. Non troverò mai la donna che è l'altra metà della mia anima, perché non esiste. La mia altra metà non è una donna, è un uomo. E, purtroppo, è un poliziotto.

"Capisco che una o entrambe queste cose possono essere inaccettabili per voi, ma io dovevo accettarlo e l'ho fatto. Amo questo cazzo di club. Amo questa fratellanza. Amo questa famiglia. Ma voglio anche che Cross faccia parte della mia vita. Pagherò la mia buonuscita, qualunque cosa pensiate che debba essere. Mi farò cancellare i colori." Con il bruciore negli occhi, Nash trasse un respiro tremante, cercando di non crollare davanti a tutti. "Ho finito."

Jag si spostò sulla sedia. "Fratello, non ti ho portato qui e non ti ho sistemato perché tu ci voltassi le spalle per qualcuno che ti scopi."

Quando nessuno disse nulla per qualche momento di disagio, poi Dex disse: "Non è solo scopare. È molto di più."

Nash incontrò lo sguardo di Dex. "Sì, è molto di più."

"Lascia lì il chiodo ed esci. Dobbiamo parlarne, forse votare," disse Zak.

Nash annuì, diede a tutti un'ultima occhiata e uscì, chiudendosi la porta alle spalle.

NASH SI DIRESSE verso la casa di Cross. Quell'uomo si sarebbe incazzato. Nash non aveva chiamato prima.

In ogni caso, non sarebbe riuscito a parlarne dopo che era successo. Il nodo alla gola glielo aveva reso impossibile.

Quando la saracinesca del garage si sollevò, Cross era in piedi accanto alla sua slitta, con le braccia incrociate sul petto.

"Ti avevo detto di chiamarmi, cazzo" urlò Cross con la voce rotta.

Nash lo ignorò e accostò la sua slitta a quella di Cross. Abbassò il cavalletto e, prima ancora di smontare, Cross lo afferrò per la maglietta, lo tirò giù dalla moto e lo prese tra le braccia. "Ero fottutamente preoccupato, dannazione."

Nash chiuse gli occhi e avvolse le braccia intorno alla vita di Cross. "Avevo bisogno di fare un giro, di schiarirmi le idee."

"Ti ho chiamato tipo cinquanta volte, cazzo," disse Cross nel collo di Nash, stringendolo ancora di più.

"Stavo cavalcando. Non potevo controllare il telefono."

Nash si aspettava che Cross continuasse a rompergli i coglioni. Ma non lo fece; anzi chiese: "Dove hai il chiodo?"

"Nella bisaccia."

Nash non solo sentì, ma percepì il respiro affannoso di Cross. "Ti hanno permesso di tenerlo?"

"Sì," sussurrò.

Cross lo spinse via, tendendolo a un braccio di distanza per guardarlo bene in viso. "Come ricordo? O sei ancora membro?"

"Sapevo che avresti preferito che non facessi parte dell'MC–"

"Sono la tua famiglia, indipendentemente da quello che pensano di me."

"Sì."

"Non vorrei mai che tu rinunciassi alla famiglia."

"Bene."

Gli occhi blu di Cross trafissero con lo sguardo quelli di Nash. "Bene?"

"Sì, perché la mia famiglia è una rottura di palle."

Cross lasciò cadere le mani dalla spalla di Nash e si piegò in vita, con un braccio che gli copriva il ventre. "Cazzo, è da ore che mi viene da vomitare."

"Anche a me," ammise Nash.

"Avevo paura che ti uccidessero e ti seppellissero in un posto dove nessuno potesse trovare il corpo."

"Hanno stabilito delle regole. Se le seguiamo, lasceranno che continui a respirare," ha scherzato Nash.

"Non è nemmeno divertente, cazzo." Cross inclinò la testa e piantò le mani sui fianchi. "Quali regole?"

"Quelle che mi aspettavo. Cedere la mia stanza in chiesa, cedere la casa. Non parlare di roba del DAMC con te. Non portarti in giro." Rivolse a Cross uno sguardo severo. "Devi stare lontano dalle proprietà del DAMC. Tutte. Sono stati fottutamente chiari. L'Iron Horse, la chiesa, persino la pasticceria di Sophie in città. Non esisterai per loro finché non andrai in pensione. Quando succederà, ci ripenseranno. Ma non prima di allora."

"Hanno molto da proteggere."

"Abbiamo molto da proteggere," lo corresse Nash. "Famiglia, aziende, le nuove generazioni."

"Ho capito. Da un certo punto di vista, ammiro quanto siete tutti ferocemente leali e protettivi."

"A differenza della famiglia di sangue."

"Lo sappiamo bene entrambi."

Cross ora sapeva la verità sul padre di Nash. Nash non gli aveva raccontato tutti i dettagli di quell'ultimo giorno nella sua casa d'infanzia, ma gliene aveva raccontati la maggior parte. Abbastanza per spiegare gli eventuali incubi che avrebbe potuto avere.

Il resto era solo da dimenticare.

Avevano il resto della vita per compensare per le famiglie che li avevano rifiutati. Avevano il resto della vita per creare ricordi migliori.

La vita non sarebbe stata perfetta, ma sarebbe stata dannatamente bella.

Epilogo

Comprarono una casetta ai margini di Shadow Valley, su un terreno privato e boscoso. In realtà, il terreno confinava con il centinaio di acri di boschi che il DAMC possedeva dietro il complesso. Pur vivendo abbastanza vicino al DAMC, la loro sistemazione non era tale da "toccare" il club.

In quella posizione non avevano molti vicini, ma ciò non significava che quelli che avevano non sarebbero stati ficcanaso. Dovevano comunque stare attenti. Ora non tanto per Nash, quanto per Cross e la sua carriera.

Il sergente di Cross aveva preso la notizia che era gay bene quanto ci si poteva aspettare. Aveva detto che l'avrebbe tenuto per sé, ma che non poteva garantire che nessun altro l'avrebbe scoperta. Come no. Nash era sicuro che l'uomo avrebbe fatto andare quella cazzo di bocca. La cosa lo preoccupava. Temeva che nessuno degli altri porci sarebbe più venuto a tirar fuori Cross dai guai come il giorno in cui Cross aveva lottato per la sopravvivenza sul ciglio della strada, evento che sembrava risalire a molto tempo prima.

Cross era andato a firmare il contratto definitivo per la

casa quella mattina, mentre Nash si era svegliato a tre Stati di distanza dopo aver suonato per due settimane di fila in Georgia e nelle Caroline.

Gli mancava, cazzo.

E non vedeva l'ora di tornare a casa per aprire la porta del loro futuro. Anche se era un futuro incasinato, apparteneva comunque a loro.

Qualunque cosa venisse lanciata sulla loro strada, l'avrebbero affrontata insieme.

Perlopiù, nessuno lo trattava in modo diverso nel DAMC, ma non gli chiedevano nemmeno di Cross. Mai. Sapevano, ma non volevano *sapere*.

Cross sapeva e accettava di non essere il benvenuto lì, non perché era gay, ma per il suo distintivo d'argento lucido.

Fino al suo pensionamento, nel giro di quindici anni, la situazione sarebbe rimasta così. Con lui sgradito ed escluso.

Ma il giorno in cui avrebbe consegnato il distintivo e sarebbe diventato un civile, Nash non avrebbe avuto dubbi che sarebbe stato accolto come parte della famiglia. D avrebbe potuto serbare qualche rancore, ma non avrebbe voluto ucciderlo. Avrebbe conservato quel desiderio per Axel.

Nash sorrise.

Gli squillò il telefono. Nash riconobbe la suoneria che usava per Cross.

Preso il cellulare dal comodino della stanza del motel, infilò una mano sotto le lenzuola e si grattò le palle prima di far scorrere le dita su e giù per l'uccello ancora a riposo un paio di volte.

Magari avrebbe avuto il tempo di farsi una sega prima di mettersi in viaggio.

Premette il pulsante di accensione per leggere il messaggio. *A ke ora torni a casa?*

Nash sospirò mentre rilasciava a malincuore l'uccello per poter rispondere. *Quando arrivo.*

Sapeva che quella risposta avrebbe fatto impazzire Cross. Aveva imparato in fretta che Cross era un tipo che amava la precisione, soprattutto essendo un poliziotto, quindi gli piacevano le risposte concrete. Non quelle vaghe.

La risposta successiva fu: *"Riprova."*

Nash sbuffò, guardò l'orologio e cercò di capire quanto sarebbe stato lungo il viaggio di ritorno a Shadow Valley.

Sto a VA. Stesso motel. Pronto a segarmi nello stesso letto in cui abbiamo scopato.

Mi prendi x il culo? giunse immediatamente. *Non sapevo che fossi nostalgico.*

"Non lo sono," sussurrò Nash alla stanza vuota. "Ma mi manchi."

Nash si tolse il lenzuolo dall'uccello ormai durissimo e scattò una foto con la scrivania e lo specchio del motel sullo sfondo. Premette Invia.

Passò un lungo istante, forse anche due, prima che ricevesse una risposta. *Incontriamoci al Cockpit alle 8. Avrai il tempo d segarti e d arrivare senza superare il limite.*

Xché lì? rispose Nash. Sebbene fosse uno dei posti più sicuri per loro per uscire in coppia, non ci andavano da un po'.

Un'immagine apparve in un messaggio. Si trattava di un mazzo di chiavi appeso al dito di Cross, molto familiare e riconoscibile, con didascalia *bisogna festeggiare.*

Preferirei festeggiare con 1 pompino, rispose Nash, che ora si toccava con una mano e scriveva maldestramente con l'altra.

Lo stesso vale x me. Negozieremo davanti a 1 drink.

A Nash piaceva l'idea. Anche se la loro forma di negoziazione di solito si faceva da nudi, cosa che non sarebbe accaduta al Cockpit.

Se Cross era un prepotente figlio di puttana, anche Nash poteva esserlo.

Dare e avere gli sussurrò nella mente.

Apparve un altro messaggio. *T amo.*

Nash chiuse gli occhi mentre il calore gli riempiva il petto, e uno strano senso di pace gli colmava la mente. Era sempre così quando Cross glielo diceva.

Sì, rispose. "Ti amo anch'io," sussurrò al soffitto.

Sto aspettando.

Nash levò gli occhi al cielo e rispose: *"T amo anch'io, figlio d puttana prepotente."*

CROSS SI SEDETTE nell'angolo posteriore del Cockpit, in attesa.

Era sempre in attesa di Nash, ma valeva la pena aspettarlo.

Tranne quando Nash ci aveva messo una vita ad ammettere di amare Cross.

Cross era stato impaziente, ma aveva comunque aspettato. Finché non era più riuscito ad aspettare e aveva qualche colpetto a Nash.

Pur sapendo che Nash lo amava, Cross aveva avuto bisogno di sentirselo dire.

Soprattutto perché Nash era l'unica persona nella vita di Cross che lo faceva.

Nash non sarebbe mai stato un uomo che portava a casa fiori o cioccolata, o che dichiarava apertamente il suo amore. Anzi, se Nash avesse iniziato a pronunciare la parola con la A troppo spesso, Cross si sarebbe probabilmente insospettito, pur non avendone motivo.

Si fidava di Nash. Anche se il compagno trascorreva intere settimane in viaggio, Cross non si preoccupava delle tentazioni che gli venivano lanciate durante i concerti dei Dirty Deeds.

E non perché Nash dicesse di tanto in tanto di amarlo.

No. Era perché lui lo sapeva. Profondamente e con la massima certezza.

E fra di loro non ci sarebbe stato alcun rapporto senza la fiducia.

Non aveva mai dubitato di Nash mentre era in tournée. Cross credeva semplicemente di essere l'unico e il solo di Nash.

Perché Nash era il *suo* unico e solo.

Avevano comprato casa, vivevano una vita insieme. Nash aveva confessato tutto al suo club. Cross aveva confessato la sua sessualità al lavoro. L'unica cosa che Cross nascondeva era la persona con cui aveva una relazione. E, naturalmente, Cross era rimasto lontano dal club di Nash.

Per il momento, tutto funzionava e lui sperava che continuasse a funzionare.

Cross teneva gli occhi puntati sull'ingresso del Cockpit e si accorse subito quando Nash vi mise piede.

Lo sguardo di Nash gli passò attraverso come se Cross non ci fosse. L'uomo si fece strada tra i gruppi di uomini che facevano bisboccia per dirigersi verso il bar.

Cross osservò gli sguardi curiosi e interessati che lo seguivano. Anche senza il suo chiodo, Nash sembrava il rocker cattivo per eccellenza.

Uno che era suo e di nessun altro.

Cross abbassò la testa e sorrise al tavolo quando Nash salì sullo stesso sgabello del bar in cui Cross lo aveva visto per la prima volta circa un anno prima. Poi Nash voltò le spalle al resto del bar, compreso Cross, mentre il barista, un orso corpulento, si avvicinava per prendere l'ordinazione.

Cross aspettò.

Una volta che Nash ebbe bevuto, Cross si alzò dal tavolo e si diresse verso di lui.

Aspettò che Nash sollevasse il bicchiere e poi gli batté contro il gomito, facendo traboccare leggermente il whisky.

"Stai attento, cazzo," mormorò Nash, girandosi sullo sgabello con le sopracciglia abbassate.

Cross trattenne un sorrisone. "Qualcosa non va?"

Nash posò lentamente il bicchiere sul bancone e brontolò: "Sì."

Lui si avvicinò per chiedere: "Cosa?"

Nash lo guardò di traverso. "Tu."

Cross alzò i palmi in segno di resa. "Non volevo urtarti, amico. Mi hanno spinto da dietro."

Nash diede un'occhiata alle spalle di Cross e brontolò: "Come vuoi."

"Il tipo stronzo e musone va ancora di moda?"

Nash buttò giù metà del suo whisky prima di sbattere il bicchiere sul bancone e alzare un sopracciglio verso Cross. "E io che ne so?"

"Non mi guardo in giro da un po', quindi non so cosa tiri in questo momento."

"Manco io."

A Cross piaceva il suono di quelle parole. Si avvicinò di nuovo a Nash per assicurarsi che l'altro lo sentisse sopra le voci e la musica del DJ. "Mi chiamo Aiden. Hai un nome?"

"Tutti hanno un cazzo di nome," rispose Nash.

"Allora mi piacerebbe sentirlo," incalzò Cross.

"Graham." Nash non riuscì a nascondere una leggera smorfia quando lo disse.

Cross sorrise, perché non si aspettava quella risposta. "Bel nome."

"Anche il tuo."

"Vuoi andartene da qui?"

"Pensavo che non l'avresti mai chiesto, cazzo," disse Nash, mandando giù il resto del suo whisky.

Cross impedì con uno sforzo alle sue labbra di curvarsi verso l'alto.

Nash si alzò in piedi. "Hai un posto dove possiamo andare?"

"Sì." Cross scavò nella tasca anteriore dei suoi jeans, tirò fuori una singola chiave su un portachiavi della Harley, poi la infilò nella tasca anteriore di Nash. "Un posto chiamato casa."

"Sembra perfetto, cazzo."

Cross non avrebbe potuto essere più d'accordo.

Per rimanere aggiornati sul lavoro di Jeanne, iscrivetevi alla sua newsletter qui: (in inglese): http://www.jeannestjames.com/ newslettersignup

---

Down & Dirty: Zak

Benvenuti a Shadow Valley, dove regna il Dirty Angels MC. Preparatevi ad affrontare quest'avventura a muso duro… Questa è la storia di Zak.

Dopo aver trascorso gli ultimi dieci anni in prigione, Zak, ex presidente del Dirty Angels MC, ha alcune priorità: riconnettersi con i suoi "fratelli", ubriacarsi e scopare. Non necessariamente in quest'ordine. Quando vede una bellissima donna al club e la scambia per una delle spogliarelliste, quelle priorità diventano un po' confuse.

Sophie non ha idea di cosa sia successo alla sua vita. Un minuto prima è concentrata sull'apertura della sua pasticceria e quello dopo… sta consegnando una torta per una festa di bentornato al club motociclistico dei Dirty Angels per un membro che è appena uscito di prigione. Sophie non sa che quella torta le cambierà la vita, per non parlare del fatto che la renderà il bersaglio di un club rivale. In circostanze normali, Sophie non andrebbe mai con un uomo come Zak: un motociclista tatuato, ex detenuto e spaccone.

Quando una decennale guerra territoriale minaccia di separarli, Zak farà di tutto per non perdere Sophie, il suo club e mantenere la città al sicuro. Vengono da due mondi molto diversi, e dovranno scoprire se il gioco vale la candela.

Nota: Down & Dirty: Zak è il primo libro della serie Dirty Angels MC. Si consiglia vivamente di leggere questa serie di 10 libri in ordine. Non ci sono tradimenti, non ci sono cliffhanger nelle relazioni e, come sempre, c'è un finale da "vissero tutti felici e contenti".

Girate la pagina per leggere il primo capitolo di: https://books2read.com/Zak-IT

Down & Dirty: Zak

Dirty Angels MC, Libro 1

CAPITOLO UNO

Un ronzio acuto risuonò nell'aria. La serratura magnetica della porta si aprì e, con una spinta violenta, Zak uscì alla luce del sole.

Si fermò a nemmeno un metro e mezzo dall'edificio, allargò le narici e con gli occhi chiusi inspirò a pieni polmoni.

Il profumo della libertà.

Aprì gli occhi, girò sui talloni e alzò le braccia per fare il doppio dito medio agli agenti che lo guardavano dalle telecamere. Gettò la testa all'indietro e scoppiò a ridere.

Che si fottessero tutti.

Il suo respiro si condensò in una nuvoletta di vapore nell'aria gelida, e anche se non indossava la giacca, non gli importava.

La vita. Era. Bella.

Sentì il suono di un clacson e si voltò per vedere chi fosse. Sebbene non fosse chi sperava, aveva deciso che non si sarebbe lamentato. Un fratello era pur sempre un fratello, che fosse di sangue o meno.

Prese il sacchettino di oggetti personali nel punto in cui l'aveva lasciato cadere nella foga di mandare a fanculo le guardie e corse sul marciapiede dove lo aspettava l'auto del suo amico.

Diesel gli lanciò il suo gilet di pelle, oltre a una felpa con cappuccio. Dopo aver indossato la felpa sulla t-shirt, se la portò al naso e inalò.

Sì. Il suo giubbotto puzzava di pelle, fumo, alcol e figa. La miglior combinazione al mondo.

Gli stemmi erano sporchi e usurati, ma parlavano chiaro. Era un fottuto Dirty Angel, un *Angelo della strada*, e dopo dieci anni in galera, le cose non erano affatto cambiate.

Sarebbe tornato a casa. Per sempre. Perché aveva giurato a sé stesso che non sarebbe mai più tornato in quella gabbia di cemento.

Mai più.

Diesel, il Sicario del club, gli fece un enorme sorriso quando si strinsero le mani dandosi degli affettuosi colpi sul petto. "È bello rivederti, fratello."

Il sorriso di quell'uomo era contagioso. "Anche per me, fratello. Ne è passato di tempo, cazzo." Indicò la toppa da Sergente sul gilet dell'amico. "Vedo che non è cambiato niente. Te ne vai ancora in giro a spaccare teste?"

Diesel si limitò a brontolare e girò attorno al cofano dell'auto verso il lato del guidatore.

Zak aprì la portiera della classica Pontiac GTO - la nuova bimba di Diesel dopo la moto - e scivolò sul sedile, tenendosi il gilet in grembo come se fosse prezioso. Prima di entrare, Diesel scrollò un po' il suo, lo girò al rovescio e se lo fece scivolare di nuovo sulle spalle.

I Colori non andavano mai indossati in una "gabbia" come l'auto, per cui andavano indossati al rovescio. Perché il *Dirty Angel Motorcycle Club*, o DAMC era un dannato club motociclistico, non un club automobilistico. Bisognava sempre tenerlo a mente. Zak sorrise al ricordo di aver preso a calci in culo un potenziale cliente per aver mancato di rispetto al club: aveva indossato i colori del suo giubbotto mentre era in macchina.

Ah, che bei momenti.

Mentre l'omone usciva dal parcheggio, voltò la testa per scrutare Zak, ma lui non era dell'umore giusto per parlare del suo lungo soggiorno in carcere, perciò si limitò a dire: "Andiamocene da qui e basta."

"Mi sembra una buona idea. Comunque dobbiamo andare in chiesa, ti aspettano tutti per festeggiare il tuo ritorno a casa."

Zak lo guardò sorpreso. "Ah, sì?"

"Sì, cazzo. Vogliamo cantare il bentornato al nostro presidente."

Zak scosse la testa e si accigliò. "Non sono più presidente, D. Anche io ne sono consapevole."

Diesel grugnì, poi disse: "Le cose cambieranno," e subito dopo girò la chiave nel quadro.

Il rombo gutturale del grosso motore a blocchi era musica per le orecchie di Zak. Non vedeva l'ora di risentire la potenza della sua moto tra le cosce. Gli mancava.

Gli mancava guidare sulle strade aperte.

Gli mancava vivere secondo i suoi orari e non quelli delle guardie.

Eppure, anche in quelle condizioni, non gli era mancato essere il presidente del club e non sapeva nemmeno se volesse più quella seccatura. Per un po' avrebbe voluto godersi la libertà ritrovata, ed essere costantemente ingabbiato nella gestione del club avrebbe soffocato i suoi buoni propositi.

A ogni modo, mentre il suo sguardo scivolava su Diesel, pensò che non fosse il momento giusto per parlarne.

Dovevano andare a una festa.

Bere birra.

Lui aveva bisogno di riconnettersi con i fratelli.

E, ultima cosa ma non per importanza, doveva tornare a scopare un po'. Perché dieci anni erano stati decisamente troppo lunghi per continuare a farne a meno.

Per prima cosa, si sarebbe fatto un bel giro in moto una volta tornato al club. Poi, avrebbe sturato le tubature.

E se una donna non gli fosse bastata? Nessun problema.

Quando la GTO di Diesel attraversò il cancello per arrivare nel parcheggio posteriore del club, Zak venne travolto da un senso di sollievo. Prese a respirare più tranquillamente e si sentì automaticamente tornare alla vecchia vita. Era a casa. A casa, cazzo.

Aveva notato che non c'erano né moto né auto parcheggiate davanti al lato pubblico del club, il *The Iron Horse Roadhouse*. Hawk doveva aver chiuso il bar in modo che tutti potessero partecipare alla grigliata organizzata sul retro, sul lato privato del club.

"Ho chiesto alle ragazze di pulire una delle stanze più grandi al piano di sopra, così stasera avrai un posto dove dormire. Resta quanto ti pare. Sai come funziona."

Zak non rispose, si limitò ad annuire, stupito nel vedere la quantità di veicoli che affollavano il retro.

C'era un'enorme affluenza, santo cielo.

L'ansia cominciò a tormentarlo, sentì lo stomaco in

subbuglio. Era stato via per un sacco di tempo. Un maledetto decennio. Fino a quel momento tutto sembrava come lo aveva lasciato, ma lui sapeva che c'erano stati dei cambiamenti, e si augurava in cuor suo che fossero stati positivi.

La vita del club non si era fermata ad aspettare che Zak finisse di scontare la sua pena. Strinse con le dita il gilet che gli giaceva in grembo.

Diesel parcheggiò di fronte all'ingresso posteriore del club, era quasi come se il posto gli fosse stato riservato, e spense l'auto, senza però muoversi per uscire.

Neanche Zak si mosse. Alzò lo sguardo per leggere il cartello sopra la porta di metallo grigio.

Dirty Angels MC.

Poi sotto, a caratteri più piccoli... *A muso duro, fino alla fine*[1].

Allargò le narici inspirando ossigeno a pieni polmoni.

Quella era la sua famiglia. Lo avrebbero accolto a braccia aperte.

O almeno, *loro* lo avrebbero fatto.

Suo padre e suo fratello, invece... Non ne era così sicuro.

Scacciò quel pensiero dalla mente e lanciò un'occhiata a Diesel prima di aprire la portiera e alzarsi dal sedile del passeggero. Non appena fu in piedi, si strinse nelle spalle.

Finalmente si ragionava. *Finalmente* era a casa.

Abbassò lo sguardo sul punto in cui mancava la toppa rettangolare. Era stata strappata dalla pelle del gilet, restavano solo alcuni fili penzolanti lasciati come promemoria.

Non era più presidente. Quella toppa la stava indossando qualcun altro.

Oltre al potere, Pierce aveva accettato anche il conseguente carico mentale.

Tuttavia, alcuni fratelli non erano stati entusiasti all'idea che Pierce prendesse le redini della situazione. Anche se erano tutti parte di una grande famiglia, Pierce non proveniva da nessuna delle due linee di sangue dei due fondatori del club, Doc e Bear.

Pierce, poi, non era sempre stato d'accordo sul fatto che tutti gli affari del club restassero puliti e legali. Tendeva a utilizzare le vecchie maniere.

Ma le vecchie maniere avevano mandato troppi in prigione. E quando un fratello era in prigione, significava meno soldi nelle casse. Un membro in meno che faceva il suo dovere, un membro in meno che aiutava con gli affari.

Non portava che problemi. In generale, non era un bene per il club. Non era un bene per i fratelli liberi, perché dovevano darsi da fare ancor di più per colmare le lacune finanziarie.

"Hai intenzione di startene lì impalato o alzerai il culo e verrai dentro?" lo punzecchiò Diesel, scuotendo mentalmente Zak per distrarlo da quei pensieri.

Zak gli fece un sorriso, si baciò la punta delle dita e poi scattò in piedi, indicando con la mano il cartello d'ingresso del club.

Era bello essere a casa.

Diesel grugnì, aprì la porta e spinse Zak oltre la soglia, verso l'interno buio.

Poi, si sollevò un boato assordante. Gli urli, le grida, i versi di spavento del gatto, i fischi, i "cazzo sì" si librarono nell'aria, mentre la folla faceva spazio a Zak dividendosi come il Mar Rosso. L'area comune era piena. I volti familiari diventavano sfocati mentre Zak si faceva strada fra loro ricevendo pacche sulla schiena, colpi sulle spalle e calorose strette agli avambracci. Cominciò a sentire il volto indolenzito per il sorriso che sfoggiava; non avrebbe potuto essere più grande, più largo.

Si fece strada verso il bar privato del club e fissò Hawk

che se ne stava dall'altro lato. Quell'uomo enorme aveva le braccia muscolose incrociate sul petto e un'espressione seria in volto. Zak pensò che non era cambiato di una virgola, era solo dieci anni più vecchio. Aveva solo qualche ruga agli angoli degli occhi marroni, i suoi capelli scuri erano acconciati in una cresta mohawk. Beh, neanche quella era cambiata. Aveva entrambi i lati della testa rasati e il cuoio capelluto ricoperto di tatuaggi.

Era il braccio destro di Zak.

O almeno, una volta lo era stato. Lo sguardo di Zak cadde sulla toppa rettangolare dell'uomo, e fu contento di vedere che era ancora vicepresidente.

Ma Zak lo sapeva già. Lo avevano tenuto al corrente di tutto per gran parte del tempo che aveva passato in segregazione presso il Penitenziario Statale nella contea di Fayette. Moltissimi fratelli avevano fatto a turno per andare a visitarlo, quando possibile. Non che Zak si aspettasse che lo facessero, ma aveva apprezzato il loro gesto.

Dovette fare un enorme sforzo per trattenersi dal saltare oltre il bancone e stringere quell'uomo, di soli due anni più grande di lui, in un abbraccio da orso. Qualunque cosa succedesse, Hawk gli copriva sempre le spalle.

Nella buona e nella cattiva sorte. Non erano fratelli di sangue, ma erano fratelli per scelta.

"Sei brutto come sempre, con questa cresta da idiota," ringhiò Zak. "Scommetto che i tuoi capelli sono più duri di quanto il tuo cazzo non sia mai stato."

"Mi si ammoscia al solo pensiero delle saponette che ti sono cadute nelle docce."

Zak si rese conto di quanto la stanza fosse silenziosa. Avevano tutti gli occhi puntati su di loro.

"Ehi, che cazzo bisogna fare qui per avere un dannato drink?" Hawk si afferrò il pacco. "Succhiamelo. Forse ora hai imparato a farlo. Magari sei diventato un professionista."

"Sei un coglione," borbottò Zak, sforzandosi per restare serio.

Izzy si avvicinò al bancone e si mise fra i due uomini che si stavano scherzosamente facendo gli occhiacci. "Ragazzi, insomma... Baciatevi e fatela finita. E poi portate a quell'uomo un dannato drink."

Gli occhi di Zak scivolarono su Isabella. "Accidenti, Izzy, sei davvero bellissima."

"Qualsiasi corpo dotato di figa probabilmente ti sembra bello in questo momento. Ma," mise entrambi i palmi sul bancone e si sporse verso Zak, "essermi sbarazzata di quel porco schifoso mi ha di certo aiutata." Sbatté un cicchetto sul bancone e sollevò un sopracciglio.

"Jack."

Izzy annuì, poi si voltò per afferrare un Jack Daniels dallo scaffale dietro il bancone. "Chiamami Bella, Zak. Sto cercando di cancellare tutto quello che mi fa ripensare a lui." Riempì il bicchiere di Zak con una doppia dose.

Lui alzò il bicchiere verso di lei per fare un brindisi. "Alla libertà... Per entrambi." Poi buttò giù il whisky. Zak sentì il bruciore dell'alcool in gola, e si godette quella bella sensazione. Era reale. Un promemoria del fatto che finalmente era libero e doveva tornare a godersi la vita.

"Amen," mormorò lei.

Era davvero carina. I lunghi capelli ondulati castano scuro le arrivavano quasi al sedere. I suoi occhi marroni sembravano diffidenti; comprensibile, dopo la storia con quella merda dell'ex marito. Anche se fuori faceva freddo, indossava una canotta nera attillata con la scritta DAMC che le avvolgeva gli ampi seni. Il tessuto lasciava intravedere le spalline del reggiseno rosa. Un'ampia cintura di pelle nera le cingeva la vita stretta e i fianchi... Accidenti, si erano allargati ed erano diventati perfetti. Ideali per essere afferrati mentre ti cavalca.

A ogni modo, nonostante quei pensieri, non se la sarebbe scopata neanche per sogno, per due ragioni. La prima era proprio l'uomo dietro di lei, che già lo stava fissando. La seconda era accanto a lui. Diesel. I due erano fratelli, veri fratelli. Entrambi erano cugini di Izzy e la tenevano d'occhio. *Molto attentamente.* Zak di certo non aveva bisogno di un doppio calcio in culo appena uscito di prigione.

"Lo so che sono passati dieci anni, ma non pensarci nemmeno," gli mormorò Diesel all'orecchio.

Zak sollevò entrambi i palmi in segno di resa. "Non oserei mai."

"Bene."

Sembravano essere protettivi come non mai, e la cosa non lo stupiva. Aveva sentito cosa le aveva fatto l'ex, perciò capiva se si mettevano sull'attenti quando un uomo mostrava interesse. Lei lavorava al *The Iron Horse*, però, e gli rimaneva difficile pensare che nessuno flirtasse con lei. Quelle curve erano maturate negli ultimi dieci anni, e Zak doveva ammettere che era bella da morire. Si chiese quanti coglioni Hawk e Diesel avessero preso a sberle a causa di quella bellezza.

Izzy si spostò lungo il bancone per parlare con qualcun altro e Hawk prese il suo posto, versando a Zak un altro Jack Daniels doppio, poi uno a Diesel e uno a sé stesso. Fecero tintinnare i cicchetti per il brindisi e se li scolarono tutti d'un fiato.

Zak sbatté il bicchierino sul bancone e si fece più serio. "Qualcuno ha visto mio padre o Axel?"

Non gli sfuggì il momento in cui gli occhi di Diesel e di Hawk si incontrarono, come per scambiarsi un messaggio silenzioso, poi abbassarono gli occhi e guardarono di nuovo Zak.

"Li abbiamo incrociati per strada, ma non ci abbiamo mai parlato per davvero."

"Immagino che non saranno qui stasera," disse Zak a bassa voce, cercando di nascondere la delusione, ma fallendo nel tentativo di cancellarla dal proprio tono di voce.

"Sai come ragionano quegli sbirri di merda, Zak," disse Jag, avvicinandosi dietro di lui e dandogli una pacca di benvenuto sulla schiena. "Se ne stanno per i fatti loro. Non vogliono sporcarsi le mani fraternizzando con noi."

Zak si voltò verso suo cugino, e si strinsero le mani come per fare a braccio di ferro, poi si diedero una spallata affettuosa.

Jag borbottò: "Che si fottano," e avvolse le braccia muscolose intorno a Zak per stringerlo forte.

Zak notò un accenno di lacrime nel suo parente di sangue e negli occhi del presidente del club.

Nah. Di sicuro si stava sbagliando.

I Dirty Angels non piangevano mai. Anche quando gli scappava una lacrima.

E se succedeva, nessuno se ne accorgeva o ne parlava. Mai.

Una volta, un potenziale cliente aveva preso in giro un membro che si era emozionato e poi era magicamente scomparso. Proprio così.

Puff.

A ogni modo, era passato un sacco di tempo.

Persino i membri più duri del club versavano una lacrima di tanto in tanto. Ma, ancora una volta, in qualche modo nessuno se n'era mai accorto.

"Zio Mitch e tuo fratello si sono fatti vedere poco. Quando quei maiali degli sbirri si presentano qui, per qualsiasi motivo ritengano 'necessario', di solito mandano altri al posto loro. E da quello che ho sentito, tengono Jayde alle strette da quando è tornata a casa dal college. Non vogliono che si avvicini al club o a nessuno di noi, sporchi bastardi."

"E non hanno tutti i torti," scherzò Zak. O meglio, ci provò. La sua sorellina gli mancava. L'ultima volta che l'aveva vista aveva circa quattordici anni. Sua madre e lei si erano sedute in fondo all'aula per la sua condanna e, una volta finita l'udienza, lui si era voltato a guardarle, e loro erano andate via. Scomparse. Probabilmente era stata una scena troppo dura da sopportare.

Perciò non le biasimava, anzi cercava di non prendere sul serio il fatto che nessuno dei suoi parenti stretti gli avesse mai fatto visita nemmeno una volta mentre era a Fayette. Capiva il loro desiderio di tenere le loro vite separate.

Il nonno, però, si sarebbe incazzato se fosse stato ancora vivo. Aveva sempre messo anima e corpo nel club.

Merda.

Era il momento di festeggiare, non di diventare cupo.

Zak si schiarì la voce e disse: "Sono orgoglioso di te, per il fatto di essere stato votato Capitano della Roadhouse."

Jag abbassò la testa interrompendo il contatto visivo e mormorò: "Ma figurati, per così poco. Qualcuno doveva pur farsi avanti."

"Sono contento che sia stato tu a farlo."

Improvvisamente, qualcuno gli diede un colpo da dietro. Poi un altro. Si voltò e vide Ace, il padre di Diesel e Hawk, e Dex, il loro cugino e fratello di Izzy.

"Porca puttana, ragazzo, ti trovo in forma," borbottò Ace. "Vieni qua, stronzo."

Ace prese Zak tra le braccia e lo strinse forte, quasi impedendogli di respirare, ma prima di lasciarlo andare gli mormorò all'orecchio: "Cazzo, menomale che sei fuori. Dobbiamo rimettere questo club in carreggiata."

Zak notò la sua espressione sorpresa e si voltò verso Dex, che gli sorrise e disse: "Porca troia, fratello. Ci sei mancato tantissimo."

Zak strinse le labbra e annuì. Sentiva come un nodo in gola, la sensazione che si prova quando si reprimono le lacrime, e sbatté le palpebre più volte per scacciare ogni accenno di debolezza.

Per distrarsi da quelle emozioni, indicò la toppa di Ace con su scritto Tesoriere e gridò: "Voi stronzi vi fidate ancora di dare i vostri soldi a questo tipo?"

Una fragorosa risata riempì la stanza. Poi si girò verso Dex e indicò la sua toppa. "Segretario? Chi ha insegnato a Dex a leggere e a scrivere?"

Dex rise, gli diede un leggero pugno sulla schiena e afferrò il bicchiere che Izzy gli aveva riempito. Lo sollevò verso Zak come per fare un brindisi e poi se lo scolò.

Ace afferrò il braccio di Zak e lo tirò di lato, avvicinandosi e dicendogli: "Ho lasciato un messaggio sul telefono di tuo padre per fargli sapere che oggi saresti tornato a casa." Ace scosse la testa, abbassando il viso. "Mi dispiace, figliolo. Non ho ricevuto nessuna risposta."

"C'era da aspettarselo," gli rispose Zak, che poi gli rivolse un mezzo sorriso rassicurante. "Comunque grazie per averci provato."

Poi una voce tonante si levò dalla folla. "Levatevi dalle palle."

Grizz.

Dannazione. Sarebbe stato ancora più difficile nascondere le emozioni, quando il vecchio Grizz lo avrebbe raggiunto. La folla lo fece passare e Grizz si fermò a circa due metri da Zak, squadrandolo dalla testa ai piedi.

"Ti vedo in forma, giovanotto," gli disse Grizz ripetendo le parole di Ace.

"Ovvio," rispose Zak. "Era quasi un hotel a cinque stelle. Non potevo chiedere una vacanza migliore."

"Ragazzo, vieni a dare un abbraccio a questo vecchio orso." Con quelle parole, aprì le sue grosse braccia e Zak, con un sorriso, vi si rifugiò. "Cazzo," borbottò Grizzly, tirando su col naso.

"Non cominciare," lo avvertì Zak piano. "Se cominci sono spacciato anch'io."

Grizz annuì e poi mollò la presa. Zak ritrovò il suo equilibrio prima di affrontare quell'uomo più anziano, che era come un nonno per lui. Diamine, era come un nonno per la maggior parte dei membri del club. Era lì da sempre. Zak non aveva memoria del club senza di lui. La sua barba era più lunga, più disordinata e decisamente più grigia del giorno in cui Zak era stato rinchiuso. Ma i suoi occhi azzurri scintillavano. Era ancora vispo come un grillo.

"Dieci anni di galera, figliolo. Ti sei guadagnato le ali. Dirò alla mia vecchia signora di cucirtele sul gilet, e a Crow di aggiungerle ai tuoi tatuaggi."

Zak annuì per evitare di contraddirlo, ma in realtà le ali non le voleva. Né sul gilet, né sul corpo, né da nessun'altra parte. Non era orgoglioso di essere un detenuto. Un criminale.

Un avanzo di galera.

E non aveva nemmeno bisogno di qualcuno che glielo ricordasse continuamente, ma si tenne tutti quei pensieri per sé.

"Bene, basta con questi abbracci sdolcinati. È ora di divertirsi come dei veri uomini. La brace è accesa, il maiale è in cottura, e c'è un sacco di figa per tutti. Anche per te, Zak."

Zak si voltò verso il bancone e vide Pierce, il presidente

del club, in piedi sulla superficie lucida. Torreggiava su tutta la folla. Il suo annuncio fu seguito da un grido collettivo e tutti iniziarono a uscire dalla porta laterale del cortile per dirigersi verso un padiglione all'aperto, con tavoli da picnic e tutta la roba necessaria per dei festeggiamenti degni del club.

Altre persone gli diedero una pacca sulla spalla mentre gli passavano accanto. Alcuni li conosceva. Altri no. Alcuni, sia uomini che donne, indossavano dei gilet.

Molte erano le mogli dei membri.

Si chiese quanti avessero una donna, o meglio, la loro palla al piede.

Appena uscito di prigione, Zak si era ripromesso di non farsi ingabbiare da nessun bocconcino, né di farsi incastrare da un bel culo. Quando avrebbe fatto abbastanza caldo per uscire con la moto, non voleva nessuna donna aggrappata a lui. Avrebbe avuto un sacco di tempo per quel tipo di cose.

Per il momento... si sarebbe semplicemente goduto la vita.

Ma prima si sarebbe preso una bella sbronza. Poi si sarebbe fatto una bella scopata. O viceversa.

Zak emise un urlo e si buttò nella mischia.

Acquistalo qui: https://books2read.com/Zak-IT

Se ti è piaciuto questo libro

Grazie per aver aver letto il mio libro! Se questa storia ti ha appassionato, per favore fallo sapere ad altre lettrici e altri lettori scrivendo una recensione sul sito dove hai acquistato il libro e/o su Goodreads. Le recensioni sono sempre bene accette e anche solo un paio di righe possono dare un grande aiuto per una scrittrice indipendente come me!

Libri disponibili in italiano

Made Maleen: Una fiaba in chiave moderna
Cicatrici
Riaccendere Chase
Tutto di Te: Una storia d'amore gay di seconda possibilità
Varcare il confine: Un crossover Dirty Angels MC/Blue Avengers MC

FRATELLI IN DIVISA:
Fratelli in divisa: Max (libro 1)
Fratelli in divisa: Marc (libro 2)
Fratelli in divisa: Matt (libro 3)
- Include Teddy: il capitolo finale (libro 3.5)
Fratelli in divisa: Natale dai Bryson (libro 4)

LA SERIE DI NOVELLE OSSESSIONATI:
Eternamente Lui
Solamente Lui
Necessariamente Lui
Pazzamente Lei

Informazioni sull'autore

Jeanne St. James ha pubblicato per USA Today e Amazon romanzi rosa che hanno avuto successo internazionale. Ama scrivere storie d'amore incentrate su donne dal carattere forte e uomini a cui piace dominare. Scrive da quando aveva tredici anni e ad oggi ha al suo attivo quasi sessanta romanzi di ambientazione contemporanea. Le trame dei suoi libri vertono su rapporti eterosessuali, rapporti omosessuali tra uomini e *ménages à trois* in cui sono coinvolti due uomini e una donna, e hanno per protagonisti personaggi di diverse provenienze. Sotto lo pseudonimo di J.J. Masters, Jeanne scrive anche storie d'amore omosessuali di ambientazione fantasy.

Per restare aggiornati sulle frequenti uscite dei suoi nuovi lavori, collegatevi al sito www.jeannestjames.com o iscrivitevi alla newsletter:
http://www.jeannestjames.com/newslettersignup (in inglese).

www.jeannestjames.com
jeanne@jeannestjames.com

Newsletter: http://www.jeannestjames.com/newslettersignup

Gruppo Facebook di lettrici e lettori: https://www.facebook.
com/groups/JeannesReviewCrew/
TikTok: https://www.tiktok.com/@jeannestjames

facebook.com/JeanneStJamesAuthor

instagram.com/JeanneStJames

bookbub.com/authors/jeanne-st-james

goodreads.com/JeanneStJames

pinterest.com/JeanneStJames

Anche da Jeanne St. James (in inglese)

Trovate il mio ordine di lettura completo qui:

https://www.jeannestjames.com/reading-order

LIBRI INDIVIDUALI

Made Maleen: A Modern Twist on a Fairy Tale

Damaged

Rip Cord: The Complete Trilogy

Everything About You (A Second Chance Gay Romance)

Reigniting Chase (An M/M Standalone)

Brothers in Blue Series

The Dare Ménage Series

The Obsessed Novellas

Down & Dirty: Dirty Angels MC Series®

Crossing the Line (A DAMC/Blue Avengers MC Crossover)

Magnum: A Dark Knights MC/Dirty AngelsCrossing the Line: A DAMC/Blue Avengers MC Crossover Crossover

In the Shadows Security Series

Blood & Bones: Blood Fury MC®

Beyond the Badge: Blue Avengers MC™

<u>IN ARRIVO!</u>

Double D Ranch (An MMF Ménage Series)

Dirty Angels MC®: The Next Generation

SCRIVERE COME J.J. MASTERS:

The Royal Alpha Series

(A gay mpreg shifter series)

Note

Capitolo 1

1. *Cockpit* significa letteralmente "cabina di pilotaggio," ma una traduzione più letterale potrebbe essere *fossa di cazzi* (ndt).

Capitolo 4

1. National Rifle Association, famosa e potente lobby delle armi da fuoco (ndt).
2. Letteralmente "Questa bandiera non fugge," è un motto tipico di alcuni gruppi di estrema destra statunitensi (ndt).

Capitolo 9

1. Gioco di parole tra l'Incredibile Hulk e *bulk* ("stazza, mole") (ndt).
2. Gioco di parole tra "Axel" e *asshole* ("stronzo") (ndt).

Capitolo 10

1. "Sporchi e cattivi fino alla morte" (ndt).

Down & Dirty: Zak

1. Traduzione italiana scelta per "Down & Dirty 'til Dead" [N.d.T]

9 781954 684935